SCIENCE FICTION

Herausgegeben
von Wolfgang Jeschke

Vom **Earthdawn-Zyklus** erschien in der Reihe
HEYNE SCIENCE FICTION & FANTASY:

1. Roman:
Chris Kubasik, *Der magische Ring* · 06/5117

2. Roman:
Chris Kubasik, *Die Stimme der Mutter* · 06/5118

3. Roman:
Chris Kubasik, *Vergiftete Erinnerungen* · 06/5119

4. Roman:
Greg Gorden, *Das Vermächtnis* · 06/5120 (in Vorb.)

5. Roman:
Sam Lewis (Hrsg.), *Der Talisman* · 06/5274 (in Vorb.)

Weitere Bände in Vorbereitung

CHRIS KUBASIK
VERGIFTETE ERINNERUNGEN

Dritter Roman
des
EARTH DAWN™-Zyklus

Deutsche Erstausgabe

WILHELM HEYNE VERLAG
MÜNCHEN

HEYNE SCIENCE FICTION & FANTASY
Band 06/5119

Titel der Originalausgabe
POISONED MEMORIES
Übersetzung aus dem Amerikanischen
von Christian Jentzsch
Die Innenillustrationen zeichnete
Robert Nelson

Redaktion: Hans Joachim Alpers & Friedel Wahren
Copyright © 1993 by FASA Corporation
Die Originalausgabe erschien bei ROC,
an imprint of Dutton Signet,
a division of Penguin Books USA Inc.
Copyright © 1994 der deutschen Ausgabe und der Übersetzung
by Wilhelm Heyne Verlag GmbH & Co. KG, München
Printed in Germany 1994
Umschlaggestaltung: Atelier Ingrid Schütz, München
Technische Betreuung: Manfred Spinola
Satz: Schaber Satz- und Datentechnik, Wels
Druck und Bindung: Elsnerdruck, Berlin

ISBN 3-453-07787-3

INHALT

PROLOG
Seite 7

TEIL EINS
Neuer Junge, alter Magier
Seite 19

TEIL ZWEI
Flammen und Fleisch
Seite 105

TEIL DREI
Tod und Leben
Seite 175

TEIL VIER
Das verdorbene Herz
Seite 259

EPILOG
Seite 317

Für Hannah und David,
die mich hindurchgelotst haben.

Und für Sam Lewis,
der mir beim Schreiben der
Earthdawn-Trilogie
lachhaft viel Freiraum gelassen hat.
Gönner sind dieser Tage
ziemlich rar,
aber er war für mich da.
Danke, Sam.

Prolog

Samael und Torran saßen zu Hause vor dem Herd. Die Regenzeit war gekommen, und die Nächte waren kalt geworden. Doch nicht die Kühle der Luft, sondern die letzten Zeilen des Briefes ihrer Mutter ließen sie frösteln. Der Brief lag auf einem Tisch zwischen ihnen. Samael, der besser lesen konnte als Torran, hielt das letzte Blatt in der Hand, dessen abschließende Worte unhörbar zwischen ihnen in der Luft hingen. Er hielt das Blatt locker zwischen den Fingern, wie ein Junge die Knochen eines Affen halten mochte, die er zufällig im Dschungel gefunden hatte.

Halbvolle Gläser mit Reiswein fingen das Licht des Feuers ein und glitzerten. Das Feuer knisterte, gab hin und wieder ein scharfes Knacken von sich. Die Stunde war weit vorgerückt und das Feuer fast heruntergebrannt. Die tiefdunkelroten Flammen strichen über die Gesichter der beiden Männer. Wallendes Blut.

Sie hätten wie Zwillinge aussehen können, wären die Narben nicht gewesen. Dicke, glatte Wundmale, die sich hierhin und dorthin über ihr Gesicht zogen wie die Adern großer Blätter. Beide saßen ernst und versunken da, Torran eher finster brütend, Samael mit leuchtenden Augen. Beide gingen die Geschichte ihrer Mutter in Gedanken immer wieder durch.

Torrans Schwert lag auf seinem Schoß. Sie hatten vor ein paar Tagen mit der Lektüre des langen Briefes begonnen, und mittlerweile gehörte das Schwert zum festen Inventar. Torrans Hand ruhte jetzt auf dem Knauf, ein Finger strich sanft über das Heft. Die Füße, die in dicken Stiefeln steckten, hatte Torran auf einen Stuhl gelegt.

In den letzten sechs Nächten, in denen sie den Brief

lasen, hatte Torran Stück für Stück einer Lederrüstung angelegt, die er in der Stadt Märkteburg vor den Toren des Zwergenkönigreichs Throal von Elfen gekauft hatte, so daß er nun die vollständige Rüstung trug.

Samael trug bequeme Baumwollhosen und ein buntes, überwiegend rot und grün gefärbtes Hemd. Er war ein Geschichtenerzähler, und die heitere Kleidung kam seinem Gewerbe zugute. Doch das dunkle, dicke Holz der Wände, das heruntergebrannte Feuer, die düsteren Enthüllungen des Briefes, all das trübte die Aura der Fröhlichkeit, in die er sich normalerweise hüllte – ebensosehr Rüstung wie Torrans Leder –, und ließ seine Kleidung lächerlich wirken.

Die Wände des Hauses. Dunkel, flackernd rot, ein böses Omen. Dicke Wände. Wände, um Dinge draußen zu halten. Als die Zwillinge ihr Haus bauten, das sie mit der Beute aus zahllosen Abenteuern bezahlten, waren sie sich stillschweigend einig gewesen, daß dicke Wände nötig waren. Etwas Solides. Etwas, um Dinge draußen zu halten. Keiner von ihnen hatte je begriffen, was sie eigentlich heimsuchte, aber das Gefühl der Heimsuchung war nie verschwunden. Ihr Leben lang hatten sie dieses Gefühl stillschweigend geteilt. Ein stockender Wortwechsel, wenn sie unter dem Dach der Sterne lagerten. Ein gemeinsames Nicken, wenn ein klagender Wind über die Steppe heulte. Und es war so furchtbar, daß sie es niemals laut ausgesprochen hatten.

Doch die Wände waren nicht dick genug gewesen, konnten es gar nicht sein.

Die beiden Männer hatten ihre Geister jeden Abend in ihren Köpfen mit nach Hause gebracht. Erinnerungen an ihren Vater. Es gab kein Entkommen.

»Wir hätten den Schluß zuerst lesen können«, sagte Torran mit einer spröden und auf eine seltsam gezwungen wirkende Weise tiefen Stimme. »Ich hab es dir doch gesagt.«

»Aber so wollte sie die Geschichte nicht erzählen«, erwiderte Samael. Er nahm die anderen Blätter des Briefes und legte das letzte Blatt dazu.

»Warum hat sie es so in die Länge gezogen?«

»Sie wollte, daß wir einiges ganz genau verstehen.«

Ohne nachzudenken, hob Torran eine Hand an die Wange und betastete seine Narben. Er begutachtete sie sorgfältig, als seien sie gerade erst aufgetaucht und ihm noch nicht vertraut. »Warum hat sie uns das alles erst jetzt erzählt?«

Samael rollte die Blätter zusammen und legte sie auf den Tisch. Dann nahm er sein Weinglas. »Ich weiß nicht. Ich glaube ... Natürlich wäre es ziemlich hart gewesen. Und vielleicht wollte sie uns nicht weh tun.«

Torran beugte sich vor, während seine Hand den Knauf des Schwerts plötzlich so fest umklammerte, daß die Knöchel weiß wurden. »Er ist immer noch irgendwo da draußen! Er will, daß wir ihn besuchen!« Er stand auf und stellte sich vor das Feuer, so daß sein muskulöser, gerüsteter Körper einen mächtigen Schatten an die Wand warf.

»Das will er tatsächlich.«

»Er ist wahnsinnig.«

»Vielleicht.«

Torran fuhr herum, das Schwert hoch erhoben, seine Miene eine vertraute Grimasse des Zorns. Samael hatte keine Angst. Es war das alte Lied. »VIELLEICHT! Was hast du gerade vorgelesen? Vielleicht! Was hast du diesmal für Schwierigkeiten? Es ist doch ganz einfach. Er ist wahnsinnig.«

»Dieser Drache, Bergschatten, der uns den ersten Brief geschickt hat, hatte eine ziemlich hohe Meinung von Vater.«

»Er ist ein Drache, und Drachen reißen Leute aus purem Vergnügen in Stücke! Ich bin sicher, er und Vater sind wunderbar miteinander ausgekommen.« Torran breitete die Arme aus, und der Feuerschein glitzerte auf der Schwertklinge. »Die ganzen Jahre habe ich so etwas im Hinterkopf gehabt.«

»Ja.«

»Ich kann nicht glauben... Ich kann einfach nicht glauben... Vielleicht hat sie gelogen. Das wäre möglich. Um uns...«

»Sie hat nicht gelogen. Das weißt du.«

»VIELLEICHT!«

»Horche in dich hinein. Siehst du ihn jetzt nicht vor dir? Wie er sich über uns beugt?« Samael zitterte plötzlich. »Ich sehe ihn. Und ich sehe das Messer...«

»Ja«, unterbrach ihn Torran schroff.

Schweigen.

»Gehst du zu ihm?« fragte Samael.

Ohne zu zögern, antwortete Torran: »Nein.« Dann musterte er seinen Bruder eindringlich. »Und du auch nicht. Das kannst du nicht...«

»Ich gehe.«

»Das kannst du nicht.«

»Ich kann. Und ich werde.«

»Er ist ein alter Mann. Er hat uns betrogen. Er hat uns verraten. Er hat...« Torran berührte die Narben.

Samael stand auf. »Morgen früh. Ich breche morgen früh auf. Wenn du mitkommen willst, wenn du es dir noch anders überlegen solltest...«

Torran trat neben seinen Bruder, legte ihm die Hand auf die Schulter. Sie waren eineiige Zwillinge, doch Torran sah sich als den älteren der beiden. Er mußte den flatterhaften, tagträumenden Jüngeren beschützen, der nie wußte, worauf es ankam, und nie das richtige Gespür für die Gefahren entwickelt hatte, die in der Welt lauerten.

»Geh nicht«, bat er sehr ernst.

»Torran, er ist unser Vater. Er will uns sehen.«

»Ich fürchte mich nicht.«

Samael log um seines Bruders willen, einem Mann der Rüstungen, einem Mann der Waffen. »Ich weiß.«

»Geh nicht.«
»Ich will aber.«
»Warum? Er ...«
»Er hat eine Geschichte zu erzählen. Ich höre mir gern Geschichten an.«

Torran ließ den Kopf hängen. »Du bist ein Narr.«
»Ja.«
»Eine Geschichte.«
»Er will uns etwas erzählen.«
»Warum zuhören?«
»Weil es eine gute Geschichte wird. Ich habe ein Gespür dafür. Jetzt weiß ich, daß ich diese Gabe von ihm geerbt habe, dieses Talent für Geschichten.«
»Und was habe ich von ihm geerbt?«

Samael konnte nicht antworten. Torran betrachtete voller Unbehagen seine Rüstung, drehte das Schwert in seinen Händen. Dann fragte er: »Und wenn er immer noch wahnsinnig ist? Wenn er dir immer noch weh tun will?«

»Dann töte ich ihn.«

Bergschatten, der Drache, hatte ihnen in seinem Brief mitgeteilt, wo sie ihren Vater finden konnten – wenn sie wollten. Er lebte in einem kleinen Haus inmitten eines Dschungels südöstlich der Stadt Kratas.

Wände und Dach des Hauses bestanden aus Bäumen, Blumen und Ranken, die alle miteinander verflochten und irgendwie zusammengeschustert waren. Viele Stämme und Äste hatten an Ort und Stelle neue Wurzeln geschlagen und grüne Blätter hervorgebracht.

Das Haus war ein Durcheinander verschiedener, ineinander übergehender Zimmer. Ein Teil des Hauses befand sich in Bodenhöhe und war mit kleinen, in seltsamen Winkeln angebrachten Anbauten verknüpft. Über diesen erhoben sich größere Räume, die sich bis in die benachbarten Bäume erstreckten. Samael mußte ein paar Schritte zurücktreten, um alles in sich aufnehmen zu können. Es war viel größer, als er ursprünglich vermutet hatte. Die Räume türmten sich auf wie ein umgedrehter Berg aus lebendigem Holz. Das Haus drehte und wand sich und wuchs in die Baumkronen hinein, so daß man unmöglich sagen konnte, wo der Anschein von Ordnung begann und das Dschungelleben endete.

Schließlich bemerkte er Stufen, die sich ohne Geländer in der Art einer Wendeltreppe spiralförmig um einen Baum wanden und schließlich im dichten Gezweig der Krone verschwanden. Zuerst wußte er nicht, was das zu bedeuten hatte, doch dann fiel ihm die Besessenheit seines Vaters hinsichtlich des Entdeckens einer verborgenen Bedeutung in der Anordnung der Sterne am Himmel wieder ein, die sowohl in der Geschichte Bergschattens als auch in der seiner

Mutter erwähnt wurde. Sich über die Baumkronen des Dschungels zu erheben, mußte die einzige Möglichkeit für J'role sein, die glitzernden Lichtpunkte am Himmel zu betrachten.

Der Tag war grau, und es nieselte. Das dichte Blätterdach des Dschungels hielt Samael trocken und verlieh dem Licht eine unheimliche graugrüne Färbung. Alles war in ein traumartiges Zwielicht gehüllt, bei dem Dinge in der Ferne nicht immer dunkler wurden, sondern einfach die Farbe und die Umrisse verloren.

In der Mitte des Haupthauses erwartete ihn eine Tür aus grobem Holz, die vollständig mit einem braunen Moos bewachsen war, und für einen Augenblick glaubte Samael die Tür hin und her wogen zu sehen, als atme sie.

Er lächelte. Das Ergebnis einer übersprudelnden Phantasie.

Er erschauerte. Plötzlich war er sich dessen nicht mehr so sicher: Wieviel wird von den Eltern auf die Kinder vererbt?

Sänger, jenes magische Schwert, das er in den Ruinen eines während der Plage zerstörten Unterschlupfes gefunden hatte, schlug ihm gegen den Oberschenkel, als er langsam auf das Haus zuging.

Er hob die Hand und klopfte an die Tür.

Stille. Ein Geräusch. Irgendeine Bewegung, ein Schaben. Noch ein Geräusch – zu Boden fallendes Geschirr, ein Klappern.

Eine Pause.

Schritte. Der Riegel wurde von ihnen gehoben. Die Tür öffnete sich.

J'role, alt und dünn – hager – stand da, die Haut kalkig-grau. Seine Augen leuchteten mit der Klarheit der Sterne vor dem Hintergrund seiner trüben Haut.

Samael hielt nach Narben Ausschau, sah jedoch keine.

Sein Vater starrte ihn einen Moment lang an, neugierig, unsicher, gefesselt. Hinter ihm konnte Samael ein Tohuwabohu aus Gerümpel erkennen. Sternkarten, die mit Messern am Holz befestigt waren, hingen willkürlich an den Wänden. Schatztruhen lehnten an Stühlen, die auf der Seite lagen. Überall lagen Silber- und Goldstücke wie Staub auf dem Boden. Spinnweben hingen von der Decke, und Spinnen huschten umher, als habe sie die Ankunft eines Gastes nach all den Jahren in äußerste Erregung versetzt. In einer Ecke waren Schränke, Tische und Stühle aufgestapelt. Eine Treppe führte zu den höher liegenden Räumen. Auf den Stufen lagen unzählige Stapel von Sternkarten, so daß es so aussah, als sei der Aufstieg mindestens ebenso schwierig wie das Erklimmen eines steilen Hügels.

Was dreißig Jahre lang ein schattenhafter Alptraum gewesen war, stand jetzt in Fleisch und Blut vor ihm, und der Anblick seines Vaters ließ zu viele Erinnerungen klar an die Oberfläche treten. Panik erfaßte ihn. Samael wollte sich umdrehen und weglaufen, doch nicht, weil er um sein Leben fürchtete. Es war ausschließlich der Drang, der Situation zu entfliehen. Was tat er hier überhaupt? Was sollte er sagen?

Doch er brauchte das Gespräch nicht zu beginnen. J'role schien plötzlich zu dämmern, wer vor ihm stand. Er, der als Junge keine Stimme besessen hatte, lächelte und begrüßte seinen Sohn. Er bat Samael herein.

Eine kleine Weile standen die beiden verlegen da, während J'role auf die Schätze deutete, die er gesammelt hatte, die ihm aber nichts bedeuteten: Er war ein Dieb, und er stahl. Er konnte es nicht ändern.

J'role fragte nach Torran und war enttäuscht, als er erfuhr, daß sein anderer Sohn nicht kommen würde. Samael erwähnte, daß auch Releana nicht kommen würde. Als er dies vernommen hatte, wandte sich der alte Mann ab und fragte seinen Sohn, ob er eine Tasse Tee trinken wolle. Samael nahm dankend an, und kurz darauf hatten sich Vater und Sohn am Herd niedergelassen und wärmten sich am Feuer und an den Teetassen in ihren Händen.

Samaels Schwert lag auf seinem Schoß. Sein Vater bemerkte es und stellte eine diesbezügliche Frage. Der Sohn lächelte nur dünnlippig. J'role nickte wissend. Er schluckte. Er verstand. Samael wußte, worum es bei ihrem Treffen ging. Das Schwert stand zwischen ihnen, eine Barriere, die es zu durchbrechen galt, bevor Vater und Sohn sich umarmen konnten.

Samael sagte: »Du wolltest mir etwas erzählen?«

J'role räusperte sich.

Teil Eins

NEUER JUNGE,
ALTER MAGIER

Ich stand auf der Plattform, die ich oben unter dem Dschungeldach errichtet hatte. Das ist jetzt etwas über ein Jahr her. Ich starrte zu den Sternen hinauf, die reglos und perfekt über mir am Himmel standen. Ein Bildnis der Ordnung. Sie bewegten sich, aber langsam. Nicht wie unsere hektischen Gedankengänge, sondern in einer erhabenen Prozession. Verständlich. Man kann die Sterne ansehen. Sich ihre Position einprägen. Karten von ihnen zeichnen.

Das tat ich. Oft. Es lenkte mich ab, beschäftigte mich, beruhigte mich. Ich saß an einem Schreibtisch auf der Plattform, eine Feder in der Hand, die ich so fest hielt, daß ich oft meine Finger nicht mehr spürte, und zeichnete die Sterne auf. Ihre Positionen. Vermerkte Sternschnuppen, die verirrten Gedanken des Universums. Fixpunkte aus Licht, die sich von ihrem angestammten Platz losgerissen haben. In jener Nacht sah ich drei von ihnen, was mich ängstigte. Jahre zuvor waren bereits die Dinge in meinem Kopf durcheinandergeraten, und für mein inneres Gleichgewicht war es unbedingt erforderlich, daß zumindest die Sterne an Ort und Stelle blieben. Also saß ich angespannt da wie ein Kind, das auf eine Ohrfeige seiner wütenden Eltern wartet.

Die Geräusche von Bewegungen unter mir trieben zu mir herauf, so leise wie der Vorbeiflug eines Schmetterlings. Im Dschungel lauscht man immer, da jeder Laut ein Hinweis sein kann, der einem das Leben rettet. Ich hörte Blätter rascheln, das Knacken eines brechenden Zweiges.

Ein Tiger auf der Jagd? Zu ungeschickt. Leute? Ich erhob mich. Hatte man mich gefunden? Dieser Gefahr war ich mir immer bewußt, und der Gedanke daran schlummerte in meinem Hinterkopf, eine Schlange unter vielen, die sich am Rande meines Bewußtseins zusammengeringelt hatten.

Dann Stimmen. Rufe. »Dort drüben!« Der Schrei eines Jungen. »Nicht! Bitte!«

Das kribbelnde Gefühl der Panik überkam mich. Ich fragte mich nicht, wer diese Leute waren. Bedeutsam war einzig und allein die Tatsache, daß ein Kind in Gefahr war. Gab es etwas Schlimmeres? Ich mußte etwas unternehmen. Aber... aber war *ich* nicht eine viel größere Gefahr für das Kind als jene, vor der es davonlief? Ich hatte seit dem Theranischen Krieg keinem Kind mehr etwas angetan. Trotzdem waren die Schlangen noch aktiv.

Ich spannte mich wie ein Jagdhund und lauschte. Das Dickicht des Dschungels umgab mich wie die schwarzen Wellen eines erstarrten Sees. Über mir die unerbittlichen Sterne. Bleib ruhig, sagte ich mir. Sei wie die Sterne. Etwas zu unternehmen, heißt, das Ende zu riskieren. Nicht das fleischliche Ende, das mir willkommen gewesen wäre. Das Ende der Sicherheit.

Das Rascheln der Blätter kam näher. Die Schreie wurden lauter. Er war schnell, dieser Junge. Er hatte eine Chance verdient.

Ich rannte zur Treppe, raste die Stufen zu einem Raum herunter, der sich vierzig Ellen über dem Boden befand. Kein Geräusch wurde laut. Die Diebesmagie hüllte mich ein wie ein Mantel aus Schatten und beschwichtigte mich. Unsichtbar zu sein! Es gab nichts Schöneres, als unerkannt zu bleiben! In die Nischen der Natur zu schlüpfen und in den Augen anderer Leute ein Felsen oder ein Baum zu sein.

Ich hechtete zur Tür, die ins Haus führte, rollte mich hinein, sprang auf und griff nach dem Schwert, das an der Wand hing. Ein Kampf! Die Muskeln in meinem

Körper erwachten zu strahlendem Leben. Bereit zum Kampf.

Die Treppe hinab, lautlos wie eh und je. Im stillen mußte ich lachen. Ich war mein eigenes Geheimnis.

Durch die Haustür. Unter dem Blätterdach war die Luft wärmer. Stickiger. Unbewegt. Das Knacken von Zweigen vor mir. »Ausschwärmen!« rief jemand. Eine alte Stimme, die sich in mein Hirn bohrte wie ein Angelhaken. Durchdringend, doch zu leise, um sie erkennen zu können. Fackeln tauchten hinter Bäumen auf und verschwanden wieder wie leuchtend rote Blutflecken. Das grelle Licht enthüllte hier und da ein Gesicht: ein Elf, ein paar Menschen. Sie schwärmten aus.

Mein Haus, das Zimmer für Zimmer inmitten der Bäume errichtet und jetzt mit Ranken bewachsen ist, verschmolz mit dem nächtlichen Wald. Sie gingen weiter, etwa hundert Schritte vor mir, und bahnten sich einen Weg durch das dichte Unterholz. Suchten.

Der Junge war dort draußen. Irgendwo. Den Jägern voraus. Der weiche, feuchte Waldboden gab nicht mehr als ein Seufzen von sich, als ich losrannte. Meine alten Beine trugen mich wie Flügel. Die Diebesmagie umgab mich, führte mich. Ich drehte, wand und duckte mich, schlängelte mich um Haaresbreite an Blättern und Zweigen vorbei. Dabei konnte mir die Sicherheit der Magie helfen, mich vor den Jägern zu verstecken, dachte ich.

Ich mußte mein Verlangen unterdrücken, dem Jungen zu helfen. Mußte die Magie überlisten. Das war nicht leicht, aber durchaus möglich. Gefährlich außerdem. Ich sagte mir immer wieder, daß ich ihm nicht helfen wollte. Er mochte sich als nützlich erweisen. Als wertvoll. Wenn man ihn jagte, mußte er Geld besitzen. Oder zu Geld führen. Oder Geld beschaffen können. Irgendwie.

Ich sagte der Diebesmagie, daß mir der Junge gleichgültig war, daß ich etwas wollte. So habe ich mein ganzes Leben gelebt.

Es war möglich, daß ich ihn tötete, wenn ich mich zu sehr hineinsteigerte und zu eigensüchtig wurde. Das richtige Maß war entscheidend. Ich mußte mir den Jungen als Mittel zum Zweck vorstellen, aber nicht zu sehr. Ich wollte ihm nichts antun, aber ich hatte ihn auch noch nicht erreicht. Wenn ich das tat und er zum Beispiel eine juwelenbesetzte Krone trug, mochte die Magie in mir bewirken, daß es mich nach seinem Reichtum gelüstete, und dann tat ich ihm vielleicht alles mögliche an, um zu bekommen, was ich wollte.

Mit Reichtum konnte ich nichts anfangen. Reichtum brauchte ich nicht.

Die Rufe entfernten sich immer weiter. Mein Atem beschleunigte sich. Ein heiseres, altes Keuchen, das in meinen Ohren widerhallte. Ich blieb stehen. Lauschte. Das Knacken eines Zweiges. Voraus das Geräusch keuchenden Atmens. Der Junge. Er versuchte, das Geräusch zu unterdrücken. Einen Moment lang glaubte ich, der Junge sei ich selbst, fünfzig Jahre jünger, der sich vor denen versteckte, die den Ring der Sehnsucht wollten. Er selbst eine Leiche, die von einem Geisterbeschwörer wiedererweckt worden war und sich nach dem richtigen Leben sehnte.

Ich näherte mich ihm. Langsamer jetzt. Man hatte mich schon oft zu überlisten versucht. War dies eine Falle, ein abgekartetes Spiel? Absurd, vielleicht, aber für einen Menschen ohne Freunde ist die Ichbezogenheit ein allgegenwärtiger Begleiter.

Die Jäger kamen näher. Rufe. Anweisungen. Bestätigungen. Leises Gemurmel der Unzufriedenheit. »Ist viel zu spät für solche Sachen. Wir sind hier schließlich im Dschungel, bei allen Passionen.« Stadtbewohner, und sie konnten einander nicht besonders gut leiden. Gut.

Der Junge war stehengeblieben, hatte sich zweifellos versteckt.

Ich hörte etwas Neues, etwas feuchtes. Ein Schnüffeln, kehlig und voller Verwesung. Tiere. Doch keine Dschungeltiere. Etwas Neues.

»Entfernt euch nicht weiter als hundert Ellen voneinander!« rief jemand. Die Stimme des Angelhakens. Meine Gedanken überschlugen sich, als ich mich erinnerte. Ich war ein Mann auf dem Drahtseil, der die Frau, die er getötet hat, plötzlich im Publikum sitzen sieht.

Mordom.

Er war vor fünfzig Jahren gestorben. Aufgespießt worden. Tot. So tot wie ein Kadaver, der vom Meer an den Strand gespült wird. Durchbohrt und zerfetzt. Ich hatte das Blut gesehen. Nein. Hatte ich nicht. Das hatte ich mir nur eingebildet. In den Gängen unter Parlainth war es ziemlich dunkel gewesen. Doch Mordom war aufgespießt worden. Soviel wußte ich. Der Schrei. Die plötzliche Stille. Er war tot.

Andererseits ist der Tod unter einem Lavameer eingesperrt. Seine Macht ist brüchig. Es geschehen viele merkwürdige Dinge. Wiederbelebung. Geburt. Hoffnung.

Er war am Leben. Mordom war am Leben, hier und jetzt. Und nur ein Dutzend Schritte entfernt. Ich unterdrückte einen Aufschrei. Schlug meine faltigen, fleckigen Hände vor den Mund. Atmete aus. Ließ den Laut fast durch meine Finger gleiten. Ganz plötzlich brachen die Erinnerungen über mich herein. Der Junge in Gefahr. Ich, der Junge, jetzt. Mutter tot, Vater im Sterben. Das Unwesen in meinem Kopf. Garlthik, mein Mentor, mein Peiniger, Verräter an mir. An irgendeiner Stelle in meiner Vergangenheit war irgend etwas ganz entsetzlich schiefgegangen. Eine einzige schlimme Saat, und es endet damit, daß die Zweige und Äste des Verstandes schief und krumm wachsen.

Jedenfalls plagten mich diese Fragen. Wo lag mein Fehltritt? Was hatte ich falsch gemacht?

Ich ließ mich zu Boden sinken, und die Last der Jahre legte sich bedrückend und schwer auf meine Schultern. Wenn ich tief genug sank und mich so klein und flach wie möglich machte, übersah er mich vielleicht. Sie alle übersahen mich dann vielleicht.

Ich war über sechzig! Was tat er hier? Er war eine Erinnerung, die Ursache quälender Alpträume! Er gehörte in meinen Kopf, ein Phantom der Verzweiflung und zu vieler offener Fragen. Es stand ihm nicht zu, plötzlich in Fleisch und Blut vor mir zu stehen und sich mit der unheimlichen Präzision zu bewegen, die belebten Knochen anhaftet. Daß er am Leben war, ließ sich gerade noch verstehen. Aber warum mußte er *mir* begegnen? Unsere Wege hatten sich getrennt. Ich wäre fast aufgesprungen und hätte gerufen: »Hör mir zu. Ich habe mich mein ganzes Leben lang vor allem gefürchtet, was geschehen ist, als ich dich kannte. Ich habe keinen Streit mit dir. Laß mich gehen. Nimm den Jungen. Du hast nichts mehr von mir zu befürchten.«

Der Junge.

Jetzt also ein anderer Junge. Ein Junge in Gefahr. Mordom in der Nähe.

War sein Vater tot? Seine Mutter wahnsinnig? Zu Tode gesteinigt worden? Wer konnte das wissen? Schreckliche Dinge geschehen. Gab es nicht auch Freude dort draußen in der Welt? Hatte ich nicht einmal ein junges Paar vorbeigehen sehen, Hand in Hand, lächelnd? Moment mal. War *ich* das nicht gewesen? Wo bleiben diese Dinge nur? Wie stellt man es an, glücklich zu sein? Und wenn man glücklich ist, wie bleibt man es? Es ist leichter, Luft zu fangen und zu behalten.

Das sonderbare feuchte Schnüffeln kam näher. »Irgendwer ist ganz in der Nähe«, sagte einer der Jäger mit tiefer, schroffer Stimme. Ein Zwerg.

Durch winzige, von Blättern und Ästen geformte Tunnel sah ich Mordom und den Zwerg. Fünfzehn Ellen entfernt im Licht der Fackel, die der Zwerg hielt. Wenn er auch nicht tot war, so war Mordom doch zumindest alt. Dünn, haarlos. Im flackernden Fackellicht glänzten die tiefen Furchen in seiner Haut rot und schwarz. Verbrannte, verfluchte Erde. Seine

Augen hatten sich verändert. Sie waren nicht mehr offen, weiß und blind, sondern geschlossen, die Augenlider mit groben, purpurfarbenen Stichen zugenäht. Meine Finger wühlten in der feuchten Erde herum, beiläufig, als seien sie auf der Suche nach einem Halt, nach einer stabilen Realität. Er hatte die Hand erhoben, wie er dies auch vor fünfzig Jahren zu tun pflegte, und suchte. In der Handfläche sah ein grünes Auge nach links, dann nach rechts. Ein Blinzeln. Garlthiks Auge.

Mordoms Gesicht trug einen Ausdruck der Boshaftigkeit. Eine zu allgemeine Beschreibung, denkst du jetzt vielleicht. Aber nein, es war Boshaftigkeit, schlicht und einfach. Stell dir ein Hohnlachen vor und füge so viel Haß hinzu, wie ein Namensgeber überhaupt empfinden kann. Und dann noch etwas mehr. Das war sein Gesicht. Eine Maske leidenschaftslosen Hasses.

Der Zwerg zu seiner Linken lehnte sich zurück. Eine Hand hielt die Fackel. Um das Handgelenk der anderen waren zwei Leinen gewickelt. Das Ziehen der Tiere am anderen Ende hatte seine Haut gerötet. Der feuchte Laut, ein Hauchen, ein Hunger, kam von jenseits des dichten Gebüsches, wohin die Leinen führten.

»Soll ich sie loslassen?« fragte der Zwerg.

»Nein, noch nicht. Es wird schwierig, sie wieder einzufangen. Sie haben die Witterung seiner Angst. Sie werden ihn finden.«

Sie haben die Witterung seiner Angst?

Dämonen?

Dämonen.

Mordom war schon vor fünfzig Jahren gut mit Dämonen zurechtgekommen. Jetzt hielt er sie sich als Haustiere. Beschämt durch meinen Mangel an Mut krümmte ich mich zusammen, versuchte mich irgendwie zusammenzufalten. Der Schrecken des Augenblicks – der jähe Einbruch der Vergangenheit in die

Gegenwart – schien solch eine außergewöhnliche Bemühung zu rechtfertigen.

Durch die Lücken zwischen den Blättern konnte ich einen Blick auf die Dämonen erhaschen. Es waren zwei verschiedene. Beide waren schwarz und hatten die Größe sehr großer Hunde. Einer hatte einen gewaltigen Buckel. Der andere war fast ein Skelett und mit dichtem, nassem Fell bedeckt.

Ich war einigermaßen sicher. Ich konnte ruhig bleiben und sie vorbeilassen. Sie waren nicht hinter mir her. Die Unwesen führten Mordom und den Zwerg an mir vorbei und zu dem Jungen. Zu feige? Verglichen mit einem Helden, lautet die Antwort gewiß ja. Aber ich habe nie behauptet, ein Held zu sein.

Wieder das Atmen des Jungen. Ein Schnaufen. Dann Stille. Ich wandte den Kopf. Neben mir ein abgestorbener Baum, dessen Stamm aufgesprungen und hohl war. In der Höhlung bewegte sich ein Schatten. Ein plötzliches Aufflackern der Fackel erhellte einen Augenblick lang das Gesicht des Jungen. Die Haut über seinen Wangen war glatt und wies noch keine Spuren des Alters und der Erfahrung auf. Ein Zwergenjunge.

»Dort drüben!« rief der Zwerg mit den Unwesen plötzlich. Das Schnüffeln der Dämonen, schlurfende Schritte, die immer lauter wurden. Einer knurrte. Ein sondierender Gedanke wand sich durch meinen Verstand. Einen Moment lang hörte ich auf zu atmen, unterdrückte alle Empfindungen. Der sondierende Verstand zog sich zurück.

»Hör zu«, flüsterte ich dem Jungen zu. »Ich kann dir helfen. Wir müssen verschwinden...« Er hatte gedacht, ich hätte ihn nicht bemerkt, hatte gedacht, er habe sich zu gut versteckt. Er schrie auf.

Mit einem Satz war ich bei ihm und packte ihn unter den Achseln. Er trat nach mir, während ich ihn aus dem hohlen Baum zog. »Laß mich *los!*«

Ich hielt mein Gesicht dicht vor seines, so daß sich unsere Nasen berührten, und knurrte: »HALT DIE KLAPPE!« Das tat er.

Hinter uns das Krachen des Unterholzes, als der Zwerg die Dämonen von der Leine ließ, die jetzt ungehindert auf uns losstürmten.

Ich setzte den Jungen ab und nahm ihn an der Hand. Sie zitterte. Er weinte. »Los, komm!« sagte ich schroff. Wir rannten.

Soviel geschah, drang auf mich ein. Die Diebesmagie war mir jetzt keine Hilfe. Mordoms Anwesenheit hatte mich zu sehr verwirrt. Ich konnte mir den Zwergenjungen nicht mehr als möglichen Schatz vorstellen. Ich wollte ihm helfen. Er war nicht mehr er selbst, er war mehr als er selbst. Er war ich, vor Jahrzehnten von Mordom bedroht. Er war du und Torran, von Generalstatthalter Pavelis bedroht. Mein Verstand übersprang ein paar Takte im Rhythmus des Lebens, wie das jeder Verstand manchmal tut. Oft sind die Dinge nicht, was sie tatsächlich sind, sondern mehr. Er war ein kleiner Junge, doch kaum lag seine pummelige Hand in meiner, als er alle kleinen Jungen der Welt zugleich war, im Dschungel verirrt, von Feinden verfolgt.

Die Dämonen waren uns dicht auf den Fersen. Die Luft wurde unnatürlich feucht und heiß. Ein warmer Lufthauch senkte sich herab, wickelte sich um mich. Der Junge schrie wieder auf, und ich wußte, warum. Der Lufthauch leckte an unserer Haut, verschmolz mit ihr. Er störte mein Empfindungsvermögen. Irgend etwas war unter meine Haut gekrochen.

Wir rannten weiter. Zweige schlugen nach mir, zerkratzten mich. Der Junge schnappte keuchend nach Luft, drohte im dichten Wald der Blätter zu ersticken, die sein Gesicht peitschten. Meine Stirn prallte gegen einen niedrig hängenden Ast. Ich taumelte zurück, doch dann fing ich mich wieder und rannte geduckt weiter.

Wohin führte uns unser Weg?

Wiederum Rufe. Die Jäger folgten den Dämonen, die wiederum uns folgten. »Da ist noch jemand!« schrie einer von ihnen. Ein Dämon erreichte uns, schnappte knurrend nach den Waden des Jungen. Ich riß den Jungen hoch und in meine Arme, rannte stolpernd weiter. Unbeholfen, ungeübt, ein alter Mann, der plötzlich ein Kind trägt.

Die Zweige, die meinen Körper peitschten, waren zuviel für mich. Die Strapazen beanspruchten alle meine Kräfte, so daß ich keinen klaren Gedanken fassen konnte. Ich konnte mich nur noch darauf konzentrieren, in Bewegung zu bleiben. Wenn mich meine Beine im Stich ließen, war alles aus. Der seltsame, sondierende, heiße Lufthauch drang in meinen Körper ein und glitt durch meine Organe. Er nahm eine festere Struktur an und zog sich jetzt zusammen, so daß meine Innereien zu einem Knoten zusammengepreßt wurden. Ich krümmte mich, wobei ich den Jungen beinahe fallengelassen hätte. Sein Gewicht in meinen Armen war außerordentlich, eine massive Last. Ich keuchte laut. Der Junge weinte wieder. Ich war eine falsche Hoffnung. Eine Sinnestäuschung: Vielleicht wird alles wieder gut. Dann: Nein, keineswegs, am Ende doch nicht.

Einst war ich jung gewesen, stark. Jetzt fühlten sich meine Muskeln steif und müde an. Ich sehnte eine Ruhepause herbei, eine lange Ruhepause. Den Tod. Wie hatte es eine derart erbärmliche Kreatur wie ich nur geschafft, so lange am Leben zu bleiben? Meine Gedanken verwirrten sich. Konnte ich nicht einfach fallen? Das wäre nicht meine Schuld. Alt, auf der Flucht, von einem Dämon getötet, bei dem Versuch, das Leben eines Kindes zu retten. Das schien ein freundlicher Nachruf zu sein. Ein Nachruf, der den schrecklichen Kinderreim als bisher einzig mögliche Grabinschrift verdrängen mochte.

Der Reim stahl sich in meine Gedanken, während

ich weiterrannte, und sein Versmaß entsprach meinem Schrittrhythmus:

> »Wer bist du?«
> »J'role, verrückter alter Clown,
> So war ich schon immer
> Seit meinem ersten Laut.
> Vater und Mutter
> Vor mir verdreht,
> Jonglier mit Messern!
> Schnitt! Alles zu spät!«

Ich hatte den Reim gerade beendet, als ich den Boden unter den Füßen verlor. Der Junge und ich stürzten vorwärts in tiefste Dunkelheit.

Vor Überraschung schrien beide auf, bis die kühlen Fluten des Flusses über uns zusammenschlugen. Unsere nasse Kleidung schmiegte sich um unsere Haut, klammerte sich an uns. Ich kannte den Fluß, der normalerweise viel kleiner war, kaum mehr als ein Bach. Ich hatte vergessen, daß er durch die kürzlichen Regenfälle angeschwollen war. Die Strömung trieb uns mit zahllosen formlosen Händen voran. Das Ding, das in meinem Körper gewesen war, der sondierende Hauch, war verschwunden, doch meine Nervenenden spürten noch einen Rest von Klebrigkeit. Einen sonderbaren Schleim, der durch meinen Körper sickerte. Der Junge ruderte mit den Armen und rief nach seiner Mutter, während er auftauchte und wieder untertauchte und dabei Wasser schluckte. Ich hielt ihn fest und drehte ihn so, daß er auf dem Rücken schwamm. »Entspann dich«, befahl ich, aber er schlug weiterhin mit den Armen, unfähig, seiner Panik Herr zu werden. Der Verlust jeglichen Halts forderte seinen Tribut: Wir glauben, das Leben zu kennen, und dann ist plötzlich alles Vertraute verschwunden, unförmigen Schatten, Trugbildern von anderen Leuten und Orten gewichen, die wir nicht kennen. Was kann man dann anderes tun, als um sich schlagen und versuchen, sich irgendwie in die Welt zurückzubefördern, die man gekannt hat?

Ein Platschen flußaufwärts. Über uns hielt das dichte Blätterdach das Sternenlicht fern. Hinter uns nur das Rauschen des Wassers. Irgend etwas schwamm auf uns zu. Schwer atmend. Feucht. Hungrig. Ich griff nach meinem Schwert, das ich mir zu Hause in den Gürtel gesteckt hatte, doch meine Hand fand nichts. Ich mußte es bei der Flucht durch den Wald oder bei dem Sturz in den Fluß verloren haben. Fackeln tanzten am Flußufer entlang, verschwanden hinter Bäumen, um gleich darauf wieder aufzutauchen. Sie folgten uns.

Die Kehle schnürte sich mir zu, und ich paddelte aus Leibeskräften mit den Beinen, um uns ans gegenüberliegende Ufer zu bringen, während der Dämon spritzend durchs Wasser pflügte. Die Dunkelheit, das schwarze Wasser, das Treiben darin, alles das erweckte in mir das Gefühl, irgendwie bereits tot zu sein. Der Dämon kam näher, und ich flehte den Jungen an, still zu sein. Ich glaubte nicht, daß uns die Stille gegen ihn helfen würde, aber vielleicht entging unseren Jägern, wo wir an Land gingen – falls wir es ans Ufer schafften. Tatsächlich beruhigte er sich, als ihm plötzlich klar wurde, daß er noch nicht ertrunken war, und sein Verstand die Gefahr, in der er schwebte, nicht zur Kenntnis nahm. Erleichterung erfaßte ihn. Er schniefte vor sich hin, da ihm Einsamkeit und Heimweh jetzt mehr zusetzten als alles andere.

Das Ding kam paddelnd näher. Alles in mir verkrampfte sich, da ich damit rechnete, den seltsamen feuchten Lufthauch wieder zu verspüren. Als er nicht kam, nahm ich an, der Dämon mit dieser entsetzlichen Fähigkeit müsse wieder angeleint worden und bei den Jägern am Flußufer sein. Der zweite Dämon, der mit uns im Wasser war, blieb ein Geheimnis, das erst noch gelüftet werden mußte. Sie, die Dämonen, treten in so vielen alptraumhaften Formen und Gestalten auf, wer könnte sie da alle erfassen und katalogisieren?

Sein hechelnder Atem war jetzt deutlich zu hören. Er schnaufte und spie Wasser, während er immer näher an uns heranpaddelte, nur noch ein paar Schritte entfernt. Der Junge hörte das Schnauben und fing an zu schreien. Angespornt durch die Furcht des Jungen, schnellte der Dämon vorwärts. Der Sprung war zu kurz, und der Dämon klatschte ins Wasser zurück, das über uns zusammenschlug. Der Junge versuchte seiner Angst durch einen weiteren Schrei Herr zu werden, doch vergeblich. Er schlug plötzlich um sich, da er sich aus meinem Griff befreien wollte, packte meinen Arm und versuchte sich loszureißen. Ich hielt ihn fest, doch dann fiel der Dämon über uns her.

Er stürzte sich auf mich, ein Schatten dunkler als die Finsternis um uns. Das Aufblitzen von Zähnen, ein huschendes Schemen. Die Wunde, eine Konzentration von zerbrochenem Glas. Der Junge glitt aus meinen Armen, als ich mich aufschreiend herumwälzte. Mein Mund, der vor Schmerzen weit aufgerissen war, füllte sich mit Flußwasser, in dem Blutschlieren trieben. Riesige Pranken mit Krallen wie silberne Nägel krabbelten über meinen Rücken und drückten mich tiefer ins Wasser. Das Ding kletterte über mich hinweg und paddelte hinter dem Jungen her. Ich war für den Dämon nicht mehr vorhanden, und im Vorübergehen trat er mit gedankenloser Nachlässigkeit nach mir.

Um mich herum Leere. Kein Oben, kein Unten. Ich trieb ohne Sinn und Zweck im Wasser. Meine Lungen schrien nach Luft, die Augen nach Licht. Dann ein erstickter Schrei. Dort, rechts von mir. Ich durchbrach die Wasseroberfläche. Hustend. Die Luft, die ich einsog, schnitt heiß durch meine Brust. Das Ding wirbelte herum, bevor ich mich wieder orientieren konnte. Ein Gesicht – nein. Ein Maul. Der Kopf des Dämons war nicht mehr als ein riesiges Maul, die Lippen waren so weit zurückgezogen, daß nur Zähne und eine Zunge zu sehen waren. Eine geschälte Orange und darin nichts als eine gähnende Leere. Die Unmöglichkeit dieses Anblicks ließ mich erstarren. Das Maul schnellte mir entgegen. Ich warf mich nach hinten, versuchte mit den Füßen zu paddeln. Die Krallen des Dämons bohrten sich tief in meine Brust. Ein Schrei von mir, dann ein Gurgeln, als ich wieder Wasser schluckte. Ich klammerte mich an seine Schultern, tastete nach seinem Hals, von dem Gedanken beseelt, der Dämon könne mich vor dem Ertrinken retten. Wir beide, der Dämon und ich, tauchten unter.

Wir wanden uns, pflügten durch die Fluten des Flusses. Jeder von uns mühte sich, den anderen richtig zu fassen zu bekommen. Meine Finger glitten seinen Hals entlang über zartes Fell, das sich merkwürdig flauschig anfühlte. Der Hals war lang, absonderlich lang für das riesige Maul, das er trug. Ich umklammerte ihn mit beiden Händen, versuchte ihm das Genick zu brechen. Der Dämon krümmte sich in meinem Griff wie eine Schlange. Wie ein Kind, das sich freiwinden will.

Die Finger meiner Mutter auf meiner Brust. Das Ritual. Das Unwesen in meinen Gedanken.

Zähne bohrten sich in meinen Arm. Der Schmerz zwang meinen Mund auf. Die Welt verkehrte sich ins Gegenteil. Wasser wurde zu Luft, verstopfte meinen Mund, meine Kehle. Die natürliche Reaktion auf Schmerzen – Schreien, Keuchen – war gleichbedeutend mit dem Tod. Meine Hände ruderten im Wasser, suchten das Maul, wollten es von meinem Arm abschütteln. Meine rechte Hand reagierte nicht. Sie war lahm und brannte. Die linke fand die scharfen, tödlichen Zähne. Zog das Maul auseinander, während die Zähne meine Hand durchbohrten. Frei. Bilder vom Tod passierten vor mir Revue wie seltsame Fische. Meine Leiche, die den Fluß hinuntertrieb. Meine Leiche, die von theranischen Sklavenmeistern ausgepeitscht wurde. Meine Leiche, von eigener Hand getötet, wie der Dämon in meinem Kopf es mir vorgeschlagen hatte. Wie oft war ich fast gestorben? Durch den Luftmangel wurde mir schwarz vor Augen. Die Zeit dehnte sich, das Werk eines Kindes, ein Ball aus einer Dschungelliane, die sich immer nur um sich selbst wand. Ich trieb dahin, unsicher, wie alt ich war. Alt war ich auf jeden Fall. Sehr alt. Schon immer gewesen.

Immer?

Immer.

Manche von uns brauchen ihr ganzes Leben, um ihr eigentliches Alter einzuholen.

Nach oben und durch die Wasseroberfläche. Das Fackellicht flackerte weit entfernt am gegenüberliegenden Ufer. Am Leben! Ein Augenblick der Freude, die Schönheit eines ruhig daliegenden Sees, die plötzlich durch die Wogen des Augenblicks gekräuselt wird. Der Dämon. Mordom. Der Junge! Wo war der Junge?

Ich war verwirrt. Meine Schulter brannte so heiß, daß ich glaubte, sie stünde in Flammen. Der Junge, den ich suchte – welcher war es? Einen Augenblick lang glaubte ich, ich könnte mich selbst finden. In den rauhen Wassern des Lebens treibend. Erinnerungen an meine Vergangenheit brachten mich durcheinander, und plötzlich war ich für mich selbst ein Fremder. Ein unbekannter, geheimnisvoller Retter meiner selbst. Existierte meine Kindheit noch? Lebte sie irgendwo? Konnte ich den Jungen retten, der ich einmal gewesen war, und damit meine Gegenwart ändern? Die Gedanken nahmen irgendwo in meinem Kopf Gestalt an, und ich befürchtete, den Verstand zu verlieren. Hin und wieder überfiel mich die Angst, den Verstand zu verlieren. Außer mir zu sein. Gedanken, die sich förmlich überschlugen, wie ein Kind, das von seinem Vater gehalten und herumgewirbelt wird, immer und immer wieder, während das Kind bis zu dem verhängnisvollen Augenblick lacht, wenn der Vater losläßt. Ein Unfall. Ein Ausrutscher. Ein Schwung, und das Kind fliegt los. Davon. Weg. Verschwunden.

Ich verlor den Verstand.

Ich fürchtete, ich könne wahrhaftig zu der Ansicht gelangen, als Kind nicht ich selbst, sondern tatsächlich zwei verschiedene Personen gewesen zu sein. (Woher stammte diese Vorstellung? Wo kommen eigentlich die Gedanken her?) Wenn ich das glauben konnte, wenn sich dieser Glaube in mir festsetzte, würde ich nicht länger wissen, wie ich in der Welt leben sollte. Ich würde die Dschungel des Landes durchstreifen und wie ein Leopard leben, mir immer der Umgebung bewußt sein – ein Baum, eine Antilope, das Sonnenlicht –, aber meine Gedanken, die Gedanken eines Namensgebers, würden verschwunden sein. Ich würde mich nicht mehr als *mich selbst* kennen.

Plötzlich wieder der Junge. Diesmal, der Zwergenjunge. »Hau ab!« rief er. Ein schwaches Glitzern von Metall. Ein heller Stern an einem wolkenverhangenen Himmel, der den Schleier der Dunkelheit durchbrach. Seine kleine Hand ließ die Klinge hinter dem Maul des Dämons heruntersausen. Das Unwesen brüllte vor Schmerz. In diesem Augenblick erkannte ich, daß ich starb. Ich trieb davon, ein Beobachter, erfreut über den Stoß des Jungen und unseren gemeinsamen Sieg. Erfreut, aber auch sicher, daß ich die dazugehörige Feier nicht mehr erleben würde.

Der Dämon warf sich auf ihn und schleuderte ihn ein paar Ellen weit weg. Ein Platschen, als der Fluß den Jungen wieder verschluckte. »Was ist da los?« rief jemand vom Flußufer. Wir hatten einen ziemlichen Vorsprung vor ihnen, da uns die Strömung rasch an dem Gewirr aus Bäumen und Büschen vorbeigeschwemmt hatte, das sie aufhielt. Sie waren etwa zwanzig Schritte hinter uns. »Ich kann nichts sehen!« mischte sich ein anderer ein. »Wo ist der Magier?« fragte ein dritter. »Kommt! Er ist unterwegs«, sagte ein vierter. Einer der Jäger warf eine Fackel in unsere Richtung. »Da!«

Das Spiegelbild der Flamme leuchtete auf dem Wasser auf, scharlachrotes Öl, ein glühendheißer Punkt mit einer weißen Mitte. Einen Moment lang sah ich den Jungen, jung, mit glatten, bartlosen Pausbacken. Die Augen eine Mischung aus Furcht und der Unverwüstlichkeit der Berge. Irgend etwas war in ihm ausgerastet. Die sonderbare Kraft aller Kinder, die von rührseligen Erwachsenen immer unterschätzt wird, war angezapft worden. Er ruderte mit den Armen, um sich über Wasser zu halten, und schaffte es auch. In einer Hand hielt er den Dolch, der mit grünen Tropfen befleckt war.

Der lange Hals des Dämons schoß aus dem Wasser, sein gewaltiges, auf obszöne Weise groteskes Maul in der Parodie eines Schreis weit aufgerissen. Kein Laut drang daraus hervor. Er konnte es einfach nicht mehr schließen. Er fuhr herum. Ich hatte keine Ahnung, wie er sah. Für Augen war bei diesem gewaltigen Maul kein Platz. Er näherte sich dem Jungen.

Die Fackel fiel auf das Wasser, zischte. Dampf erhob sich, vom letzten Aufflackern der Fackel erhellt. Die

Dunkelheit kehrte zurück wie die erstickende Umarmung einer Mutter.

Die Furcht, ausgelöscht zu werden, schüttelte mich. In mir erwachte die Passion des Konflikts. War das Leben nicht eine einzige Serie von Hieben und Finten? Waren wir nicht nur im Kampf wirklich lebendig? Ein Hieb. Ein Stoß. Vielleicht noch das rauhe Durcheinander beim Sex. Wenn ich Sinn im Leben entdeckt hatte, dann diesen: Laß Blut fließen.

Ich unterdrückte den Schmerz und schwamm auf das Ding zu, dessen Anwesenheit durch den plötzlichen Aufschrei des Jungen angezeigt wurde: »Laß mich los! Laß mich los!« Das Wasser vor mir wurde vom Ringen des Jungen mit dem Unwesen aufgewühlt. Es schien ihm nichts zu tun, sondern ihn nur zum Ufer zu bringen, wo die Jäger warteten. Während ich mich den beiden näherte, hörte ich das glitschige Geräusch, als der Dolch des Jungen in das Fleisch des Unwesens hineinstieß. Wieder und wieder hob er ihn, ließ ihn herabsausen, zog ihn wieder heraus. Bei jedem Stoß atmete er stöhnend aus. Das Unwesen grunzte, ein schriller Schmerzenslaut, der gleichzeitig mit dem Stöhnen des Jungen erklang, aber es schien die Schmerzen und den angerichteten Schaden ganz gut zu verkraften.

Meine Hand berührte das Ding, erwischte es am Rücken. Es zuckte zusammen, drehte unbeholfen den Kopf. Der Junge stieß einen Schrei der Überraschung aus. Jetzt erst bemerkte ich, daß der Dämon den Jungen in seinem riesigen Maul trug. Das Unwesen trat mit den Hinterbeinen nach mir, während es weiterhin dem Ufer entgegenstrebte. »Gib mir den Dolch«, verlangte ich, doch der Junge reagierte nicht. Ich tastete mit dem gesunden linken Arm im Wasser herum, fand zufällig sein Gesicht und umklammerte es mit den Fingern. Ich bin sicher, er dachte, ich wolle ihm die Wangen eindrücken. »Gib ihn mir!«

Seine Hand kam mir entgegen, ein verschwommener Laut in der Dunkelheit. Ich ließ sein Gesicht los, tastete seinen Arm entlang, fand den Dolch. »Laß los.« Er tat es. Ich warf meinen nutzlosen und schmerzenden rechten Arm auf den Rücken des Unwesens, um irgend etwas zu fassen zu kriegen, woran ich mich festhalten konnte. Meine Schulter fühlte sich an, als würde sie jeden Augenblick abbrechen und mein Arm einfach abfallen und auf den Grund des Flusses sinken. Trotz der Gefühllosigkeit gelang es mir, mich mit den Fingern in das Fell des Unwesens zu krallen. Der Griff war nicht besonders fest, aber für den Augenblick gut genug. Wie so oft in meinem Leben.

Ein kräftiger Stoß mit dem Dolch in den Bauch des Dings, eine Drehung, ein Hin- und Herreißen. Das Unwesen schrie auf. Der Junge fiel klatschend ins Wasser. Rufe vom Flußufer. Eine neue Nässe, die sich von der des Wassers unterschied – dicklicher, zäher –, strömte aus der Wunde und über meinen Arm. Das Maul schnappte nach mir. Ich riß den Dolch hoch, den Arm aufrecht. Das Maul umschloß meinen Arm, Zähne bohrten sich in mein Fleisch. Eine Woge der Schwärze vor meinen Augen. Ich verdrängte den Schmerz, drehte den Dolch, trieb ihn durch den Gaumen und die Zunge. Das Ding öffnete sein Maul und kreischte. Ich fiel ins Wasser zurück.

Ohne innezuhalten, schwamm ich wieder zurück. Tropfen seines seltsamen Blutes regneten auf mich herab. Eine Leere, das Maul schoß mir entgegen. Ich warf mich zur Seite, und das Maul stieß ins Wasser und wühlte es auf. Ich brachte den Arm nach oben und stieß blindlings nach seinem Hals. Ich fand ihn, warf meinen rechten Arm darüber und zog mich näher heran. Mit der Klinge säbelte ich an seinem Hals. Das Unwesen gebärdete sich wie toll, zappelte, warf sich herum. Ich klammerte mich verzweifelt fest, während die Klinge immer tiefer in seinen Hals schnitt. Das Ding wühlte den Fluß auf, ein schreckliches Durcheinander von Schreien und schäumendem Wasser. Dann erschlaffte es mit einer verdächtigen Plötzlichkeit. Wasser umhüllte es, als es unterging. Ich hielt mich weiter fest, stach noch ein paarmal zu, da ich sicher war, daß seine Schlaffheit eine List war. Manche Dämonen denken wie Namensgeber. Auf denjenigen, den ich als Kind in meinem Kopf hatte, trifft das jedenfalls ohne Einschränkung zu. Das halb untergetauchte Ding, an dem ich mich immer noch festhielt, hatte sich wie ein gut dressiertes Tier verhalten. Aber es konnte durchaus mehr sein. Man konnte niemals vorsichtig genug sein. Überall von Feinden umringt. Das Universum hatte einen Laufstall der Verzweiflung geschaffen. Wir brauchten nur einen Augenblick in unserer Wachsamkeit nachzulassen, um zum Krüppel gemacht zu werden – ob körperlich oder seelisch.

Doch der Dämon versank in den Fluten. Lautlos. Offenbar tot. Ich löste mich von ihm, wobei mich die sonderbare Angst packte, wenn ich ihm zu nahe sei, würde er mich irgendwie mit auf den Grund des Flusses ziehen. Eine perverse Magie.

Die Fackeln der Jäger folgten uns immer noch, waren mittlerweile jedoch vierzig bis fünfzig Fuß flußaufwärts hinter uns zurück. Nun, da das Unwesen tot war, würden wir uns geräuschlos fortbewegen können. Ich ließ mich treiben, und der Fluß trug mich und erledigte alle Arbeit. »Junge?« Eine schaudernde Antwort. »Ja?« Irgend etwas rastete wieder in mir ein. Die unmittelbare Gefahr war gebannt, und ich spürte, wie meine natürlichen Anlagen zurückkehrten. Ich hatte ihn gerettet. Vielleicht war er wertvoll. Vielleicht ließ sich doch Geld aus der Sache herausschlagen. »Bleib ruhig. Hier, komm her zu mir.« Er trieb mit ausgebreiteten Armen auf mich zu. Ich ergriff sanft einen Arm. Zog ihn näher an mich. »Jetzt wird alles gut. Alles wird gut. Wir müssen nur auf die andere Seite kommen. Hier. Siehst du? Wir sind schon da.«

Ich forderte ihn auf, sich still zu verhalten, während wir die ersten Wurzeln ertasteten, die bis ins Wasser reichten, und uns dann ans Ufer zogen. Er gehorchte. Tatsächlich wurde er merkwürdig still. Eine Furcht rührte sich in mir: Hatte ihm das Unwesen irgend etwas angetan? War es in seinen Kopf eingedrungen? Und hatte ihn stumm gemacht? »Sag etwas«, flüsterte ich.

»Was?«

»Schon gut.«

Hinter uns waren die Jäger in den Fluß geglitten und schwammen vorsichtig hinüber wie seltsame Fische mit Leuchtorganen, da sie die Fackeln hochhielten. Sie hatten uns jedoch aus den Augen verloren, und wir verhielten uns jetzt beide völlig still. Sie wußten nicht, ob wir in der Nähe waren oder uns bereits ein gutes Stück flußabwärts hatten treiben lassen. Wir schlugen uns in den Dschungel, ich vor Schmerzen zusammengekrümmt und vornüber gebeugt, der Junge vor Kälte zitternd, während uns die Nacht verschlang.

Wir kehrten zu meinem Haus zurück. Mordom und die anderen wußten offenbar nicht, daß ich in der Nähe lebte, und glaubten wahrscheinlich, wir hätten uns weiter flußabwärts gewandt. Eine Person hält nur selten direkt vor ihrer Nase nach etwas Ausschau. Der Verstand glaubt, wenn etwas nicht gleich bei der Hand ist, muß es gut versteckt sein, obwohl dies nicht immer der Fall ist. Mein Haus würde uns Nahrung und Unterschlupf bieten, bis ich eine Möglichkeit fand, Geld aus der Anwesenheit des Jungen zu schlagen.

Ich päppelte ihn auf. Reis und Gemüse. Mehrere Handtücher. Ein Feuer.

Für mich selbst suchte ich nach einem Heiltrank oder zweien. Ich lief die Treppe hinauf und hinunter, durchforstete die labyrinthartige Anordnung von Zimmern, die mein Zuhause waren, schlug die Deckel von Truhen zurück und riß die Türen von Schränken auf, die sich nach Jahren des Nichtgebrauchs verklemmt hatten. Ich wühlte mich durch Kristallanhänger, magische Dolche, Seide mit darauf gestickten Bäumen, die im Wind schwankten, wenn die Seide bewegt wurde. Ich fand Phiolen aus durchsichtigem blauen Glas, vergestöpselte Elfenbeinflakons und mit Wachs versiegelte Dosen. Bei jedem Behältnis mußte ich innehalten und mich auf die Geschichte besinnen, wie ich in seinen Besitz gelangt war. Nur dann konnte ich mich genau daran erinnern, was die Flüssigkeit in dem jeweiligen Behältnis tatsächlich bewirkte. Und selbst dann konnte ich mir dessen nicht immer ganz sicher sein.

Mittlerweile betrachte ich diese funkelnden Gegenstände als Organe wie Mägen oder Lungen, auf die ich irgendwann in meinem Leben gestoßen war. Ich hatte sie mitgenommen, da ich glaubte, sie könnten mir irgendwann dienlich sein. Ein Ersatzmagen. Eine Ersatzlunge. Wer konnte kein Zusatzorgan gebrauchen, wenn die Welt einem ständig so zusetzte? Alles, um trotz aller Schwierigkeiten am Leben zu bleiben. Wenn sie dann mir gehörten, versuchte ich, sie in mich hineinzustopfen, sie zu einem Teil von mir zu machen. Einsam? Unsicher? Aber halt! Ich habe doch diesen Überschuß von Dingen in mir. Wie viele Lungen? Wie viele Herzen? Zu viele. Ich werde von allen beneidet. Wer wäre nicht eifersüchtig auf meinen Besitz? Mir geht es wirklich ganz gut.

Aber in Wirklichkeit habe ich mich trotz des Übermaßes an künstlichen Körperteilen nie besser gefühlt. Sie paßten niemals richtig gut, diese Kinkerlitzchen. Jedesmal habe ich geglaubt, ich sei jetzt endgültig fertig, nur um dann zu erkennen, daß ich mich immer noch leer fühlte. Zeit für eine weitere Innerei. Mehr Herzen. Immer wieder auf der Suche nach mehr. Das Sammeln hielt mich auf Trab und betäubte zumindest den Anflug von Unruhe in meiner Seele. Aber ich war niemals fertig. Jetzt weiß ich, daß mich diese nachgemachten Bruchstücke des Lebens zu viel Blut gekostet haben, wenn ich sie mir einverleibte und mich dabei immer wieder aufschnitt.

Einen nach dem anderen hielt ich die Gegenstände, alle wunderschön, ins Licht, verspürte für einen winzigen Augenblick einen Nachgeschmack der Erregung, die mich erfaßt hatte, wenn ich mir das jeweilige Teil angeeignet hatte, und fragte mich dann, wohin dieses Gefühl verschwunden war.

Ich suchte überall im Haus, und jedesmal, wenn ich an dem Jungen vorbeikam, sah er schläfriger aus. Das Licht des Feuers umspielte sanft seine rundlichen Wangen, seine makellose Haut. Schließlich fand ich zwei Phiolen des Heiltranks. Eine stammte aus einem verlassenen Kaer, die andere von einer Handelskarawane, die ich vor ein paar Monaten zu überfallen geholfen hatte. Die beiden Tränke machten mich schwindlig, und ich setzte mich zu dem Jungen und ließ mich vom Feuer wärmen. Kurz darauf war ich eingeschlafen.

Ich erwachte, die Nacht war still wie eine Leiche. Im Herd glühten noch ein paar Kohlen. Ohne einen Muskel zu rühren, starrte ich den Jungen an. Sehr friedlich sah er aus. Nach Zwergenjahren war er noch ein Kind. Nicht viel älter als du und Torran bei unserer letzten Begegnung. Er drehte sich um, seufzte im Schlaf, sein Atem gleichmäßig und entspannt. Unschuldig. Du sollst wissen, daß ich keinerlei Bedürfnis verspürte, ihm weh zu tun. Genauso, wie ich keinerlei Bedürfnis verspürte, einem von euch weh zu tun. Aber manchmal hat es den Anschein, als müßten wir Leuten weh tun.

Aber genug der Ausflüchte. Ich komme früh genug darauf zu sprechen.

Ich blieb wach. Wund und angespannt wie eine Ankerkette. Zwar heilten die Wunden bereits, doch Mordoms Rückkehr von den Toten hatte zu viele Erinnerungen wachgerufen, als daß ich mich gesund fühlen konnte. In den Stunden vor Morgengrauen ging ich meine Lebensgeschichte durch. Die Erzählung kam mir sehr kurz und knapp vor. Meine Erinnerungen waren farblos, und tatsächlich nehme ich die Welt oft farblos wahr. Mit einem Mangel an Resonanz. Nur in den Schatten fühlte ich mich wahrhaftig lebendig.

Winzige rosafarbene Flecke wurden willkürlich an die Wände geworfen, als das morgendliche Sonnenlicht in den Dschungel eindrang und durch meine Fenster fiel. Der Junge regte sich. Drehte sich um. Öffnete die Augen. Reckte sich. Erkannte, daß ihm seine Umgebung unvertraut war, geriet in Panik, setzte sich auf und starrte mich voller Angst an.

»Guten Morgen.«

Er hielt den Atem an, dann: »Wo bin ich?«

»In meinem Haus. Erinnerst du dich noch an letzte Nacht?«

Er sah weg. Biß sich auf die Unterlippe. Ein nachdenklicher Junge. Er erinnerte mich an jemanden, aber ich wußte nicht, an wen. Meinem Blick begegnend, sagte er: »Ja. Du hast mich gerettet.«

Ich verbeugte mich leicht und breitete die Arme aus. Unter solchen Umständen muß man sich immer bescheiden geben. Das bewegt die Person, von der man etwas will, in der Regel dazu, einem die Bescheidenheit mit einer größeren Belohnung zu vergelten.

Er lächelte. »Wer bist du?«

»Mein Name ist J'role...«

Augenblicklich verriet sein Gesicht Entsetzen.

»Nicht der berüchtigte Clown, der Kinder verstümmelt«, sagte ich mit einem Lachen und einem übertriebenen Abwinken. »Eine peinliche Situation, denn mein Name ist nun mal mein Name. Aber den J'role aus dem Reim kennen offenbar viel mehr Leute als mich kennen.«

Der Junge schluckte. Entspannte sich. »Ich glaube sowieso nicht, daß es ihn wirklich gibt.«

»Du bist ein heller Junge. Die meisten Kinder können Geschichten nicht vom wirklichen Leben unterscheiden.«

»Mein Vater hat mir beigebracht, daß man den Unterschied kennen muß. Beides ist wichtig, sagt er, aber aus anderen Gründen.«

»Wie heißt du?«

»Neden. Sohn des Varulus.«

Die Worte schleuderten mich in die Vergangenheit. Ich schloß die Augen. Umklammerte die Armlehnen meines Stuhls. Schließlich sah ich ihn wieder an. »Neden. Sohn des Varulus. Dein Vater ist König Varulus der Dritte? Der König von Throal?«

Er lächelte. Beugte sich ein wenig vor. Stolz strahlte von ihm aus wie Sonnenlicht. »Ja.«

»Dein Vater ist der König von Throal?«

»Kennst du ihn?«

»Wir sind uns vor vielen, vielen Jahren einmal begegnet.«

»Es heißt, mein Vater hat den Befehl gegeben, diesen Clown zur Strecke zu bringen.«

»Tatsächlich?«

»Ich glaube es eigentlich nicht.«

»Du hast ihn nie gefragt?«

»Nein.« Er sah zu Boden.

»Warum nicht?«

»Ich glaube nicht, daß ich es wissen will.«

»Wenn er ja sagt, bedeutet das, der Clown existiert wirklich«, beendete ich den Gedanken für ihn.

»Wahrscheinlich ist er längst tot.«

Ich dachte an Mordom. An mich selbst. »Wahrscheinlich. Die meisten Ungeheuer sterben irgendwann.«

»Er war kein Ungeheuer. Dieser Clown. Er war nur ein schlechter Mensch.«

»Wirklich?« Ich spürte, wie mich eine Art Schwindelgefühl überkam. In meiner Phantasie war ich plötzlich der Schurke in einem schwülstigen Melodram, in dem mir der kleine Lümmel von mir und meinen berüchtigten Taten erzählte. Ein wenig näher rücken, Interesse vortäuschen, mehr Interesse, dann die Klinge ziehen und die Prophezeiung des Reims erfüllen. Kein inneres Verlangen trieb mich. Doch plötzlich war die Idee in meinem Kopf geboren. Was, wenn ich versuchte, in die Haut der Legende zu schlüpfen, die ich unabsichtlich von mir geschaffen hatte?

Seine kurzen, stämmigen Beine pendelten frei in der Luft, als er sich auf der Bank aufsetzte, auf der er geschlafen hatte. Er war jetzt völlig entspannt. Das Geplapper eines Kindes, das weiß, wovon es redet. »Der Clown war ein Mann, der verrückt geworden ist. Vielleicht hat ihn ein Dämon dazu getrieben. Vielleicht der Theranische Krieg. Mein Papa sagt, Krieg kann die Leute wahnsinnig machen.«

»Ja.«

»Aber am Ende des Krieges hat er seine Kinder getötet. Er tötete sie und floh. Seine Frau hat meinem Vater erzählt, was passiert ist, und mein Vater hat versucht, ihn zu finden. Und der Clown ist geflohen und immer weiter geflohen und hat Kinder angelockt. Er gab sich immer nett und freundlich. Aber er hat sie auch getötet. Das habe ich gehört.«

»Ich glaube nicht, daß er seine Söhne getötet hat«, sagte ich. »Er hat ihnen das Gesicht zerschnitten.« Der Junge musterte mich neugierig. »Das habe *ich* gehört.«

»Warum sollte er das getan haben?«

»Manche Leute ... manche Leute sind verwirrt ...«

Er wartete, ein Kind, dem Etikette und Respekt vor Erwachsenen nicht fremd waren.

»Ich weiß es nicht genau.«

»Er war verrückt.«

»Ja.« Was glaubte ich, was ich tat, ein Kind mit zu mir zu nehmen? In mein Leben?

»Geht es dir nicht gut?«

Offensichtlich hatte ich zuviel verraten. Mein Gesicht war nicht die Maske, die ich mir immer wünschte und dann doch nicht zustande brachte. Zeit für eine Ablenkung. »Was ist eigentlich letzte Nacht passiert?«

»Du meinst diese Männer?«
Ich nickte.
»Sie griffen meine Leibwache an. Sie wollten mich fangen. Einer von ihnen, der Mann, dessen Augen... dessen Augen zugenäht waren... dieser Mann sagte immer: ›Fangt den Jungen lebendig!‹ Meine Leibwächter sind alle gestorben. Sogar Bombim.« Er sah zu Boden.

»Weißt du, warum? Warum sie dich fangen wollten?«

Er schwieg längere Zeit, und ich glaubte schon, er habe meine Frage nicht gehört und sich in seinen Erinnerungen verloren. Aber schließlich sagte er: »Nein. Oder vielleicht doch. Ich bin nicht sicher. Mein Papa hat mich aus Throal fortgeschickt. Er sagte, ich sei in Gefahr. Hat etwas von einer Verschwörung erzählt mit dem Ziel, ihm und mir zu schaden. Er hat uns weggeschickt... Ich weiß nicht, wohin wir unterwegs waren. Bombim wußte es. Er war mein Lehrer. Trotzdem. Ich weiß es nicht.«

»Die Leute, derentwegen sich dein Vater Sorgen gemacht hat, haben euch wahrscheinlich eingeholt.«

»Ich will nach Hause.«

»Davon bin ich überzeugt. Das *willst* du tun. Du mußt entscheiden, was du deiner Ansicht nach tun *solltest*. Wenn du willst, daß ich dich nach Throal zurückbringe, werde ich es tun. Wenn du glaubst, wir sollten dich irgendwo verstecken – wie es dein Vater wollte –, werden wir das tun. Du mußt entscheiden.«

»Du würdest mich nach Hause bringen?«
»Aber sicher.«
»Es ist sehr weit weg.«
»Ich weiß.«
»Es würde eine Belohnung geben.«
»Ich täte es nicht des Geldes wegen.«
»Trotzdem...«

»Ich würde eine Belohnung nicht ablehnen. Das wäre unhöflich.«

»Ja.« Er lachte.

»Was ist daran so komisch?«

»Du, weil du versuchst, schlau zu sein.«

Ich lächelte. »Ist das so offensichtlich?«

»Du meinst, ob man es merkt?«

»Ja.«

»Ja.«

»Ich werde alt. Diese Spiele fallen mir immer schwerer.«

Wiederum Gelächter. Nicht das gehässige Lachen, zu dem Kinder fähig sind. Ein Lachen, aus dem Lebensfreude sprach. Ich mochte ihn. Er erinnerte mich an jemanden, der ich einmal sein wollte.

»Warum denkst du nicht darüber nach, was wir tun sollten?« Ich stand auf, um nach oben zu gehen und noch ein wenig zu schlafen.

Furcht kroch in sein Gesicht, bereit, vollends hervorzubrechen.

»Was ist los?«

»Ich... ich weiß nicht, was ich tun soll. Ich bin...«

»Ja?«

Sein Selbstvertrauen und seine gute Laune waren plötzlich wie weggeblasen. »Ich bin nur ein kleiner Junge. Ich weiß nicht, was ich tun sollte.«

Eine Erinnerung, aber doch nicht ganz eine Erinnerung, regte sich in mir. Eine Empfindung, eine Wahrheit aus vergangenen Zeiten. Ich konnte sie nicht deutlich erkennen. Dann verlor sich der Eindruck. »Tja, du mußt jetzt eine Entscheidung treffen. Du kannst dich nicht dahinter verstecken, ein Kind zu sein.«

Er blinzelte, starrte mich an. »Ich wollte mich nicht...«

Irgend etwas verhärtete sich in mir. »Es spielt keine Rolle, ob du wolltest oder nicht, Neden. Die Welt steckt voller Gefahren. Du mußt dich damit abfinden, dich damit auseinandersetzen. Du mußt lernen, ganz allein Entscheidungen zu treffen.«

Er versteifte sich ein wenig, sein Gesicht war eine Maske. Er nickte. Verhärtete sich. Ein freudiges Gefühl durchströmte mich: Ich fühlte mich wie ein Vater. Weil ich etwas über Leiden und das Leben und wie beides zusammenpaßt weitergeben konnte.

»Ich... Mein Vater will, daß ich von zu Hause weg bin. Bis die Gefahr vorbei ist. Also meine ich, ich sollte wegbleiben. So hat er es gewollt.«

»Also werden wir dich verstecken.«

Seine Stummelfinger schlossen sich zu Fäusten und öffneten sich wieder. Er wiederholte diese Bewegung mehrfach. »Aber ich werde nicht wissen, wann ich wieder nach Hause kann.«

»Deswegen mach dir mal keine Sorgen. Wir gehen nach Kratas. Dort können wir bleiben und uns verstecken, und von dort aus kann ich deinem Vater auch eine Nachricht zukommen lassen.«

Das zerstreute seine Bedenken, und er lehnte sich wieder zurück. Er wurde wieder schläfrig und fing an zu blinzeln. Ich stand auf und drückte ihn sanft auf die Bank herunter. Seine Augen waren bereits geschlossen, die Atmung gleichmäßig. Als ich mich schließlich aufrichtete, schlief er tief und fest. Durch Nedens Beispiel inspiriert, wollte mein Körper nichts anderes als ebenfalls schlafen. Doch ich stand wie angewurzelt da und starrte auf ihn herab. Ich empfand das Verlangen, sein Vater zu werden, ihn als Vater zu *besitzen*. Ich wünschte, ich könnte sagen, hinter diesem Verlangen habe Liebe gestanden, aber was gab es denn, das ich lieben konnte? Ich kannte ihn erst seit der halben Stunde, die unsere Unterhaltung gedauert hatte. Nein. Was in mir erwacht war, war dasselbe Verlangen, das mich die Schmuckstücke und Juwelen und Schätze horten ließ, die überall in meinem Haus verstreut liegen. Etwas, an dessen Besitz ich mich weiden, nicht aber erfreuen konnte.

Ich sollte außerdem das andere Gefühl erwähnen, obwohl es mir wahrhaftig schwerfällt. Es war da, seltsam und formlos in den Muskeln meiner Arme und Hände. Das Verlangen, ihm weh zu tun. Ich wünschte, ich könnte etwas anderes sagen, aber es war da. Und wie immer, wenn mir derartige Gedanken kamen, spürte ich den Schatten in der Nähe lauern.

Anders als der weiße Schatten, der vor Jahren und Jahrzehnten der Geist des Dämons bei mir zu Hause im Kaer gewesen war, hatte dieser ein finsteres Erscheinungsbild. Ich nahm ihn niemals deutlich wahr. Sah ihn niemals scharf an, gab mir auch nie große Mühe, ihn zu sehen. Ich wollte es nicht. Aber ich wußte, er war da. Ich hatte ihn wachsen gespürt, seitdem ich meine Stimme wieder besaß. Mit den Jahren war er immer stärker geworden. Jetzt war er in einem Zimmer mit mir. Mit uns, Neden und mir.

Auf einmal schämte ich mich bei dem Gedanken, Neden weh zu tun, hielt ihn aber zugleich für eine wahrhaftige Eingebung, gut und stark. So wie ich davon überzeugt war, was ich dir und deinem Bruder vor dreißig Jahren angetan habe, sei gut und stark. Ich habe ernst gemeint, was ich damals gesagt habe: Unsere Narben machen uns zu dem, was wir sind. Ich hatte das Gefühl, Neden weh tun zu müssen, damit er erwachsen werden und verstehen konnte, worum es in der Welt ging.

Wie sollte ich ihm weh tun? Und wie weh? Ich wußte es nicht. Es schien nicht der richtige Zeitpunkt zu sein. Ich wandte mich von ihm ab und ließ ihn fürs erste in Ruhe. Der Schatten zog sich zurück. Niemals vollständig, aber doch außer Sicht. Die Eingebung verblaßte, und ich ging schlafen. Ich erklomm die Stufen zu meinem Schlafgemach, dem am höchsten gelegenen Zimmer im Haus, und schüttelte die Erschöpfung ab, die mich jetzt schon seit so vielen Stunden ergriffen hatte.

Später am Nachmittag erwachte ich von einem Geräusch, das sich mir durch einen Traum mitteilte – dem Scharren von Ratten, die einen Abfallhaufen durchwühlten. Als ich die Augen öffnete, krochen Flecken toten gelben Sonnenlichts über die Wände. Ein Augenblick des Zögerns, in dem ich dem Geräusch lauschte, ein Augenblick der Verwunderung, dann richtete ich mich alarmiert auf. Wo war Neden? Hatte Mordom uns irgendwie gefunden?

Ich glitt aus dem Bett und barfuß über den kalten Boden zur Tür. Auf der Treppe, die im Dunkeln lag, hörte ich nur, wie vorsichtig Gegenstände bewegt wurden. Jemand gab sich Mühe, leise zu sein. Es wurde nicht gesprochen.

Hinter einem Wandteppich in der Nähe der Tür war ein Dolch versteckt. Sie sind überall. Ich weiß nicht, ob ich sie alle wiederfinden würde, wenn ich danach suchte, so viele habe ich hier im Haus verborgen. Für alle Fälle. Ich zog den Dolch aus dem Versteck, ging lautlos die Stufen herunter. Kein Knarren der Dielenbretter. Den Dolch in der Hand, zum Zustoßen bereit. Ein Treppenabsatz, dann zwei. Nur die Geräusche des Schatzsuchers aus dem Raum vor mir erregten meine Aufmerksamkeit. Die Treppe und die tiefer gelegenen Räume lagen im Dunkeln und wurden nur von Lampen an den Wänden erhellt. Wahrscheinlich war es Neden. Mordoms Handlanger schienen zu der Sorte zu gehören, die überall und nirgends herumschnüffelt und alles und nichts ungeschickt durchwühlt, um anschließend zu behaupten, nichts Wertvolles finden zu können. Trotzdem kann man nie vorsichtig genug sein, dachte ich. So habe ich immer gedacht. Ich habe gelebt wie eine Bogensehne. Natürlich weißt du, daß eine Bogensehne nicht ständig eingespannt sein sollte, sonst verbiegt sich der Bogen, und die Sehne wird zu stark beansprucht. Es ist erstaunlich, wie klar wir erkennen, wenn ein Gegenstand falsch behandelt wird, aber wie blind wir dem gegenüber sind, was wir uns selbst antun.

Ich bog um die Ecke und betrat das Zimmer. Das Licht einer Lampe, die im Flur an einem Haken hing, warf meinen Schatten hinein. Neden fuhr erschreckt herum, als der Schatten groß und schwankend auf die Wand vor ihm fiel. »J'role«, sagte er und lächelte. Er kniete vor einer Truhe. Um ihn herum verstreut lagen Silbermünzen und funkelnde Halsketten und juwelenbesetzte Pokale. Ein Teil der Beute aus Parlainth, die ich an dem Tag gemacht hatte, als das Unwesen in meinen Gedanken gestorben war.

An dem Tag, als sich mein Leben veränderte.

An dem Tag, als eigentlich alles so blieb, wie es war.

An dem Tag, als alles nur noch schlimmer wurde.

Als ich ihn ansah, glaubte ich für einen Augenblick, er sei ich, wie ich damals in der Schatzkammer in Parlainth vor der Truhe gekniet hatte. Meine Träume waren schließlich wahr geworden: Das Ungeheuer war tot, die Schatztruhe geöffnet. Ein Abenteuer! Meine Verwirrung war vollkommen, erschütterte mich bis ins Mark. Wer war ich, wenn er ich war? Ich wurde zu einem körperlosen Geist ohne Zeit und Ort. Das war eines meiner ständig wiederkehrenden Probleme. Ich verbrachte eine Menge Zeit in meinem Kopf. Oft vergaß ich meinen Körper. Oder vielmehr kam er mir wie eine Störung vor, wie eine Ablenkung. Wenn ich doch nur eine bewußte Existenz hätte haben können, ohne am Leben zu sein. Der Anblick Nedens, wie er vor der Schatztruhe kniete, wie ich es vor Jahrzehnten getan hatte, vertiefte das Problem nur. Meine Stimme verließ mich. Was kann ein Geist sagen?

Neden erhob sich mit besorgter Miene, entfernte sich von dem Schatz. »Es tut mir leid. Ich wollte nicht... Ich wollte nicht... Ich wollte nur...« Er wich zurück und fing an zu zittern. Er wollte weg von dem Schatz, aber ich versperrte ihm den Weg hinaus, und offenbar war ich niemand, dem ein Kind nahe sein wollte. Welcher Ausdruck lag auf meinem Gesicht? Wie war meine Körperhaltung? Ich kann es nicht sagen. Irgend etwas war mir entglitten. Meine Mitte war verschwunden. Die Wahrnehmung meiner selbst zerriß wie ein Segel im Sturm. Starr, so stellte ich mir mich selbst vor, die Muskeln verkrampft. Das Gesicht angespannt. Ich glaube nicht, daß es Wut war. Wut kann ein Kind verstehen. Ich stelle mir vor, die Verwirrung auf meinem Gesicht war so tiefgreifend, eine so tiefe Schlucht, die sich in finsterste Dunkelheit erstreckte, daß Neden niemals etwas Vergleichbares gesehen hatte. Ein Erwachsener mit dem verlorenen Gesichtsausdruck eines Säuglings. Das mußte wahrhaftig eine bestürzende Wirkung haben.

»Neden«, sagte ich, ohne ihn anzusehen. Ich besaß keinen Körper, also auch keine Augen. Wie hätte ich ihn also ansehen sollen?

»Ja?«

»Komm her.«

Nichts geschah. Ich hörte keine Schritte auf dem Holzfußboden.

»Bitte komm her.«

Ein zögernder Schritt. Dann noch einer. Seine Stimme war heiser, voller Spinnen, dachte ich. »Ja?«

»Nimm meine Hand.«

»Ich...«

Eine Pause. Dann die Berührung seiner Stummelfinger. Sie huschten über meine Handfläche, und dann packte er meine Hand. Die Realität, fest und solide, durchströmte mich. Die Berührung verankerte mich wieder mit einem Ort. Einem Ort und einer Zeit. Mir wurde wieder warm. Ich stand da, schwankend, unsicher. Froh. Ich umklammerte seine Hand ein wenig fester. »Geht es dir gut?« fragte er. Ich nickte. Ich spürte, wie ich wieder zu mir kam. Ich sah ihn an. Lächelte. Er erwiderte das Lächeln, aber sehr zögernd. »Es geht mir gut.«

»Was war los?«

»Manchmal bin ich ein wenig verwirrt. Verwirrt – passiert dir das auch manchmal?«

»Ab und zu. Nehme ich an.«

»Macht nichts. Jetzt geht es mir wieder gut.« Ich spürte, daß er mir seine Hand entziehen wollte. Aber ich hielt sie fest. Ich brauchte das Gefühl, daß er sich um meinetwillen unwohl fühlen würde.

Ich hatte vorgehabt, mich ein paar Wochen zu Hause zu verstecken. Wozu sofort eine Reise riskieren? Varulus wollte offenbar, daß Neden eine Zeitlang untertauchte. Da mein Haus ein Jahrzehnt lang der Aufmerksamkeit der Soldaten und Kopfgeldjäger entgangen war, schien es der perfekte Ort zu sein, um abzuwarten, bis der richtige Zeitpunkt für unsere Reise nach Kratas gekommen war.

Drei Tage lang zeigte ich ihm meine Schätze. Sein Interesse an den Gegenständen selbst war nur gering. Warum hätte es auch größer sein sollen? Ein Thronerbe des Königreichs Throal verfügte selbst über riesige Schätze. Reichtum und Macht bedeutete für ihn, über Armeen zu verfügen, Handelsverträge abzuschließen und den Bau ganzer Städte zu veranlassen. Jetzt erkenne ich, daß ich einen lächerlichen Anblick geboten haben muß, wie ich meine Schätze heranschleppte und sie stolz vor ihm ausbreitete.

Aber die Geschichten, die mit den Schätzen verbunden waren, fesselten ihn. »Diese Rubine hier«, sagte ich in dem Wissen, daß ich ihn am Haken hatte, »die habe ich aus dem Versteck eines verdorbenen Elfs, der eine Bande von Dieben gegen Karawanen geführt hat.«

Seine Augen weiteten sich wie die Hände eines Bettlers: Die Finger weit gespreizt, wartete er auf mehr. »Du hast einen verderbten Elf gesehen?«

Ich wußte, daß die Elfenkönigin und andere aus dem Blutwald Throal manchmal besuchten. »Du noch nicht?«

»Mein Vater läßt mich nie einen Blick auf sie werfen.« Er zog einen Schmollmund, ein Junge, der wußte, daß man ihn des Geburtsrechts beraubt hatte, das Absonderliche und Schreckliche dieser Welt zu sehen. »Er sagt, sie hätten einen schädlichen Einfluß.«

Ich dachte an die Dornen der Elfenkönigin, die mir die Haut zerkratzt hatten, als sie mich vor vielen Jahren umarmt hatte. »Ja. Und nein.«

Er legte den Kopf ein wenig schief, da ihm nicht entging, daß hinter meiner kryptischen Antwort mehr steckte als bloßer Doppelsinn. »Warst du schon mal im Blutwald?« fragte er mich mit einem Anflug von Verschlagenheit. Ich nickte. »Wie ist es dort? Ich habe gehört, es ist absolut entsetzlich.« Er beugte sich vor, die Kleine-Jungen-Energie knisterte um ihn wie der Zauber eines Magiers. Er war begierig, von abscheulichen und widerwärtigen Dingen zu hören.

»Es ist ziemlich schlimm«, antwortete ich. Die untergehende Sonne warf ein rosiges Licht, und mein Blick folgte den Schatten von Blättern an den Wänden. Ich wußte nicht, ob ich darüber reden konnte, ohne in Tränen auszubrechen.

Leise, da ihm etwas dämmerte, sagte er: »Du kannst mir vom Blutwald erzählen.« Dann, jäh und laut: »Du mußt mir alles darüber erzählen. Bitte. Mein Vater erzählt mir nichts über den Verderbten Hof.« Um sein Anliegen zu bekräftigen, fügte er hinzu: »Und ich soll eines Tages *König* sein!«

»Ich bin sicher, dein Vater hat seine Gründe, dir nichts davon zu erzählen.«

»Mein Vater will, daß ich *nett* bin.« Er spie das Wort aus, als erinnere es ihn an Möhren, die ihm beim Mittagessen aufgezwungen worden waren.

Ich dachte an die Elfenkönigin, an Blut. An dich und Torran mit euren zerschnittenen Gesichtern. An all das Leid, das ich eurer Mutter durch meine Verantwortungslosigkeit verursacht habe. »Das Nette hat seinen Platz in der Welt.«

»Bitte, bitte, bitte, erzähl mir alles vom Blutwald. Ich habe gehört, sie legen nachts ihre Haut ab.«

»Nein. Nein, das tun sie nicht. Sie tragen ihre Haut immer, und die Dornen stechen immer von innen hindurch. Sie können dem Schmerz niemals entgehen. Er ist immer bei ihnen.« In meinen Schultern und Armen breitete sich ein Gefühl der Kälte aus.

»Sie haben das getan, um sich zu retten. Vor den Dämonen.«

»Ja. Sie ließen sich selbst so sehr leiden, daß die Dämonen ihnen kein Leid mehr zufügen konnten, das schlimmer gewesen wäre. Also haben die Dämonen sie in Ruhe gelassen.«

Neden sah zu Boden, reimte sich alles zusammen. »Aber jetzt leiden sie immer noch. Wie kommt es, daß sie das Leiden nicht beenden können?«

»Ihre Magie hat sie eine Menge gekostet.« Ich lachte, als mir auffiel, wie sehr sich die Metapher des Geldes mit den Jahren in mein Denken eingeschlichen hatte. »Und manche Dinge gehören dir dein Leben lang, wenn du sie einmal gekauft hast.«

»Wie ein Hund?«

»So ähnlich.«

Wir saßen schweigend da, während unsere Gedanken in verschiedene Richtungen trieben, doch um dieselben Vorstellungen kreisten, wie Sterne, die sich um die Erde drehen. Er sagte: »Also willst du nicht über den Blutwald reden?«

»Nein.«

»Ziemlich schlimm, was?«

»O ja.«

»Ich schätze, deswegen will mein Vater auch nicht, daß ich etwas davon weiß.«

»Außerdem haßt er sie.« Neden hob eine Augenbraue. »Sie verkörpern alles, was er bekämpft. Sie haben sich selbst verdorben, um ihr Leben zu retten. Dein Vater glaubt, die Leute sollten eher sterben als zu

Ungeheuern werden.« Meine Stimme verriet eine gewisse Bitterkeit.

»Du glaubst doch nicht, daß Vater sich irrt, oder?«

Ich lächelte, lachte, ein jämmerlicher Versuch, den Jungen von der richtigen Spur abzulenken. »Nein. Nein, bestimmt nicht. Natürlich nicht.«

Mit den wachsamen Augen eines jungen Hundes, der noch lernen muß, was gutes und was schlechtes Benehmen ist, starrte er mich an. »Du glaubst, die Leute sollten zu Ungeheuern werden, um zu überleben.«

»Ich sage nur, daß es vorkommt. Wir tun, was wir tun müssen.«

Furcht verwandelte sein Gesicht in eine starre Maske. Dann entspannte er sich. »Kann ich nach draußen gehen, spielen?«

»Ich halte das für keine gute Idee.«

»Hmmm.«

Das Splittern der Eingangstür hallte die Treppe herauf und ließ uns auffahren. Wir sahen einander erschreckt an, warteten auf eine Erklärung.

»Beeilung«, rief jemand.

»Sind wir in Schwierigkeiten?« fragte Neden.

»O ja«, antwortete ich.

Die Möglichkeit meines baldigen Todes trieb mich vorwärts, und ich eilte zur Tür. Neden wich weiter nach hinten zurück, offenbar gewillt, sich noch einmal von mir beschützen zu lassen. Ich riß ein Schwert von einer Wand. Ich war mit meinen Gedanken noch bei der Elfenkönigin und erkannte plötzlich, daß mir alle meine Waffen als Dornen für den Verstand dienten. Sie waren Wälle aus scharfem Metall, die mich beständig mit Gedanken an das Leid der Welt stachen, mir nie gestatteten, in meiner Wachsamkeit nachzulassen.

Doch wer griff mich an? Mordom und seine Handlanger? Kopfgeldjäger, die mich schließlich doch noch aufgespürt hatten? Oder vielleicht sogar Soldaten aus Throal, die gekommen waren, um Neden zu retten, nachdem sie seine Spur bis zu meinem Haus verfolgt hatten? Das Geräusch von Schwertern, die aus der Scheide gezogen wurden, begrüßte mich, als ich den letzten Absatz der Wendeltreppe zur Hauptetage hinunterstieg. Ein blasser Schatten an der Wand, ein Knarren der Stufen. Sie wollten leise sein, doch die Stille war meine Freundin und erzählte mir von allen Geräuschen, die sie störte. Ich stieß mich ab und sprang zu der dem Söldner gegenüberliegenden Wand. Einen Augenblick lang segelte ich mit lächerlicher Leichtigkeit durch die Luft – ein fleischgewordener Traum – und landete dann mit dem Rücken zur Wand. Mein unvermutetes Erscheinen überraschte den Söldner. Er war ein junger Mann in einer schwarzen Rüstung, und er schnitt eine entschlossene, grimmige Miene, von der er wohl hoffte, daß sie die Wirkung seiner Rüstung noch unterstreichen würde. Der Ausdruck grimmiger Entschlossenheit wich entsetzter

Überraschung, als ich ihm mein Schwert in den Bauch stieß. Er schrie auf und fiel die Treppe herunter. Seine Begleiter, ein zusammengewürfelter Haufen junger Söldner wie er selbst sowie der Zwerg, den ich bei Mordom gesehen hatte, fingen ihn auf.

Ich rannte die Treppe wieder hinauf, während sie sich abmühten, an der Leiche vorbeizukommen. »Neden!« rief ich. »Zeit zu verschwinden!« Als ich den Raum erreichte, entdeckte ich, daß er verschwunden war. Eine oberflächliche Suche hinter Schatztruhen und ein paar großen, mit Gold- und Silbermünzen gefüllten Säcken förderte nichts zutage. Ich rief noch einmal seinen Namen und lief dann von Zimmer zu Zimmer, wobei die Panik des Augenblicks eine Hitzewelle durch meinen Körper sandte. Mir kam der Gedanke, ich könnte den Verstand verloren haben. Hatte sich der Junge tatsächlich in meinem Haus aufgehalten? Wann genau hatte die Veränderung meines Geisteszustands stattgefunden? Hatte ich mir nur eingebildet, meine Mutter habe das Unwesen in meinen Kopf geschleust und mit ihren Fingerspitzen meine Brust berührt, wie es das Ritual des Unwesens verlangte? Oder war es vielleicht die Ankunft Garlthiks in meinem Dorf? Oder der Tod meines Vaters? Lebte er vielleicht noch irgendwo? Dann gerieten alle Gedanken ins Wanken und zersplitterten förmlich, Hunderte von Perlen, die eine Treppe herunterrollten – klick-klack, klick-klack. War ich wirklich ich? Woher stammte das Wissen, wer ich war, wie ich mich verhalten sollte, wie mir zu leben bestimmt war? Hatte ich mein ganzes Elend nur geträumt? Vielleicht war alles ein Fehler. Vielleicht hatte ich nur das Leben eines anderen gelebt. Konnte ich glücklich sein?

Ich fand ihn zitternd in einem Wandschrank. »Ich...«, begann er, vor Furcht stotternd. Ich packte ihn bei den Händen, zog ihn heraus und überließ es seinen Muskeln, mit den Problemen abrupter Bewegungen fertig zu werden. Keine Zeit für Höflichkeiten. Als wir die Tür erreichten, standen zwei Söldner im Flur. Einer hob sein Schwert, der andere trat zurück. Schneller, als es der erste für möglich hielt, war ich bei ihm und stieß ihm meine Klinge in die Brust. Ich mußte mich anstrengen, um sie wieder herauszuziehen, und richtete sie dann auf den zweiten Söldner. »Schämt ihr euch nicht!« sagte ich scharf. »Einem alten Mann und einem kleinen Jungen so zuzusetzen!« Eingeschüchtert wich er noch weiter zurück, und ich rannte mit Neden im Schlepptau weiter die Treppe hinauf. Einen Augenblick später hörte ich einen überraschten Ausruf von dem jungen Söldner. »He«, rief er, »warte mal.«

Doch wir hatten bereits die Treppe erklommen und flogen dahin wie Vögel auf dem Wind, während uns beide sowohl der Kitzel der Bewegung als auch die Todesgefahr erregte. Da ich immerhin so lange gelebt hatte, daß die Wahrnehmung meiner selbst ausfranste, erschien mir das Ganze als eine Art Erleuchtung. Mein Leben kam mir wie eine Geschichte vor, und der Tod würde ganz einfach ein passendes, wenn auch jähes Ende sein. Vielleicht würde ich mir sogar ein paar Tränen von jenen verdienen, die meine Geschichte hörten. Der Junge glaubte jedoch immer noch, daß sein Leben wichtig war. Er umklammerte meine Hand und benutzte meine Gegenwart, um seine Furcht zu verdrängen. Sein Vertrauen in mich, die Tatsache, daß er mich brauchte, erfreuten mich unendlich. Ich wußte, ich konnte niemals wirklich ein Vater sein, aber dieses seltsame, verzweifelte Liebäugeln mit der Rolle verschaffte mir eine merkwürdige Befriedigung. Vielleicht machte mich seine warme Hand glauben, ich könne Erfolg haben, wo mein Vater versagt hatte.

Die Schritte hinter uns wurden lauter. Ich wirbelte herum und stieß mit meiner Klinge nach dem jungen Söldner, den ich zuvor eingeschüchtert hatte. Er wich aus und stach mit seinem Schwert nach mir. Ich parierte, während mir das Klirren von Metall auf Metall scheppernd und krächzend wie eine trockene Kehle in den Ohren hallte. Ich umklammerte das Heft meines Schwertes fester, da mich seine jugendliche Kraft zurückdrängte. Dann erntete ich den verdienten Lohn für meinen Hochmut, als ich den Halt verlor und auf die Stufen hinter mir zu fallen drohte.

Da griff Neden ein. Er stieß einen Zwergenfluch aus und sprang vor. Mit seinen kleinen, doch stämmigen Armen packte er den Schwertarm des Söldners, riß diesen nach oben und brachte ihn aus dem Gleichgewicht. Unsere Klingen trennten sich, und der Söldner schwankte für einen Augenblick, ruderte wie wild mit dem linken Arm in seinen Bemühungen, sich auf den Beinen zu halten. Ich hob das linke Bein und versetzte ihm einen Tritt in den Bauch. Mit einem überraschten Ausruf fiel er die Treppe hinunter. Von unten kamen weitere Überraschungsrufe, als er die anderen Söldner umwarf, die ebenfalls die Treppe heraufrannten.

Doch es blieb keine Zeit, den Augenblick auszukosten. Zumindest nicht äußerlich. Ich wollte, daß Neden grimmige Entschlossenheit in mir sah, und so verbarg ich meine Belustigung. Wünschen sich nicht alle Jungen einen solchen Vater – einen zuverlässigen, ernsthaften Mann, der das Ausmaß einer Gefahr erkennt, wenn er sich mitten darin befindet, doch später auch darüber lachen kann? Im Innern, wo ich die Erzählung über mich selbst schuf, lachte ich jedoch. Der Überfall auf mein Haus ließ mich frohlocken. Ich war ziemlich lange untätig gewesen, mußt du wissen. Nachdem ich mich schließlich von allen Leuten abgekapselt hatte, gab es für mich keinen Grund mehr wegzulaufen. Also hatte ich herumgesessen. Aber – und daran will ich keinen Zweifel lassen – ich bin nicht nur deshalb weggelaufen, weil ich keine Verpflichtung eingehen konnte. Die Passion Floranuus ist immer sehr stark in mir gewesen. Die Bewegung war mehr noch als bei deiner Mutter meine Freundin und Begleiterin, und ich liebe sie um ihrer selbst willen.

Du kennst es auch, nicht wahr? Als Troubadour kennst du die Liebe zur Geschichte, die Gesten mit den Händen, mit denen die Welt beschrieben wird, ein Neigen des Kopfes, um den einen oder anderen Charakter darzustellen. Gewiß, das sind kleine Bewegungen, aber trotz allem Bewegungen. Die Bewegungen kleiner Gesten, die große Leidenschaften, tiefe Sorgen und ruhmvolle Siege beschwören.

Wir rannten aus dem Haus und die Treppe zur Plattform hinauf. Neden keuchte, als sein Blick nach unten fiel und er sah, wie hoch wir uns über dem Erdboden befanden. Er schien einen Schwindelanfall zu haben, und ich spürte, wie mir seine Hand zu entgleiten drohte. Ich verstärkte meinen Griff und zog ihn mit. »Sieh nicht nach unten, wenn du es nicht ertragen kannst«, rief ich.

»Ich kann!« erklärte er mit der Sturheit des Kindes. Er beugte sich über den Rand, um es zu beweisen, und ich rief: »Ich glaube dir. Komm weiter!«

Wir rannten zur Plattform hinauf. Die stampfenden Schritte des halben Dutzends Söldner hinter uns ließen die Treppe erbeben. Als ich jetzt auf der Beobachtungsplattform stand und die Sterne umgeben vom Blätterdach des Dschungels funkelnd zum Leben erwachten, während ein kleiner Junge in Gefahr neben mir stand und mit Schwertern bewaffnete Schurken die Treppe heraufpolterten wie lärmende Vipern, verdrängte ein Gedanke alle anderen aus meinem Bewußtsein:

Wie seltsam doch das Leben ist, besonders aber meine ganz persönliche, absonderliche Umstellung seiner Möglichkeiten.

»WAS MACHEN WIR JETZT?« rief Neden, der sich so fest an meine Hand klammerte, daß ich noch im nachhinein frage, warum sie mir nicht aufgrund von Blutmangel abgefallen ist. Es war eine vernünftige Frage, die eine wohlüberlegte Antwort verdiente. Unglücklicherweise wußte ich keine.

Doch zum Glück wurde ich zunächst der Verpflichtung enthoben, dies vor dem Jungen zuzugeben. Die Raufbolde in unserem Rücken stürmten die Treppe herauf und schrien Beleidigungen hinter uns her. Ich benutzte ihre unmittelbar bevorstehende Ankunft auf der Plattform, um Neden von der Sackgasse abzulenken, in die ich uns geführt hatte. Ich packte den Tisch, an dem ich jahrelang gesessen und die Sterne verzeichnet hatte, schob ihn zur Treppe und stieß ihn hinunter. Wiederum überraschte Ausrufe von den Söldnern, diesmal mit Entsetzen vermischt. Der Tisch fegte ein paar Söldner von der Treppe, die mehrere Dutzend Schritte tief auf den Dschungelboden stürzten. Die meisten konnten dem Tisch jedoch ausweichen und sammelten sich jetzt für einen neuerlichen Anlauf.

Nichtsdestoweniger brüllte Neden »Hurra!« (oder etwas in der Art), und für einen Augenblick empfand ich überschäumende Freude. Nachdem ich die zweite Hälfte meines Lebens als Schwarzer Mann von Barsaive verbracht hatte, bedeutete mir die Tatsache sehr viel, daß ich immer noch ein Kind erfreuen konnte.

Die Erregung verwandelte sich einen Herzschlag später in Entsetzen. Ein Schatten flog über uns hinweg, und als ich den Kopf wandte, sah ich den steinernen Rumpf eines theranischen Luftschiffs über das Blätterdach des Dschungels und auf uns zu schweben.

Die scharlachrote untergehende Sonne schuf eine leuchtende Aura des Blutes um das magische Gefährt. Theraner – Menschen, Elfen und Trolle –, alle in roten und schwarzen Rüstungen, hingen an Strickleitern, die zu beiden Seiten des Schiffes heruntergelassen waren. Sie hielten Schwerter in den Händen und trugen ein Lächeln der Vorfreude auf dem Gesicht. Im Bug stand Mordom mit seinen zugenähten Augen, die im Schatten lagen und dunklen Höhlen glichen. Seine Hand mit Garlthiks Auge starrte mich an. Hier standen wir uns also nach so vielen Jahren wieder gegenüber. Diesmal war ich jedoch ein Erwachsener und konnte über mich selbst und meine Fähigkeiten frei verfügen. Es hatte den Anschein, als würden wir eine Schlacht beginnen, die uns an den Rand unserer Fähigkeiten tragen würde – und dann darüber hinaus.

»So also«, rief ich ihm zu (mehr als nur ein wenig melodramatisch, fürchte ich), »treffen wir uns wieder.«

Das Schiff kam näher. Mordom runzelte verwirrt die Stirn. »Kenne ich dich?« rief er zu mir herab.

Ich hätte beinahe gelacht, da ich glaubte, der Magier wolle mich irgendwie aufziehen. »Ich bin J'role, der Junge, der vor mehr als einem halben Leben den Ring der Sehnsucht gestohlen hat.«

»Nein«, rief er zurück. »Ich kann nicht sagen, daß ich mich an dich erinnere.«

»Die Stadt Parlainth«, erklärte ich, die Hände in die Hüften gestemmt, als posiere ich für eine Statue, doch zunehmend beunruhigt über meine Entschlossenheit zu einer epischen Auseinandersetzung. Es hatte den Anschein, als sei meine Bedeutung im Universum noch kleiner, als ich ursprünglich angenommen hatte.

Einen Augenblick lang schien sich Mordoms Gesicht zu entspannen, als erinnere er sich. Dann legte es sich wieder in tiefe Falten. Und schließlich sagte er: »AH! Der Junge, der Garlthik Einauge begleitet hat!«

»Du kennst Garlthik Einauge?« fragte Neden mit ehrfürchtiger Neugier.

»Ja«, sagte ich leise in dem Versuch, sein Interesse an meinem Mentor zu mindern. Es kam mir lächerlich vor, daß der Junge von dem Ork gehört haben und beeindruckt sein sollte. Mir kam der Gedanke, Neden zu erzählen, daß ich tatsächlich *der* J'role aus dem Reim war, der für das Verstümmeln von Kindern verantwortlich war. *Das* würde seine Perspektive wieder zurechtrücken. Statt dessen konzentrierte ich mich auf Mordom, da er es eigentlich war, bei dem ich mich ins rechte Licht setzen wollte. Ich hatte ihn getötet, und die Tatsache, daß er mich so abtat, machte diese Leistung mehr als nur ungeschehen. Es war, als sei ich nie geboren worden. Ich rief: »Ich bin derjenige, der dich in die Fallgrube mit den Spitzpfählen geworfen hat. Ich möchte doch meinen, daß du dich daran noch erinnerst!«

Neden zog an meiner Hand. »Sie sind schon ziemlich nah, J'role.«

»Ich erinnere mich nur an bedeutsame Dinge. Du hast mich getötet. Aber jetzt lebe ich!« Er lachte, legte seine augenlose Hand auf die Reling und beugte sich vor. »Was hätte es für einen Sinn gehabt, darüber nachzudenken? Ich hatte ein neues Leben zu leben. Hast du erwartet, ich hätte seit meiner Wiedererweckung darüber gebrütet?«

Fast hätte ich ›Ja!‹ gerufen. Natürlich hatte ich erwartet, daß er darüber brütete! Sein Standpunkt war für meinen Geschmack viel zu losgelöst und reif. Kleine-Jungen-Energie kribbelte in mir, gebot Aufmerksamkeit, forderte einen Verweis heraus. In mir, einem alten Mann mit ausgemergeltem Körper und runzliger Haut. Und doch habe ich, wie du weißt, mir in all den Jahren ein Stück von meiner Jugend bewahrt. »Ich wollte nur, daß du weißt, wer deinen Plänen wieder einmal im Weg steht.« Ich lachte ein hohles Lachen, doch es gelang mir, es selbstbewußt klingen zu lassen.

Das Schiff war jetzt nur noch ein paar Schritte entfernt. Ein Frösteln überlief mich, als sich die Luft plötzlich abkühlte, da die Abendwärme vom Schatten des Schiffes aufgesogen wurde. Neden zupfte noch ein paarmal an meinem Arm und nannte mit sanfter Dringlichkeit meinen Namen. Die überlebenden Söldner, die diesmal bedachtsamer emporgestiegen waren, hatten die Plattform erreicht. Ihre Schwerter waren nach vorn gerichtet wie die Schnäbel vorsichtiger, hungriger Vögel. Die theranischen Soldaten klebten an den Strickleitern des Luftschiffes wie Blutstropfen an den Dornen eines verdorbenen Elfs und warteten auf den erhebenden Augenblick, wenn sie abspringen und ein Blutbad auf der Plattform anrichten konnten.

Ich ging in die Hocke. »Auf meinen Rücken, Junge.« Neden zögerte nur einen Augenblick lang. Dann tat er, wie ihm geheißen, und legte seine stämmigen Arme um meinen Hals. Er war schwer, das kann ich dir sagen. Doch seine Berührung sandte einen magischen Schock durch meinen Körper – einen Schock der Erinnerungen und Gefühle. Wiederum konzentrierte ich mich in dem Bewußtsein, daß ein Junge in Gefahr war. Ich würde mehr tun müssen, als für mich vor vielen Jahren in ähnlicher Lage getan wurde. Ich wollte nicht nur, daß er überlebte, ich wollte ihn so schnell wie möglich aus diesem Abenteuer herausholen. Er sollte sein Leben *unbefleckt* fortsetzen können.

Das Luftschiff schwebte über der Plattform. Ein theranischer Troll sprang nach unten und landete nur zwei Schritt entfernt. Dann sprangen zwei weitere theranische Soldaten, ein Elf und ein Mensch. Wie alle

Theraner schienen auch diese beiden vollkommene Exemplare ihrer Rasse zu sein – Steine, die vom Wind und Wetter der Jahrtausende geglättet waren, so daß nur noch der perfekte Kern geblieben war. Wunderschön. Ätherisch.

Aus dem Augenwinkel nahm ich die Söldner wahr. Angesichts des Luftschiffs und der theranischen Soldaten schien es ihnen zu genügen, mir den Fluchtweg die Treppe herunter zu versperren und zuzusehen, wie mich die Theraner abschlachteten.

Die Theraner, mit langen Schwertern bewaffnet, die in den letzten Strahlen der scharlachroten Sonne glitzerten, sprangen vorwärts. Neden schrie auf, seine Arme verkrampften sich reflexartig um meinen Hals, würgten mich. Doch wir hatten eine Chance. Ich rannte los, als wolle ich ihre Reihe irgendwie durchbrechen. Sie formierten sich, stellten sich so auf, daß ich nicht an ihnen vorbeikommen konnte.

Währenddessen war das Luftschiff weitergeflogen und über Neden und mir angelangt. Eine Strickleiter schwebte auf mich zu. Anstatt vorwärts zu laufen, sprang ich hoch und erwischte mit den Fingerspitzen eine Sprosse. Neden schrie wiederum auf. Meine Finger glitten von der Sprosse ab, und wir fielen rasch – ein Augenblick der Spannung –, bis ich eine andere Sprosse zu fassen bekam, diesmal mit festerem Griff. »Neden«, keuchte ich, so laut ich konnte, »du erwürgst mich.«

Er lockerte seinen Griff für einen Augenblick und packte dann wieder fester zu, diesmal mit einem Kreischen, als die Leiter plötzlich wild schwankte. »J'role!« rief er. »Sieh doch!«

Ich schaute nach oben und sah eine mit einem Kurzschwert bewaffnete menschliche Frau die Leiter herabklettern. »Ich will nur den Jungen!« rief mir Mordom von der Reling des Luftschiffs zu. Seine Stimme war kratzig wie das Getrippel von Spinnenbeinen auf

Steinmauern. »Wir brauchen das nicht fortzusetzen. Was in der Vergangenheit auch zwischen uns gewesen sein mag, es bedeutet mir jetzt nichts mehr. Gib mir nur den Jungen.«

Mittlerweile waren wir über die Plattform hinausgeschwebt, und nur ein paar Schritte unter meinen Füßen huschten die großen Blätter des Dschungeldachs vorbei wie die dunkelgrünen Wellen eines Ozeans. Die Söldner und theranischen Soldaten auf der Plattform starrten uns hinterher, irgendwie stupide, so schien es mir, wie kindliche Schläger, die überrascht feststellen, daß ihr freundliches Opfer lieber davonläuft, als sich verprügeln zu lassen.

»Was machen wir jetzt?« flüsterte Neden leise. Er hatte seine Nerven wieder unter Kontrolle. Obwohl er immer noch Angst hatte, verriet seine Stimme einen Hauch von Durchtriebenheit. Er war bereit, mir zu folgen, mit welchem Plan auch immer ich aufwarten mochte.

Doch wiederum existierte kein Plan in meinem Kopf. In diesem Augenblick wurde mir klar, daß der Junge mehr als nur eine Last auf meinem Rücken war. Er war auch eine Last in meinen Gedanken, da er die mir zur Verfügung stehenden Möglichkeiten einengte. Alles, was zu meinem Tod führen konnte, schied aus.

Bei diesem Gedanken überwältigte mich ein entsetzlicher Drang. Ich wollte Neden abschütteln, mich von ihm befreien, mein Leben so närrisch leben, wie es mir gefiel, ohne mich um andere kümmern zu müssen. Die Diebesmagie sickerte in meine Muskeln ein und unterstützte alle Überlegungen in dieser Richtung.

Meine Muskeln spannten sich.

Ich wußte, daß er den Absturz nicht überleben würde. Sein stämmiger Körper würde durch Blätter und Zweige krachen und schließlich tief unten aufschlagen. Aber *ich* war dann besser daran. Ich konnte mich freier bewegen. Ich konnte handeln, ohne mir

Gedanken um jemand außer mir selbst machen zu müssen. Wahrscheinlich gelang es mir sogar, zu einem Ast zu springen, mich daran festzuhalten und dann den Baum herunterzuklettern. Ohne den Jungen war das durchaus möglich.

Aus der Vernunft geborene Erklärungen und Entschuldigungen stapelten sich zuhauf in meinem Kopf. Ich hatte ihn nicht gebeten, in mein Leben zu treten. Und wenn er starb, würde es so sein, als hätte ich mich niemals mit ihm abgegeben.

Tatsächlich würde er tot sogar besser daran sein. Es war klar, daß der Magier den Thronerben von Throal lebendig bekommen wollte. Erinnerungen, wie Mordom Garlthik mit dem sonderbaren schwarzen Dämon folterte, kamen mir in den Sinn. Und jene Folter, der er den Verstand meines Vaters unterzogen hatte, die das durch den Alkohol begonnene Werk vollendet und ihn in das plappernde Zerrbild eines Mannes verwandelt hatte. Durfte ich zulassen, daß Neden in Mordoms Hände fiel?

Natürlich nicht.

»Tut mir leid, Junge«, sagte ich, obwohl es mir nicht leid tat. Ich griff mit einer Hand nach hinten und löste seine um meinen Hals verschränkten Arme.

»J'role?« fragte er, seine Stimme nur ein Seufzen, der lautlose Tod einer wunderschönen Blume, die vom Regen ertränkt wird.

Ich drehte und wand mich, streifte ihn von meinem Rücken ab. Er schrie auf und versuchte sich an meine Schultern zu klammern. Wut stieg in mir hoch. Wie konnte er es wagen, nach allem, was ich für ihn getan hatte, sich mir zu widersetzen? Ich mühte mich, ihn abzuschütteln. Er glitt meinen Rücken hinunter und hielt sich im letzten Augenblick an meiner Hüfte fest. Durch den plötzlichen Ruck wären wir beinahe beide abgestürzt. Über mir rief Mordom mir zu, zu mir zu kommen und mich zu besinnen.

Wiederum verwirrten sich Gegenwart und Vergangenheit. Eine vergessene Erinnerung stieg plötzlich aus den Tiefen meines Bewußtseins auf – Wasser, das um mich rauschte und die Gänge des *Breeton* überflutete. Mein Vater auf meinem Rücken. Geschwächt und unfähig hatte er sich an mich geklammert und uns beide in die Fluten zurückgerissen. Er war so schwach. Dafür hatte ich ihn gehaßt! Jetzt war es der Junge, der mir eine Auseinandersetzung mit Mordom aufzwang. Doch dann, nachdem ich ... nachdem ich ... – nachdem ich ihn umgebracht hatte ...

Meinen Vater umgebracht hatte.

Meinen Vater umgebracht hatte.

Ich mußte mich befreien, weißt du? Ich mußte ihn loswerden, von dem sinkenden Schiff herunterkommen. Mein Leben fortsetzen. Weitermachen. Du hast ein Schwert hergebracht. Du weißt es. Du weißt es.

Doch nach seinem Tod. Soviel ... –

Ein Schwall der Reue, sowohl über den Mord an

meinem Vater als auch über den versuchten Mord an Neden, wusch über mich hinweg. Ich keuchte vor Entsetzen, so schrecklich war das Gefühl. Die Diebesmagie ertrank darin, gurgelte noch einmal, ich solle der Vernunft lauschen. Alleine leben, abgesondert leben.

Die theranische Kriegerin, die mittlerweile die Strickleiter heruntergeklettert war, hing jetzt direkt über uns. In diesem Augenblick spürte ich, wie sich meine Muskeln verkrampften. Ein Zauber von Mordom, war mir sofort klar. Meine Hände hatten sich um die Sprossen der Strickleiter geklammert und ließen sich nicht mehr lösen, so daß ich nichts unternehmen konnte.

»Hierher«, sagte die Frau. »Komm hierher, Junge.« Ich war vergessen. Sie streckte den Arm aus, an meinem Kopf und Rücken vorbei, so daß Neden ihn ergreifen konnte.

»J'role«, sagte der Junge, in einer Welt voller Feinde immer noch auf der Suche nach einem Verbündeten.

Ich konnte ihm nicht antworten. Ich konnte meinen Kiefer nicht bewegen.

»Beachte ihn gar nicht, Junge«, sagte die Kriegerin. »Wir müssen dich wieder nach Hause bringen. Die Männer, die hinter dir her waren – diese Söldner –, die wollten dir etwas antun. Wir sind hier, um dir zu helfen...«

»Nein. Ihr...«

»Hör zu. Wir sind hier, um dir zu helfen.«

Neden packte die Strickleiter und hielt sich daran fest. In dem Augenblick, als ich sein Gewicht nicht mehr spürte, verzehrte mich die Einsamkeit. Ich wollte ihn wieder auf meinem Rücken haben. Irgendwo existierte ein Gleichgewicht zwischen Liebe und Erstickung. Wo war es?

Nun, da ich dem Jungen keinen Halt mehr bot, stand es der Kriegerin frei, mit mir zu tun, was sie wollte. Meine Muskeln waren zwar erstarrt, aber meine Augen konnten sich bewegen, und ich sah ihr boshaftes Lächeln. Sie hob ihr Schwert. Augenblicke wie diesen hat es immer wieder in meinem Leben gegeben, aber diesmal hatte es den Anschein, als sei ich so gut wie tot. Ich hatte nicht mit dem Jungen gerechnet. Seine Moral war aus stärkerem Holz geschnitzt, als ich mir das vorgestellt hatte, und weder Mordoms überwältigende Fähigkeiten noch meine schwankende Loyalität reichten aus, um sie zu brechen. Er griff nach oben und packte mit beiden Händen den rechten Fuß der Kriegerin. Dann ließ er sich fallen und zog ihr Bein durch das Loch zwischen den Leitersprossen, während er an ihrem Bein hing, seine Miene ein Gemisch aus Konzentration und Angst. Sie verlor das Gleichgewicht und stürzte an mir vorbei, während sich das Schwert aus ihren Händen löste und nach unten in den Dschungel fiel.

Sie warf sich in der Luft herum und griff nach mir. Glücklicherweise waren meine Hände um die Leitersprosse erstarrt, sonst hätte mich der plötzliche Ruck zum Loslassen gezwungen, und wir wären alle drei dem Schwert gefolgt. Nedens Gesicht war jetzt auf einer Höhe mit meinem, und er starrte mich mit panikerfüllten Augen an, lautlos fragend: ›Was soll ich jetzt tun?‹

Ich besaß lediglich die Kontrolle über meine Atmung, und ich hauchte, »Laß los!«, wenngleich es durch meine gelähmten Lippen eher klang wie »Haß hos!« Doch er begriff, was ich meinte, ließ den Fuß der Kriegerin los und klammerte sich wieder an den Leitersprossen fest.

Plötzlich von ihrer Last befreit, verlor die Kriegerin den Halt. Ihr Griff um mich lockerte sich, und sie fiel von meinem Rücken, wobei sie sich im letzten Augenblick noch an meinen Schultern festzuklammern versuchte. Ihr Schrei verstummte, als ihr Körper durch die oberen Zweige des Dschungeldachs krachte. Im gleichen Augenblick endete die Wirkung von Mordoms Zauber, und ich war frei. Ohne auch nur einen Augenblick abzuwarten, kletterte ich die Leiter hinauf.

Die Erinnerung an den Tod – die Ermordung – meines Vaters ließ mir keine andere Wahl, als zu versuchen, Neden zu helfen. Die Frage, die sich mir stellte, lautete: Wenn ich einmal sterben würde, was für ein Leben wollte ich dann gelebt haben? So oft waren Dinge in meiner Vergangenheit schiefgegangen, aber das bedeutete nicht, daß ich nicht versuchen konnte, zumindest einen kleinen Teil meines ursprünglichen Geistes wiederherzustellen. Wiedergutmachung ist eines meiner bevorzugten Themen in Geschichten, wenngleich es heutzutage nicht besonders modern ist. Wir leben in einer Zeit, in der sich niemand schlecht fühlen oder für seine Handlungen verantwortlich sein will. Aber ich bin irgendwie altmodisch.

Tatsächlich glaube ich, daß ich lüge. Weißt du, es ist schwierig zurückzublicken und sich zu erinnern, wie man sein Leben in der Vergangenheit gestaltet hat. Die Perspektive, die man hat, die Geschichte, die wir für uns ersinnen, um unserer Existenz so etwas wie eine Ordnung zu verleihen, ändert sich mit der Zeit, wenn sich neue Einzelheiten ansammeln und wir die Erzählung umgestalten müssen, um sie einzupassen. Nur nach unserem Tod kann unsere wahre Geschichte erzählt werden. Durch Auswahl bilden wir den Bogen, den unsere Erzählung spannt. Am Ende ist alles ziemlich willkürlich, denke ich. Aber ich meine, es hilft einem über den Tag, wenn man sich sein Leben als Geschichte vorstellt. Zumindest um vier Uhr nachmittags, wenn alles ein wenig schleppend zu gehen scheint.

Der Gedanke an Wiedergutmachung hatte mich also nicht mein ganzes Leben lang bewegt, nicht einmal in dem Augenblick, als ich die Strickleiter des theranischen Luftschiffes emporkletterte. Auf keinen Fall glaubte ich, etwas wiedergutmachen zu können. Auf dieser Leiter betrachtete ich mich nur als einen jämmerlichen Menschen, dem in jungen Jahren Elend mitgegeben worden und der dazu verdammt war, die Früchte dieses Elends zu ertragen.

Doch ich konnte nicht am nächsten Tag mit dem Blut eines weiteren Mordes an meinen Händen erwachen. Ich versuchte Neden ganz einfach aus dem Grund zu retten, weil ich es leid war, mich schlecht zu fühlen.

Ich nehme an, Gemütsänderungen müssen irgendwo beginnen.

Die Leiter empor. »Warte dort!« rief ich Neden zu. Mordom wedelte mit den Händen, und ich spürte, wie sich meine Muskeln einen Augenblick lang verkrampften. Doch der Zauber griff nicht richtig, und ich kletterte weiter. Ein weiterer Soldat kam schwertschwingend die Leiter herunter. Ich wich seinen Hieben aus und überlistete ihn mit einer Finte, die mich nach rechts trug. Mit einer Hand hielt ich mich an der Leiter fest, mit der anderen griff ich nach oben und packte den Handschutz des Schwerts. Ich riß daran und zog den Soldat von der Leiter. Ein Ausdruck der Überraschung lag auf seinem Gesicht (schließlich war er der Held seiner Geschichte und hatte sich kein so unrühmliches Ende zugedacht), als er nach vorn kippte, während er hektisch und unnütz um sich schlug, um die Balance zu halten. Dann fiel er von der Leiter. Wie sich sein Leben von dieser Welt löste, so löste sich auch sein Griff um das Schwert, und ich riß es ihm aus der Hand.

Ohne einen Augenblick zu zögern, durchschnitt ich den linken senkrechten Strick der Leiter. Augenblicklich verlor die Leiter unterhalb des Schnittes ihre innere Spannung und fiel zusammen, so daß die beiden senkrechten Stricke auf den letzten dreißig Ellen der Leiter – von meinem Schnitt bis zum Ende – dicht zusammenhingen, während die Sprossen dazwischen schlaff herunterbaumelten.

»J'role!« rief Neden, der sich verzweifelt an die Stricke klammerte, die sich jetzt ein wenig drehten. Ich rief ihm zu, er solle sich einfach weiter festhalten.

Da ich nun ein ganzes Stück von Neden entfernt war, tauchten mit Armbrüsten bewaffnete Soldaten an der Schiffsreling auf und schossen auf mich. Die Bolzen pfiffen an mir vorbei, einer oder zwei streiften mich an den Armen und Oberschenkeln. Mittlerweile arbeitete ich mich die Strickleiter herunter, wobei ich unterwegs jede Sprosse durchtrennte. Die linke Seilstrebe entfernte sich immer weiter von der eigentlichen Leiter und reichte bald zu Neden herunter.

Ein Bolzen traf mich in den Oberschenkel, und ich schrie vor Schmerzen auf. Blut schoß aus der Wunde, sickerte durch den Stoff meiner Hose und breitete sich mit erschreckender Geschwindigkeit aus. Aus Furcht, nur noch mehr Schaden anzurichten, ließ ich den Bolzen in der Hoffnung stecken, ihn herausziehen zu können, wenn ich in Sicherheit war. Ich kletterte weiterhin die Leiter herunter und durchtrennte alle Sprossen, bis ich Neden erreichte. Ich ließ das Schwert fallen. »Auf meinen Rücken!« keuchte ich. »Dein Bein!« rief er. »HINAUF!« schrie ich.

Er kletterte hinauf. Wegen des Armbrustbolzens machte sich sein Gewicht jetzt noch stärker bemerkbar, und ich hatte das Gefühl, als sei meine Haut mit getrockneten Knochen abgeschmirgelt worden, so daß alle meine Nerven bloßlagen. Doch mir blieb keine Zeit, über die Schmerzen nachzudenken. Mordom hatte meinen Plan schließlich begriffen und schrie: »Hoch mit dem Schiff! Hoch mit dem Schiff!«

Doch zu spät. Die linke Seite der Leiter, die jetzt eher ein Seil war, fiel zusätzliche dreißig Ellen nach unten. Ich packte das Seil mit beiden Händen und hangelte mich rasch hinunter. Nach zwanzig Ellen erreichten wir die Baumwipfel. Das Luftschiff begann jedoch bereits zu steigen. Ich ließ mich rascher hinunter, und wir versanken in den Baumwipfeln, wobei uns die Vorwärtsbewegung des Schiffs durch die Blätter schleifte. Nur noch ein paar Ellen Seil waren übrig.

Ich drehte mich in Fahrtrichtung, um frühzeitig zu erkennen, welche Zweige uns entgegenkamen, hielt nach einem Ast Ausschau, der stabil genug war, um unser Gewicht zu tragen. Plötzlich spürte ich, wie meine Muskeln wieder erstarrten. Wir stiegen. »Spring!« hauchte ich durch meine gelähmten Lippen. Ich sagte es immer wieder.

»Aber...!«

»SPRING!«

Ich sah, wie seine kleine Hand nach den Zweigen vor uns griff. Zweimal versuchte er, einen großen, stabilen Ast zu fassen, und zweimal gelang es ihm nicht. Beim dritten Mal schloß sich seine Hand um den Ast, und plötzlich war sein Gewicht von meinem Rücken verschwunden.

Das Luftschiff stieg weiter. Über mir holten Matrosen die Strickleiter Hand über Hand ein, bis ich über die Reling und an Deck gezogen wurde.

Du wirst dich erinnern, daß Mordom seit unserer letzten Begegnung nicht nur von den Toten auferstanden war, sondern sich auch die Augenlider mit dickem Purpurfaden hatte zunähen lassen. Diese furchtbaren Stiche fesselten meine Aufmerksamkeit, als der Magier mit seiner augenlosen Hand meine Kehle umklammerte und meinen Kopf gegen die Reling des Luftschiffs schmetterte. »Ich erinnere mich jetzt tatsächlich an dich«, sagte er gehässig. »Du bist die Landplage, der Junge, der sich in alles eingemischt hat. Hattest einen Dämon im Kopf, wenn ich mich nicht irre.« Sein eines grünes Auge im Ballen seiner linken Hand sah auf mich herab und blinzelte vor Zorn. »Der Dämon ist jetzt weg, wie es scheint. Aber ich glaube, dem kann ich abhelfen. Du mußt doch das Gefühl schrecklich vermissen, daß sich etwas durch deine Gehirnwindungen schlängelt.«

Dem war nicht so. Seine Worte brachten mich an den Rand eines Weinkrampfs. Gelähmt und in den Händen meines alten Feindes, der damit drohte, meinen Verstand mit seiner seltsamen Nähe zu den Dämonen zu beeinflussen, hatte ich den Eindruck, daß seit unserer letzten Begegnung keine Zeit vergangen war. Ich dachte an meinen Beinahe-Mord an Neden nur Minuten zuvor. Vielleicht war tatsächlich keine Zeit vergangen.

Ein Soldat neben Mordom, ein Troll mit milchweißen Eckzähnen, die über seine Oberlippe ragten, sagte: »Herr, sollten wir nicht...«

Ohne sich umzudrehen, fauchte der Magier: »Ja! Bringt das Schiff nach unten. Findet ihn!«

Ich hoffte, daß Neden rasch den Baum herunterklettern und sich rechtzeitig verstecken konnte, wie er es bereits bei unserer ersten Begegnung geschafft hatte. Dann wurde mir klar, daß ich nicht wußte, ob er den Ast tatsächlich zu fassen bekommen hatte. Und selbst wenn, wußte ich nicht, ob er nach unten klettern konnte. Ein Diebesadept würde es mit Leichtigkeit schaffen. Aber ein junger Zwerg? War er auf dem Baum gefangen? Oder bereits abgestürzt?

War mein Wunsch, er möge sterben, doch noch Wahrheit geworden?

»Schafft ihn nach unten«, sagte Mordom mit einer Spur von Häme in seiner heiseren Stimme.

Das Schiff schwebte eine Zeitlang über der Stelle, wo Neden verschwunden war, doch wurde er nicht gefunden. Dann segelten wir zu einer Lichtung, wo das Schiff landen konnte, ohne sich der Gefahr auszusetzen, daß sich seine Takelage im Gewirr der Äste und Zweige verfing. Von dort wurde ein Suchtrupp ausgeschickt. Außerdem schuf ein anderer Magier ein Paar Flügel für einen der Soldaten, so daß dieser zu meinem Haus fliegen und die Söldner und Soldaten zum Schiff zurückführen konnte, um bei der Suche zu helfen.

Ich erfuhr nichts davon direkt, sondern entnahm es Rufen, die über das Deck gellten, und Befehlen, die durch die Gänge hallten. Ich war in einem düsteren Raum im Herzen des Schiffes an einen Tisch gebunden. Mordom stand vor mir wie ein Verhungernder vor einem Festmahl, der sich nicht entscheiden kann, was er zuerst verspeisen soll. Seine Hand mit dem grünen Auge war zwei Ellen von mir entfernt und betrachtete mich sorgfältig. Auf seinen Lippen lag ein Lächeln. Es war das erste Mal, daß ich ihn lächeln sah – wirklich lächeln, so wie andere Leute es tun, wenn sie glücklich sind. Als Beleuchtung dienten lediglich ein paar Leuchtkristalle an den Wänden, die so etwas wie Licht, aber darüber hinaus auch noch etwas anderes produzierten. Es schien alle Gegenstände im Raum zu überziehen, anstatt ihn auszufüllen, so daß alles, auch die anwesenden Personen – Mordom, ich selbst und zwei Soldaten – eine Art bläulichen Leuchtens auszustrahlen schienen. Mordom bemerkte mein Interesse für das Licht und sagte in einem großzügigeren Tonfall, als ich bei ihm je für möglich gehalten hätte: »Für meine kleinen Lieblinge. Es entspricht mehr der Umgebung, aus der sie stammen.«

Tatsächlich konnte ich mit dieser Antwort trotz meiner früheren Begegnungen mit ihm zuerst nichts anfangen. Dann dachte ich einfach: die Dämonen. Sie waren vor Hunderten von Jahren aus einer anderen Existenzebene in unsere Welt gekommen. An irgendeinem Ort mußten sie zu Hause sein, und zweifellos war dieser Ort anders als unsere Welt.

»Wir können es auf die sanfte oder auf die harte Art machen«, sagte er. »Was weißt du von der Verschwörung?«

Da ich von der Verschwörung – weder *dieser* noch *irgendeiner anderen* Verschwörung – nichts wußte, überlegte ich einen Augenblick lang, was ich machen sollte.

»Also die harte Art«, sagte er und wandte sich leise summend von mir ab. Ich beobachtete die Soldaten, um einen Hinweis darauf zu erhalten, was mich erwartete. Beide hatten den Blick bereits zur Decke gerichtet.

»Ich weiß nichts von einer Verschwörung. Hör mal, wir sind jetzt beide alte Männer. Warum läßt du mich nicht einfach laufen? Der Junge ist verschwunden. Er ist in mein Leben gestolpert und jetzt wieder heraus. Wir gehen einfach unserer Wege.«

Er war jetzt außer Sicht, da er ein paar Ellen hinter dem Kopfende des Tisches stand. Er summte weiter vor sich hin, und ich hörte Glas klirren, als schiebe er Karaffen oder Flaschen hin und her. »Aha«, sagte er und kam wieder zurück.

Ich wollte Zeit gewinnen und fragte: »Wie kommt es, daß du noch lebst? Du bist doch in Parlainth gestorben, oder nicht?«

»Sicher«, sagte er gleichgültig, offenbar mehr an dem interessiert, was sich in dem Glasbehälter in seiner Hand befand. Ich konnte nicht erkennen, worauf seine Augenhand starrte, aber ich glaubte, einen Schatten darin zu erkennen, der sich bewegte.

»Wer hat dich wiedererweckt?« fragte ich. Eigentlich wollte ich sagen: »Wer, der noch alle Sinne beisammen hat, würde dich ins Leben zurückrufen?« Aber ich war der Gefangene eines Magiers, der mit den Dämonen im Bunde war, und ich hielt es für eine bessere Taktik, auf verbale Spitzen möglichst zu verzichten.

Er stellte das Behältnis auf einen kleinen Tisch neben jenem, auf den ich geschnallt war, und wühlte in einem kleinen Kasten mit Metallwerkzeugen herum. »Eine Gruppe von Theranern, die die Stadt erforschten. Sie haben mich vor etwa fünfundzwanzig Jahren gefunden.«

»In Parlainth waren Theraner?« fragte ich überrascht.

»Es war unsere Stadt, Landplage. Ich darf doch wohl annehmen, daß du keine Einwände gegen unsere Rückkehr nach Hause hast?«

Die hatte ich, denn die Stadt wurde jetzt von den Bewohnern Barsaives für sich beansprucht, eine urbane Wildnis, die reich an magischen Schätzen und alten Geheimnissen war. Doch ich sagte: »Nein. Ich wußte es nur nicht.«

»Wir sind nicht sehr willkommen in Barsaive.« Er zog einen gefährlich aussehenden Gegenstand aus dem Kasten, einen etwa sechs Zoll langen Stab mit einem glitzernden Haken an einem Ende. »Wir müssen oft heimlich reisen. Natürlich kennst du viele Orte, die wir besucht haben, dessen bin ich sicher. Und jetzt werde ich herausfinden, welche.« Er streckte beide Hände nach meinem Kopf aus.

»Ich weiß wirklich nichts, Mordom. Bestimmt nicht. Ich bin selbst von König Varulus die letzten dreißig Jahre lang verfolgt worden. Ich hatte überhaupt nichts mit Politik zu tun.«

Er stand auf und nahm die Hände von mir weg. Ich seufzte vor Erleichterung. »J'role?« fragte er mit großer Neugier. »*Der* J'role? Aus dem Kinderreim? Natürlich habe ich schon von dem wahnsinnigen Clown gehört. Jeder hat das. Aber dieser Clown bist du? Wie war das noch...?« Und dann rezitierte er den berüchtigten Kinderreim, für den ich Pate gestanden hatte:

> »Wer bist du?«
> »J'role, verrückter alter Clown,
> So war ich schon immer
> Seit meinem ersten Laut.
> Vater und Mutter
> Vor mir verdreht,
> Jonglier mit Messern!
> Schnitt! Alles zu spät!«

»Ganz entzückend, finde ich. Bezieht sich dieser Reim wirklich auf dich?« Er schien tatsächlich neugierig zu sein und wartete auf eine Antwort. Um Zeit zu gewinnen, nickte ich. Wiederum verzogen sich seine Lippen zu einem echten Lächeln. »Ich habe nicht geglaubt, daß der Reim auf einer wirklichen Person beruht. Mehr auf einer Sammlung vager Ängste, die dann aus dem Bedürfnis heraus, diese Ängste abzubauen und zu verdrängen, zu einem imaginären Wesen geformt wurden. Ich hätte nie gedacht, daß die Landplage von damals einmal Barsaives Kinderschreck werden könnte.« Sein Auge starrte mich eine Weile an, und er schwieg.

Jetzt war ich neugierig. »Warum hättest du das nie gedacht?« *Ich* hatte mich immer für ziemlich erbärmlich gehalten und seit dem Mord an meinem Vater auch für mehr als nur ein wenig gefährlich. Es schien mir fast vorherbestimmt, daß ich als Erwachsener eine Quelle der Angst für Kinder sein würde. Ich dachte an all die Jahre, die ich als Clown herumgereist war. Welche Rolle hatte dabei mein verzweifelter Wunsch gespielt, die Liebe von Kindern zu gewinnen, eine Liebe, von der ich glaubte, sie nie erringen zu können?

Er lachte. »Du hast etwas von einem Weltverbesserer an dir. Ich hätte gedacht, ein Kinderverstümmler müsse ein offensichtlicheres Ungeheuer sein.« Die Augenhand schwebte jetzt dicht über meinem Gesicht, um sich keine Regung des Unbehagens entgehen zu lassen. »Dann sag es mir. Wie viele Kinder hast du getötet?«

In meinen Gedanken: Der Mord an meinem Vater, die Verstümmelung der Gesichter meiner Söhne. Auf meinem Gesicht: Nichts. Eine Maske. Ich sagte: »Keines.«

Die Hand blieb, wo sie war, hielt nach irgendeinem Flackern, irgendeiner Regung Ausschau. »Keines?« fragte er fast schüchtern.

»Keines«, sagte ich mit fester Stimme. Die Fesseln an meinen Fuß- und Handgelenken machten sich jetzt zum erstenmal schmerzhaft bemerkbar, und ich wollte aus dem Raum fliehen. Ich erkannte, daß ich schon immer das Verlangen gehabt hatte, mir von irgend jemandem die Wahrheit über meine furchtbaren Taten aus der Nase ziehen zu lassen. Allerdings hatte ich mir gewünscht, daß mir dieser Jemand moralisch überlegen war. Mordom entsprach dieser Anforderung ganz gewiß nicht. Er würde die Berichte über meine Handlungen verschlingen wie ein zufriedener Hund seinen Knochen. Aus irgendeinem Grund war der Gedanke daran, daß er mich foltern würde, gar nicht so schrecklich gewesen – fast wie erwartet, wirklich. Doch plötzlich wurde mir klar, daß er seine Ungeheuer benutzen würde, um die Geheimnisse aus mir herauszuholen, die ich seit Jahrzehnten mit mir herumschleppte. Ich wollte nicht, daß das geschah.

Der Gedanke, alles noch einmal wiederholen zu müssen, peinigte mich, ermüdete mich. Ich wäre lieber gestorben, als Mordom ausgeliefert zu sein, von irgendeinem üblen Wesen gefoltert zu werden und die Verbrechen meines Lebens zu beichten. Doch darüber brauchte ich mir zunächst einmal keine unmittelbaren Sorgen mehr zu machen: Rufe hallten durch den Gang.

Man hatte Neden gefunden.

14

Es ging ihm nicht gut, wie Mordom nicht müde wurde, mir bei verschiedenen Gelegenheiten zu erklären, als sei es meine Schuld. Ich erfuhr lediglich, daß Neden vom Baum gefallen war, als er herunterzuklettern versucht hatte. In den nächsten paar Tagen, in denen das Luftschiff in Richtung der Brachen segelte, wurde ich nicht beachtet. Die von dem Armbrustbolzen verursachte Wunde blieb unbehandelt, und ein heißer Schmerz breitete sich in meinem Körper aus, als sie zu eitern begann. Niemand fütterte mich, und Hunger und Rachedurst nagten an mir, während ich weiterhin auf dem Tisch lag. Ich sank immer tiefer ins Delirium, und immer öfter konnte ich mich nicht mehr daran erinnern, wer ich war und warum ich hier war. In den wenigen klaren Momenten versuchte ich, meine Fesseln zu lösen. Aber die Fesseln waren verzaubert und veränderten sich, wenn ich ihre Struktur studierte, so daß jede Erkenntnis überholt war, bevor ich sie mir zunutze machen konnte. Meine Fähigkeiten als Dieb waren nutzlos, und mir wurde langsam klar, daß ich zum erstenmal in meinem Leben wahrhaftig in der Falle saß.

Gelegentlich hatte ich Visionen von deiner Mutter und von dir und Torran, und ich entschuldigte mich ausgiebig. Ich redete mit Ausgeburten meiner Phantasie, wobei ich ganz genau wußte, daß meine Worte nicht wirklich an euch gerichtet waren. Ich glaube nicht, daß ich seinerzeit tatsächlich fähig gewesen wäre, mich überhaupt bei einem von euch zu entschuldigen.

Als ich eines Tages das Bewußtsein wiedererlangte, stellte ich mit nicht geringer Überraschung fest, daß

Mordom einen Dämon in meinen Schädel praktiziert hatte. Ich weiß nicht, mit welcher Absicht er dies tat – um zu experimentieren, um über die Folter Informationen aus mir herauszuholen oder aus Boshaftigkeit (ich glaube, aus allen drei Gründen) –, aber die Wirkung war offensichtlich.

Es war anders als vor vielen Jahren, als der Dämon in meinen Gedanken gehaust hatte, während sein Körper an einem anderen Ort ruhte und nur sein Geist in meinen eindrang. Nein, Mordom hatte mir den Schädel geöffnet und irgend etwas Furchtbares hineinpraktiziert. Aus der Schädelwunde lief mir das Blut in den Nacken, und von der Stelle, wo der Dämon in meinen Schädel geglitten war, ging ein unangenehmes Kribbeln aus, das sich über meinen ganzen Körper ausbreitete. Obwohl ich mir all dessen und auch der Tatsache bewußt war, daß ich mich in einem dunklen Raum befand und von schattenhaften Gestalten umringt war, glitt ich in die Vergangenheit. Erinnerungen, so klar wie die Wirklichkeit, überfluteten meine Sinne. Ich konnte mein Kinderbett im Rücken spüren, die abgestandene Luft des Kaers riechen, in dem ich aufgewachsen war. Meine Mutter, jung und lebendig, neben mir stehen sehen. Die Berührung ihrer Fingerspitzen spüren, als sie das Ritual vollzog, um den Dämon in meine Gedanken zu versetzen. Ich hatte mich so oft in meinem Leben an diese Augenblicke erinnert, doch niemals mit solcher Klarheit.

Und doch wurde diesen Erinnerungen etwas Neues hinzugefügt. Genau zu sagen, was das war, ist schwierig. Meine Gedanken – sie wurden irgendwie auf sich selbst abgebildet. Ich glaube, Mordom zog mein *Denken* in den Vordergrund, so daß er sich einen Weg hindurchbahnen konnte, wobei er das kleine Unwesen in meinem Kopf benutzte, um meine Gedanken aufzuwühlen. Er war nicht einfach auf der Jagd nach Erinnerungen, den greifbaren Empfindungen vergangener

Jahre, er wollte die Gedanken, die *Logik* der Verzweiflung.

Zum erstenmal in meinem Leben verstand ich die Denkvorgänge, die in mir stattgefunden hatten, als ich ein kleiner Junge war. Die Berührung meiner Mutter, ihr Verrat, der sich aus ihren Fingerspitzen über meine Haut ausbreitete und mich verwandelte, als würde meine zarte Haut zum Chitinpanzer eines Käfers. Ich wußte, daß sie mir irgend etwas Schreckliches antat, aber ich konnte mir nicht vorstellen, daß sie, meine Mutter, so etwas Schlimmes ohne einen sehr guten Grund tun würde. Alle möglichen Gedanken gingen mir durch den Kopf, um die unerklärlichen Vorgänge zu begründen. An erster Stelle stand die Überlegung, daß ich irgend etwas furchtbar Schlimmes angestellt haben mußte, so daß ich es verdient hatte, ein Ungeheuer im Kopf zu haben. Daß ich tatsächlich selbst ein Ungeheuer war. Fähig, unsagbar böse Taten zu begehen. Ich war furchtbar. Ein Dämon.

Während ich auf dem Tisch lag und von Mordom erforscht wurde, spürte ich, wie sich ein Teil von mir aus meinem Körper löste und mich selbst fasziniert aus einiger Entfernung begutachtete. Die Berührung meiner Mutter, das sah ich ganz deutlich, war wie der erste Stern am Abendhimmel. Ein einsamer Punkt aus brennendem Licht. Doch mit der Zeit füllte sich der Himmel mit Sternen. Sie überzogen den Himmel, Konstellationen des Leids. Zum Himmel schauend, konnte ich mich erinnern, wie das Universum funktionierte: Nach einem Regelwerk, das sich durch das Studium der Sterne ergründen ließ, einem Regelwerk des Leids. Alles, so schien es, nahm seinen Anfang aus diesem einen Augenblick. Einem Augenblick, den kein kleiner Junge hätte durchleben dürfen. Einem Augenblick, der, weit davon entfernt, ein rationaler Punkt zu sein, auf dem sich ein Leben gründen ließ, eine Verirrung war. Eine Verirrung! Wieviel Mühe hatte ich der Aufgabe gewidmet zu versuchen, der Handlungsweise meiner Mutter einen Sinn zu geben. Ich hatte ein Leben damit verbracht, eine monströse Konstellation zu verteidigen. Mehr als eine Konstellation – eine Festung aus Sternen, brennend heiß und funkelnd. Endlose Korridore aus weißem Licht und mächtige Schutzwälle und hohe Wachtürme. Ein Frösteln überlief mich. Ich stellte mir vor, wie ich durch die Gänge einer derartigen Burg wanderte und mein Leben lang darin gefangen war, ein Gefangener meiner eigenen Gedanken.

J'role, der legendäre Clown-Dieb, gefangen im einzigen Gefängnis, das ihn festhalten konnte – seinem eigenen Verstand.

»Faszinierend«, seufzte Mordom, und es war gewiß kein Trost, daß er in diesem Augenblick genauso klang wie der Dämon, der in meiner Kindheit und Jugend in meinem Verstand gewohnt und mein Elend mit Genuß aufgesogen hatte.

Die Vorstellungen von der Sternenfestung und die Erinnerungen an meine Mutter verließen mich. Ich wurde in die Gegenwart zurückgeschleudert. Ohne Warnung schoß ein Schmerz durch meinen Schädel, wie ich ihn noch nie erlebt hatte, direkt hinter meinem rechten Ohr. Ich schrie so laut, daß ich augenblicklich heiser wurde. Ich konnte nicht aufhören zu schreien. Ich kämpfte wie verrückt gegen die Fesseln an, die mich auf dem Tisch hielten. Die Wunde in meinem Kopf mußte gesäubert und behandelt, die Blutung gestillt werden. Das Verlangen, frei zu sein, wurde übermächtig. Frei von den Fesseln, natürlich. Aber im Alter von sechzig betrachtete ich auch mein ganzes Leben als Fessel. Und als ich mich wie wild auf dem Tisch hin und her warf, tat ich es, um mich von all meinen Fesseln zu befreien. »Beachtet ihn gar nicht«, rief Mordom den Soldaten zu, als diese auf mich zugingen. Der Magier lachte und musterte mich zufrieden.

Ein Baby erschien auf meiner Brust. Ein Säugling. Höchstens acht Monate alt. Ich hörte gerade lange genug mit dem Schreien auf, um dieses neue Element in der seltsamen Umgebung zur Kenntnis zu nehmen. Ein scharfes Einatmen meinerseits. Der Säugling starrte mich ernst an. Die Schmerzen überfielen mich erneut, und ich begann wieder zu schreien, warf jedoch gleichzeitig Mordom einen raschen Blick zu, um festzustellen, ob er das Baby bemerkt hatte, das ruhig und gelassen auf meiner Brust saß. Der Magier hatte nichts bemerkt. Ich konnte jedoch nicht ganz sicher sein, ob dies nicht lediglich eine List war. Hatte er irgendwie die Illusion eines Babys geschaffen, um mich zu verwirren, und wollte er jetzt meiner geistigen Gesundheit spotten, indem er vorgab, daß es nicht da war? Das schien eine Taktik zu sein, die zu feinsinnig für ihn war, doch genausogut mochte er noch einen reichen Vorrat an Bosheiten auf Lager haben, von dem er bisher nur noch keinen Gebrauch gemacht hatte.

Mir fiel auf, daß sich das Kind auf meiner Brust nicht bewegte, obwohl ich mich nach wie vor in meinem Schmerz hin und her warf. Das Baby schien über meinen Qualen zu schweben. Es streckte seine kleine Hand aus und berührte mein Gesicht. Es lächelte. Mit dem leichten Lispeln eines Kleinkinds, doch dem Wortschatz eines Erwachsenen fragte es: »J'role? Willst du frei sein?«

»Ja«, keuchte ich. »Ja. Aber die Fesseln...«

Das Baby runzelte verwirrt die Stirn, dann lachte es verstehend. »J'role, J'role. Die Fesseln, die dich halten, sind nicht diese Riemen. Die Freiheit, die du suchst, ist nicht die Freiheit von diesem Magier...«

»DOCH, DAS IST SIE!« schrie ich den Säugling an. Er begriff ganz eindeutig nicht die Schmerzen, die ich litt.

Aus dem Augenwinkel sah ich, wie die Soldaten auf der Suche nach einer Erklärung für meine Worte Mordom ansahen. Mordom wußte jedoch keine Antwort, obwohl er neugierig lächelte und mich mit seiner Augenhand musterte. »Ich glaube, er braucht jetzt erst einmal Ruhe«, sagte er. Mit einer silbernen Zange zog er etwas Glänzendes und Weißes aus meinem Schädel und sperrte es in ein Behältnis aus dickem Glas. Dann kehrte er zu mir zurück und bestrich meinen gespaltenen Schädel mit einer magischen Salbe. Diese Handlungen nahm ich kaum wahr, da ich mich ganz auf das Baby konzentrierte.

»Willst du wirklich frei sein?« fragte der Säugling.

»Ja«, seufzte ich. Der Tod – jede Art von Erleichterung – war mir jetzt recht. »Bitte. Hilf mir.«

»Versprich mir etwas.«

»Ja, ja, ja.«

»Du wirst über Bord springen.«

Dies ließ mich nur einen Augenblick innehalten. Ich konnte mir zwar nicht vorstellen, warum ich mich zu Tode stürzen sollte, aber um überhaupt die Möglichkeit dazu zu haben, würde ich zunächst von meinen Fesseln befreit werden müssen. Ich beschloß, dem Säugling seinen Willen zu lassen. »Ja. Gut.« Er lächelte mich an, als begreife er das Wesen meines Betrugs.

Mordom ging zur Tür und sagte: »Behaltet ihn im Auge.« Er ging, und die beiden Soldaten entspannten sich ein wenig.

Das Baby sagte: »Du bist auf dem Weg in die Freiheit.«

Ohne daß irgend jemand in dem Raum einen Anteil daran hatte, lösten sich die Riemen von meinen Armen und Beinen und fielen herab. Die Soldaten keuchten. Ich richtete mich auf.

Ich war frei.

15

Die Soldaten stürzten vorwärts, um mich zu packen. Mein Kopf schmerzte. Meine Oberschenkelwunde brannte entsetzlich, als ich mich bewegte. Doch ich war jetzt irgendwie beseelt, und wenn ich auch nicht mehr tun konnte, als vom Tisch zu fallen, so tat ich es doch mit der mir mein ganzes Leben lang eigenen Grazie. Ich glitt an den zupackenden Händen der Soldaten vorbei und kam auf die Beine. Mein Gleichgewichtssinn war gestört, und einen Moment lang wurde mir schwarz vor Augen, als müsse ich ohnmächtig werden. Doch selbst in diesen Augenblicken verschwendete ich keine Zeit. Ich wirbelte herum, hob die Hand, ballte sie zur Faust und schlug sie einem der beiden Soldaten ins Gesicht. Er schrie auf und stürzte zu Boden. Der Erfolg spornte mich an. Der andere Soldat zog sein Schwert und schlug zu. Ich duckte mich unter der Klinge hinweg, erwischte seinen Arm und schwang die Waffe gegen den anderen Soldaten, der gerade wieder auf die Beine kam. Die Schneide traf ihn mitten ins Gesicht und durchtrennte Fleisch und Knochen. Er stürzte tot zu Boden.

Der Soldat, dessen Arm ich hielt, stieß einen Alarmruf aus. Ich drehte seinen Arm nach hinten. Ein Knacken. Jetzt schrie er vor Schmerzen. Ich versetzte ihm einen Stoß, so daß er gegen den Tisch prallte, auf dem ich soeben noch gelegen hatte, und knallte seinen Kopf wiederholt auf die Holzplatte. Ich tat es viel öfter als nötig.

Aber sie hatten einfach dagestanden und zugesehen, wie Mordom mir diese Dinge antat.

Zur Tür hinaus. Ich mußte Neden finden. Mit unsicheren Schritten wankte ich durch die Gänge. Ich hatte kaum genug Kraft, mich auf den Beinen zu halten. Was konnte ich also tun, um ihm zu helfen, wenn er in Schwierigkeiten war? Aber ich konnte ihn nicht einfach seinem Schicksal überlassen. Hinter mir ertönten Alarmrufe. Mir blieben nur noch Sekunden.

Als ich an einer Tür vorbeikam, hörte ich Stimmen, darunter auch die von Mordom. »Über dem Todesmeer sind weniger Schiffe«, sagte er. »Das macht den Zeitverlust mehr als wett.«

»Aber wir könnten in eine Luftströmung geraten, die uns direkt zu den Brachen trägt«, sagte jemand anders, wahrscheinlich der Kapitän des Luftschiffs.

»Der Vorgang wird sehr, sehr lange dauern. Das hat mir Bergschatten versichert. Ich habe keine Eile. Und wenn wir über das Todesmeer fliegen, haben wir die Gewähr, daß wir nicht gestört werden. Wichtig ist nur, daß der Vorgang beendet wird. Wenn alles funktioniert, kann ich den Jungen kraft meines Willens kontrollieren. Wenn Varulus stirbt, wird die Auseinandersetzung mit Throal durch eine friedliche Kapitulation beendet.«

»Also gut«, seufzte der Kapitän. »Aber ich muß das Schiff so schnell wie möglich nach Thera zurückbringen.«

»Ich verstehe. Ihr und Eure Mannschaft werdet von der Schuld Eures Vaters befreit sein, sobald Ihr uns in meiner Höhle abgesetzt habt.«

Eine andere Stimme sagte: »Wir haben Kontakt mit Leuten hergestellt, die wissen, wo sich König Varulus versteckt.«

»Gut«, sagte Mordom. »Gab es Probleme beim Anwerben der Attentäter?«

»Keine.«

»Aber sorgt dafür, daß Garlthik Einauge nichts davon erfährt. Er hat äußerst weitverzweigte Kontakte.«

»Ich habe schon mal mit Garlthik zusammengearbeitet. Er war immer ...«

»Ich sagte, benutzt ihn nicht! Er und ich haben eine lange gemeinsame Vergangenheit. Wir haben nichts füreinander übrig.«

»Er verläßt Kratas ohnehin nicht mehr. Nach allem, was ich gehört habe, ist er ein alter, gebrochener Ork.«

»Nach allem, was *ich* gehört habe, ist sein Kontaktnetz so weit verzweigt, daß er Kratas auch gar nicht verlassen *muß*. Sorg dafür, daß nichts nach außen dringt.«

Das Baby tauchte neben mir auf. Es schwebte einfach in der Luft. Ich ging weiter. »Du hast es versprochen«, sagte es. »Du mußt über Bord springen. Bald. Sehr bald.«

»Ich weiß, ich weiß«, murmelte ich. »Aber er ... er ist noch ein Kind.« Wir kamen zu einer weiteren Tür, und ich blieb stehen, um zu lauschen. Ich hörte die Rufe von Matrosen, die offenbar mit irgendeinem Spiel beschäftigt waren. Neden war höchstwahrscheinlich nicht in diesem Raum.

»So wie damals, als deine Söhne noch Kinder waren...« Die Stimme des Säuglings verlor sich, deutete alle Ereignisse von vor dreißig Jahren an.

Ich musterte ihn mit finsterer Miene. Wer war dieses lästige Baby?

»Wenn du meinen Rat nicht befolgen und ihn in Ruhe lassen willst, wie wäre es dann, wenn ich ihn dir zeige?«

»Du weißt, wo er ist?«

In einer Geste des Unbehagens rollte der Säugling mit den Augen. »Ja.«

Einen Gang entlang, eine Treppe herauf. Das Baby gab mir Anweisungen, während ich es auf dem Arm trug. Die dritte Tür auf der rechten Seite.

Sie war unverschlossen. Im Zimmer war es dunkel. Nur das verwaschene orangefarbene Mooslicht aus dem Gang ließ mich erkennen, was sich dort drinnen befand.

Der Junge, dessen Augen geschlossen waren und der immer noch atmete, war zerlegt und an die Wand genagelt worden.

»Ihr Geister«, flüsterte ich.

»Ja«, sagte das Baby, das sein Gesicht in meiner Armbeuge verbarg und zitterte.

Neden, dessen Fleisch in flache Streifen zerteilt war, konnte nicht mehr am Leben sein. Doch seine Brust, die ein paar Ellen neben seinem schlagenden Herzen hing, hob und senkte sich dennoch, als sei sie Teil einer lebendigen Person. »Wie ist das nur möglich...?«

Seine gedämpfte Stimme sagte: »Mordom ist außergewöhnlich begabt.«

»Ich muß ihm helfen...« Ich machte einen Schritt vorwärts.

»J'role, du kannst ihm nicht helfen. Ihm kann nur jemand helfen, auf den er sich verlassen kann. Dieser Jemand bist du nicht. Nicht jetzt.«

»Was ich für ihn getan habe...«

»Du bist da, wenn es dir gerade paßt. Was du tun mußt, um ihm zu helfen, wenn du derjenige bist, der es tun wird, erfordert eine Hingabe, zu der du nicht fähig bist.«

»Aber...«

»Spring, J'role. Es ist vorbei. Es wird Zeit für dich, alles aufzugeben. Du glaubst, du weißt, wie man lebt. Du weißt es nicht. Spring.«

Der Anblick des Jungen bewirkte, daß ich zur Wand hinter mir zurücktaumelte und mich anlehnte. »Ich kann ihn nicht hier lassen...«

»Du kannst versuchen, ihm zu helfen, J'role. Aber so, wie du jetzt bist – deine Bemühungen würden ihn nur umbringen. Deine Kinder hast du nicht ganz umgebracht. Aber das bedeutet nicht, daß du auch diesmal keinen Erfolg haben würdest.«

Das machte mich wütend. »Ich hatte nicht die Absicht, sie umzubringen«, fauchte ich.

Der Säugling lächelte zu mir auf, wissend und scheu. »Das sagst du dir immer wieder. Aber du hast bestimmte Ansichten über das Leben kleiner Jungen. Und der Tod ist ein Hauptbestandteil dieser Ansichten.«

»Ich wollte sie nicht umbringen.«

»Das ist etwas anderes. Ich glaube nicht, daß du irgend jemanden umbringen *willst*. Aber wie wir beide wissen, bringst du manchmal eben doch Leute um.«

Ich hatte plötzlich das Bedürfnis, ihn an den Schultern zu packen und seinen Kopf gegen die Wand zu schmettern, bis er zerplatzte.

»Ahhhh«, sagte er und drohte mir mit seinem kleinen Zeigefinger.

Aus dem Gang hallten gebrüllte Befehle zu uns. Ich warf noch einen Blick auf Neden, dessen Gesicht wie eine Maske an der Kabinenwand hing, während seine Innereien wie Jagdtrophäen darum herum ausgebreitet waren. »Also gut«, sagte ich, da ich begriff, daß ich nicht wußte, wie ich ihm helfen sollte, egal welche Absichten ich hatte. »Über Bord.«

Mit dem Baby im Arm eilte ich durch die Gänge und weitere Treppen hinauf. Ein paarmal begegneten mir Soldaten und gingen auf mich los. Ich war zu schwach, um gegen sie zu kämpfen, aber es gelang mir, ihren zugreifenden Händen und Schwerthieben auszuweichen. Irgendwann wurde mir klar, daß etwas Außergewöhnliches vorging – jede Bewegung, mit der ich meinen Gegnern auswich, war schneller und wirkungsvoller als alles, wozu ich normalerweise, von den gegebenen Umständen ganz zu schweigen, fähig war. Offensichtlich war das Baby die Quelle meiner Kraft. Doch diese Tatsache blieb im Hintergrund meines Denkens, denn das Baby war eben auch ein Baby, das ich auf dem Arm trug, und ich stellte die Verbindung zwischen ihm und meiner Freiheit nicht wirklich her.

Als ich die Tür zum Oberdeck aufstieß, hüllte mich ein Schwall heißer Luft ein, der mich fast wieder die Treppe heruntergestoßen hätte. In der Nachtluft lag dichter Nebel, der von unten rot erleuchtet wurde.

»Ich weiß, wo wir sind«, keuchte ich.

»Über die Reling«, rief das Baby. Es klang jetzt wahrhaftig wie ein Baby, jammernd und bettelnd. »Über die Reling! Über die Reling!«

Mehrere Matrosen bemerkten mich und rannten auf mich zu. Ich hatte die Wahl: auf die unteren Decks zurückzukehren oder über Bord zu springen. Eigentlich war es keine Wahl.

Ich rannte über das Deck, bis ich die Schiffsreling erreichte. Und dort sah ich unter mir ausgebreitet wie die Landschaft aus einem Alptraum das Todesmeer – ein Meer aus Feuer, Meilen um Meilen glühender, geschmolzener Lava.

»Ich werde sterben.«

Das Baby schluchzte plötzlich. »Jetzt begreifst du allmählich.«

»Aber ich will nicht.«

Das Kind wurde ungeduldig. Die Soldaten kamen immer näher. »Ich weiß, daß du nicht willst. Wenn du wolltest, würde ich dich nicht darum bitten. Jedenfalls sehe ich nicht, welche Wahl du noch hast.«

Drei Soldaten erreichten mich, streckten die Hände nach mir aus. Ich drehte und wand mich, um ihnen auszuweichen, wirbelte herum, beugte mich über die Reling.

»Du mußt dich dazu entschließen!« schrie das Baby. »Es muß ein echter Entschluß sein!«

Ich entschloß mich nicht nur dazu, weil die Soldaten jetzt über mich herfielen. Nicht einmal deshalb, weil ich keine Ahnung hatte, wie ich Neden retten sollte. Und auch nicht deshalb, weil ich mich als gefährlich

erweisen mochte, falls es mir tatsächlich gelang, ihn zu retten.

Nein, der eigentliche Grund für meinen Entschluß war eine tiefgreifende Müdigkeit, ein Überdruß hinsichtlich allem und jedem. Ich war meines Lebens überdrüssig, eines Lebens, das mit Schmerzen geboren und mit Schmerzen gelebt worden war, und ich sehnte mich nach der Erleichterung des Todes. Dennoch hätte ich diesem Drang nach Erleichterung nie nachgegeben, wäre nicht der kleine Säugling in meinen Armen gewesen, der mich aufforderte, über Bord und in ein Lavameer tief unter mir zu springen. Es war die Lächerlichkeit der Situation, die mich dazu veranlaßte, ihm nachzugeben. Denn trotz meines Elends, trotz der Erbärmlichkeit meiner Lage, wußte ich einen guten Witz immer noch zu schätzen. Das Universum hatte mich diesmal wirklich verblüfft, und lachend beugte ich mich vor, so daß ich über die Reling kippte. Einen Augenblick lang empfand ich ein Gefühl der Befreiung. Die Hitze der geschmolzenen Lava streichelte mich, und das seltsame Gefühl des Fallens, die Schwerelosigkeit, ließ Erinnerungen in mir aufsteigen, wie ich in den Armen meiner Mutter geruht hatte, lange bevor sich alles zum Schlechten wandte.

Dann verschwand das Baby, und mir wurde vollständig bewußt, was vor sich ging.

Immer schneller werdend, stürzte ich dem Tod entgegen.

Teil Zwei

FLAMMEN UND FLEISCH

Fallen, fallen, fallen.

Wenngleich kurz, brachte der Absturz dasselbe Gefühl zeitlichen Stillstands mit sich wie ein Alptraum: Jeder Moment dehnte sich unendlich und mit dem Versprechen aus, daß ein weiterer entsetzlicher Moment folgen würde. Die rote Lava unter mir und der schwarze Nachthimmel über mir flackerten in immer schnellerem Wechsel vor meinen Augen auf, bis sich alles verwischte und ich keine Ahnung mehr hatte, wann ich nach oben sah und wann nach unten. Diese Desorientierung vermischte sich mit Gedanken an den Tod. Verwirrung und Entsetzen wichen einem fatalistischen Sichabfinden. Natürlich würde ich sterben, wenn ich in die glühende Lava des Todesmeers stürzte, und keine einzige Seele würde jemals von meinem Schicksal erfahren. Was konnte ich auch sonst von meinem erbärmlichen Leben erwarten?

Krach.

Ich schlug auf hartes Gestein.

Krach.

Ich prallte ab.

Krach.

Stürzte vorwärts.

Die Schmerzen des Aufpralls jagten bereits durch mein Fleisch und meine Knochen. Aber ich hatte es noch nicht überstanden. Ich fiel weiter, prallte gegen einen Felsen nach dem anderen.

Eigentlich hätte ich in das Lavameer stürzen müssen. Nicht auf solides Gestein. *Ich hätte sofort tot sein müssen!* schrie ich heraus, nicht nur vor Schmerzen, sondern auch aus bitterer Enttäuschung. Ich fiel noch einen niedrigen Gesteinshaufen herunter, und blieb schließlich liegen.

Schweigen. Stille. Ich atmete friedlich ein und aus. Einen Augenblick lang beruhigte mich das Fehlen jeglicher Bewegung. Ich lag auf dem Rücken, den rechten Arm seltsam erhoben, die Hand nach rechts verdreht. Das störte mich nicht. Der Fall war beendet. Das Aufschlagen auf Felsen war beendet. Die Dinge standen ganz einfach besser.

Ich wartete, ruhte mich aus. Wollte nichts überstürzen. Die Sterne über mir wurden von der Hitze des Todesmeers verdeckt. Ein dünner Nebel lag in der Luft und fing das Licht der glühenden Lava ein. Ein festes Laken aus dünner, gefärbter Baumwolle schnitt mich von meinen eisigen Fixpunkten aus Licht ab.

In der Ferne sah ich das Luftschiff. Das Meer tauchte seinen grauen Rumpf in ein düsteres Rot. Für meinen schmerzumnebelten Verstand sah es wie ein Komet aus, der sich langsam und gravitätisch einen Weg durch den Himmel brannte. Ein Omen, das vom Universum geschickt worden war und eine bedeutsame Wirkung auf mein Leben ausübte. Aber ich hatte meine Tabellen und Karten nicht bei mir, und seine Bedeutung entzog sich meinem Begriffsvermögen.

Das Schiff drehte bei und segelte zu der Insel zurück. Dann umkreiste es die Insel, als hielte es nach mir Ausschau. Seltsamerweise schwebte es ebensosehr über dem Meer wie über der Insel, auf der ich gelandet war. Gleichermaßen seltsam war, daß mich offenbar niemand auf dem Luftschiff sah. Dies deutete auf die Besonderheiten dieser Insel hin, Besonderheiten, die ich noch viele, viele Tage nicht begreifen sollte. Das Luftschiff kreiste eine Weile und segelte dann, immer kleiner werdend, in den roten Nebel davon.

Dieser Anblick war es, auf den ich meinen Blick richtete, während ich darauf wartete, genügend Energie gesammelt zu haben, um mich bewegen zu können. Als sich das Schiff immer weiter entfernte, fragte ich mich, warum sie mich nicht geholt hatten. Sie waren tief genug geflogen, um erkennen zu können, daß ich nicht in der Lava versunken, sondern unmöglicherweise auf eine Insel gefallen war. Wenn sie mich haben wollten, hätten sie mich holen können. Doch sie flogen weiter, und obwohl Neden sich immer noch auf dem Schiff befand, empfand ich Erleichterung. Es würde einige Zeit dauern, bis ich zu einer neuerlichen Auseinandersetzung mit Mordom bereit war.

Das Luftschiff entschwebte in dichtere Schwaden des roten Nebels und außer Sicht. Ich wartete noch ein paar Augenblicke, und versuchte dann aufzustehen.

Ich konnte mich nicht bewegen.

Mein rechter Arm, aufgerichtet und neben mir erstarrt, weigerte sich, herabgesenkt zu werden. Mein Körper wälzte sich auf meinen Befehl nicht herum. Panik stieg in mir auf, und plötzlich bemerkte ich, daß ich meinen Körper nicht spüren konnte. Mit der Panik kam die Erkenntnis, daß ich hätte sterben müssen. Daß ich noch lebte, war ein Wunder. Aus irgendeinem Grund hatte es eine Weile gedauert, bis dieser Gedanke in mein Bewußtsein vorgedrungen war. Da ich in meinem Leben unzählige gefährliche Situationen überlebt habe, mußte ich mich wohl daran gewöhnt haben.

Natürlich war ich gelähmt! Ich war gerade Hunderte von Ellen tief von einem Luftschiff auf eine Felseninsel gestürzt.

Und weitere Gedanken: Selbst wenn ich mich bewegen konnte, wie sollte ich die Insel jemals verlassen? Warum hatte ich mich in Nedens Leben eingemischt? Warum hatte mich der Säugling vom Schiff springen lassen? War dies die Freiheit, die er mir versprochen hatte? Und wo *war* das verdammte Baby?

Indem ich den Kopf so weit drehte, wie es ging, und ausgiebig mit den Augen rollte, machte ich mir ein

Bild von der Umgebung. Nichts. Nur schwarzer Fels, der sich hier und da zu kleinen Hügeln erhob, von zahllosen Löchern durchsetzt. Das einzige Licht war das, welches der rote Nebel über mir zurückwarf. Kein Geräusch. Kein Wind. Nichts. Ich lag erstarrt und leblos in einem wüsten und leblosen Land. Die Freiheit, die ich mir durch mein Vertrauen in das Baby verdient hatte, war die Freiheit absoluter Stille und Leere.

Dennoch machte ich mir Gedanken über meine Aussichten, von der Insel zu entkommen, und rief mir ins Gedächtnis, was ich über das Todesmeer wußte. Uralte, überlieferte Geschichten berichten, daß vor langer, langer Zeit einige Passionen aufgrund ihrer Liebe zum Leben zu erreichen versuchten, daß niemand mehr sterben mußte. Zwar konnte der Tod nicht vernichtet werden, aber sie verbündeten sich und schufen das Todesmeer, indem sie eine riesige Wasserfläche in ein Meer aus geschmolzener Lava verwandelten. In dieses feurige Meer sperrten sie den Tod ein wie einen Gefangenen.

Doch ihr Plan entwickelte sich nicht wie erwartet, da die Leute offenbar immer noch sterben. Doch man sagt, daß vor der Gefangennahme des Todes die Leute nicht von den Toten auferweckt werden konnten, wie dies heutzutage der Fall ist. Er kann zwar immer noch die Lebenden einfordern, aber manchmal, wie in Mordoms Fall, entkommen sie ihm. Es heißt auch, wenn im Land Barsaive genug Blut vergossen wird, soll der Tod befreit werden und Chaos und Verwüstung über die ganze Welt bringen.

Es kam mir merkwürdig vor, einen so gewaltigen Sturz überlebt zu haben, nur um auf dem Gefängnis des Todes zu landen. Doch auf eine absonderliche Art und Weise ergab es auch einen Sinn. Der Tod war vielleicht Tausende von Ellen unter mir gefangen. Was konnte er dagegen tun? Aus seiner feurigen Zelle konnte er nur eine gewisse Anzahl von Leben einfordern.

Ich hatte einige Zeit als Söldner auf dem Todesmeer verbracht und barsaivische Luftschiffe eskortiert, die über dem Todesmeer nach elementarem Feuer schürften. Als ich mir die Erinnerungen an diese Zeit ins Bewußtsein rief, wurde mir langsam klar, wie seltsam meine Lage war. Matrosen, die lange Zeit über dem Todesmeer verbrachten, hatten mir erzählt, daß sich gelegentlich ›Inseln‹ bildeten, die jedoch nur unwesentlich stabiler waren als die harte Kruste, welche die glühende Lava bedeckt. Alles in allem befindet sich die Oberfläche des Todesmeers in einem ständigen Prozeß des Schmelzens und Erkaltens, so daß, selbst wenn man die schreckliche Hitze außer acht läßt, die von der Kruste abgestrahlt wird, nur ein Narr versuchen würde, auf einer solchen Insel zu lagern.

Doch worauf war ich gelandet? Die Kruste wies niemals solche Hügel auf wie den, auf dem ich jetzt lag.

Wo war ich?

Eigentlich mußten die Felsen, auf denen ich lag, irgendwann schmelzen und unter die Meeresoberfläche absinken. Doch wenn schon die anderen Umstände ungewöhnlich für das Todesmeer waren, konnte es sich dann hierbei um eine permanente Insel handeln? Um etwas, das seine Gestalt trotz der umgebenden Hitze behielt?

Es war durchaus möglich, wenn nicht sogar wahrscheinlich, daß ich auf eine sonderbare Insel mitten im Todesmeer gestürzt war und mir nichts weiter blieb, als geduldig darauf zu warten, daß der Tod kam und mich zu sich nahm, wenn es ihm paßte. Vielleicht war das der Grund, warum ich nicht sofort gestorben war. Der Tod wußte, daß er mich nach Belieben holen konnte.

Die Nacht verging zuerst sehr langsam. Stille und Reglosigkeit ist nie mein Fall gewesen. Bewegung, Bewegung und nochmals Bewegung war mein Leben lang meine Begleiterin. Stundenlang – zumindest kam es mir so vor – schlängelte sich die Zeit durch meinen Körper. Reizbare Kinder, die darauf warten, daß sie der Schlaf übermannt, doch viel zu energiegeladen sind, um schlafen zu können.

Bedenkt man mein Wesen, blieb nichts weiter zu tun, als zu versuchen, mich zu bewegen – trotz der Unmöglichkeit dieses Unterfangens. Ich versuchte, den Kopf zu heben, die Finger zu krümmen, meinen aufgerichteten Arm zu senken. Vergeblich. Das Ausbleiben jeglichen Erfolgs war enttäuschend, brachte mich jedoch nur dazu, mich noch mehr anzustrengen. Bald atmete ich rascher, trotz meiner absoluten Bewegungsunfähigkeit. Es war, als habe ich am ganzen Körper einen Juckreiz. Ich konnte an nichts anderes mehr denken, als mich zu bewegen! Ich mußte mich bewegen!

Doch es kam nichts dabei heraus. Nach einer Weile war ich zwar nicht durch die Anstrengung meiner Muskeln, aber durch die Anstrengung meines Willens völlig erschöpft. Ich schloß die Augen. Ich glaubte, einschlafen zu können. Doch die Vorstellung, wie ich dann aufwachte und mich an demselben Ort in derselben Stellung wiederfand, ließ mir keine Ruhe. Es kam mir so vor, als würde mir das Einschlafen nur einen Alptraum garantieren, wenn ich wieder aufwachte. Meine innere Unruhe kehrte mit Macht zurück. Zwar versuchte ich nicht mehr, mich zu bewegen, aber ich wurde immer aufgeregter.

Erinnerungen passierten vor meinem geistigen Auge Revue. Alle verpaßten Gelegenheiten. Verlorene Liebe. Wie sehr ich mich danach sehnte, jemanden zu finden, der meine überschüssige Energie aufsaugen konnte! Jemanden, der mich zu nehmen wußte. Mich vielleicht sogar beruhigen konnte. Meine Frau. Meine Kinder. Alle hatten mich verlassen. Vermißt zu werden – das war es, was ich wollte, als ich auf der Insel lag und auf den Tod wartete. Ich konnte nur daran denken, daß alle erleichtert darüber sein würden, daß ich verschwunden war. Wer hat schon ein solches Lebensziel? Wer hatte dieses Ziel mit so viel Erfolg verfolgt wie ich?

Schließlich schlief ich ein. Mein Schlaf war unruhig, und vor innerem Unbehagen schreckte ich immer wieder auf.

Den Veränderungen in der Position der Sterne, die durch den roten Nebel kaum zu sehen war, konnte ich entnehmen, daß ich in etwa stündlich aufwachte. Jedesmal ging es mir schlechter. Meine Haut juckte, meine Kehle war ausgedörrt. Ein Schwindelgefühl überfiel mich in rhythmischen Wellen. Bald sehnte ich mich nach der Pause, die mir der Schlaf von den Schmerzen gewährte. Ich fragte mich immer öfter, ob es eine Möglichkeit gab, meinen Tod zu beschleunigen. Der Gedanke, daß sich mein Zustand noch verschlechtern, Schmerzen und Juckreiz noch heftiger werden könnten, erweckte in mir wieder den Drang nach Bewegung – und sei es auch nur, um mir an meinem steinernen Grab den Schädel zu zerschmettern.

Die Sonne ging auf, und als ich die Augen öffnete, war ich zuerst verblüfft. Die vom Todesmeer aufsteigende Hitze ließ die Luft flimmern, doch das helle Blau des wolkenlosen Morgens war ein scharfer, angenehmer Kontrast zum bestürzenden Rot der Nacht. Wenngleich immer noch leblos, waren die schwarzen Felsen, von denen ich umgeben war, jetzt deutlich zu sehen. Ich war nicht in einer Welt runder, seltsamer Schatten gefangen. Meine Phantasie ließ mich einen Moment lang glauben, das Schlimmste sei überstanden. Daß zwar die Erinnerung an die vergangene Nacht kein Alptraum war, sich die Situation jetzt aber bessern würde.

Ich versuchte mich zu bewegen.

Und schaffte es nicht. Nur mein linker Arm neben mir, den ich mir bei dem Sturz gebrochen hatte, bewegte sich ein wenig. Nicht genug, um etwas an meiner Lage zu verändern.

Ich wartete. Atmete. Ich wollte nicht schreien oder weinen, doch die Entsetzlichkeit der Situation machte es sehr schwierig, diesen Vorsatz nicht zu brechen. Ich war noch am Leben und mochte trotz meiner Lage noch ein langes Leben vor mir haben. Ich sah mich hektisch und verzweifelt um, suchte gedankenlos nach einem Hinweis, einem möglichen Hilfsmittel.

Und da fiel mein Blick auf den Turm in der Mitte der Insel.

Rote Steine, jeder mit schwarzen Wirbeln durchsetzt, wie Rauch und Flammen, erhoben sich auf dem felsigen Grund und bildeten einen runden, zweihundert Ellen hohen Turm. In die Mauer waren in regelmäßigen Abständen Fenster eingelassen. Am Fuß des Turms befand sich ein großer Torbogen, der aus einem großen schwarzen Felsen geformt war. Der Torbogen kam mir zugleich einladend und herausfordernd vor.

Wegen der Dunkelheit und weil sich der Turm fast direkt hinter mir befand, hatte ich ihn in der vergangenen Nacht nicht gesehen. Jetzt verrenkte ich mir fast den Hals, um ihn möglichst ausgiebig betrachten zu können. Befand sich jemand im Innern dieses Bauwerks? Jemand, der manchmal herauskam?

Ich rechnete nicht damit. Mehr als das. Der Turm war von Einsamkeit erfüllt. Vor dem Hintergrund des strahlend blauen Himmels schienen seine dunkelroten Steine unfähig zu sein, Leben zu enthalten. Doch blieb mir eine andere Wahl, als auf Rettung durch irgendeinen Bewohner zu hoffen?

Ich versuchte zu schreien, doch meine Stimme war wie mein Körper schwach. Sie brach und gab nicht mehr von sich als ein trockenes Krächzen des Schmerzes. Ich versuchte es noch einmal, und diesmal brachte ich das Wort ›Hilfe!‹ heraus. Es kam mir laut genug vor, um bis zum Turm zu tragen, und ich wartete auf eine Reaktion. Ich wartete und wartete voller Angst, daß mir die Antwort entging, wenn ich es zu bald noch einmal versuchte.

Schließlich rief ich noch einmal.

Keine Reaktion.

Ich starrte den Turm an. Beoachtete den Torbogen. Meine Blicke irrten von einem Fenster zum anderen. Ich sah nur die Dunkelheit im Innern des Turms, die in jedem Fenster eingerahmt war.

In den Himmel starrend, fuhr ich fort zu schreien, ich rief und rief, bis ich heiser und anzunehmen gezwungen war, daß sich zwar irgendwann irgend jemand die Zeit genommen hatte, einen Turm auf dieser merkwürdigen Insel zu errichten, dieser jedoch mittlerweile verlassen war.

Nachdem ich mit dem Rufen aufgehört hatte, schloß ich für lange Zeit die Augen. Die Hoffnung verließ mich wieder, und eine Bitterkeit schlich sich in meine Gedanken. Nichts Besonderes bei mir, ich weiß. Ich habe mich selbst mit einer Aura der Bitterkeit umgeben und einen Großteil meines Lebens von einem bitteren, freudlosen Standpunkt aus betrachtet. Also dachte ich wieder einmal, wie furchtbar alles ist, wie erbärmlich das Endresultat aller Bemühungen aussieht. Das Leben war nichts als eine Reihe von Sehnsüchten, die zu einer Enttäuschung nach der anderen führten.

Merkwürdig ist nur, wie rasch ich diese Art zu denken aufgab.

Die Hitze des Todesmeers überwältigte meine geistige Konstruktion – meine Sternenfestung. Elend im Angesicht des Lebens war eine Sache. Klagen und Trübsal zu blasen war wunderbar, solange ich die Möglichkeit besaß, andere Dinge mit meinem Leben anzufangen. Jetzt war ich jedoch mit mir gefangen. Mich über das Elend des Lebens zu beklagen, war *alles*, was ich tun konnte. Und das war das nackte Entsetzen. Wenn ich auf einem öden Felsen verhungern würde, wollte ich meine letzten Stunden nicht damit verbringen, meinem eigenen Gejammer zu lauschen. Zum erstenmal in meinem Leben konnte ich weder meinen Selbsthaß noch mein Selbstmitleid ertragen.

Aber was *konnte* ich tun? Der Turm war verlassen, die Insel nur öder Felsen. Das Meer Hunderte von Quadratmeilen glühender Lava. Mein Körper zur Untätigkeit erstarrt, abgesehen von einem gebrochenen Arm. Alles war hoffnungslos.

Dann kam mir jedoch der Gedanke, daß der Turm, wenngleich verlassen, Nahrung enthalten mochte. Möglicherweise Heiltränke. Vielleicht fand sich sogar ein Mittel darin, die Insel zu verlassen. Ein Augenblick der Hoffnung.

Doch wenn ich an mein Leben dachte, welche Hoffnung konnte ich mir leisten? Was konnte ich schon tun, um den Turm zu erreichen? Selbst wenn ich es irgendwie dorthin schaffte, konnte es einen Zweifel geben, daß mich darin irgend etwas Furchtbares erwartete? Etwas wie die verweste, wiederbelebte Leiche meiner Mutter vielleicht? So oft in meinem Leben hatte ich gedacht, ich sei endlich in Sicherheit, nur um zu erkennen, daß die Dinge immer noch schrecklich standen. Welchen Sinn hatte es zu hoffen?

Ich lag erschöpft auf dem Boden. Die Anstrengung, mich von einem Extrem der Verzweiflung und Hoffnung ins andere zu stürzen, hatte mich erschöpft. Die Fingerspitzen meiner linken Hand kratzten über das rauhe Gestein, aber ich spürte es kaum. Nichts war mehr wichtig.

Erinnerungen an den Fall überkamen mich. Eine Erkenntnis. Ich hätte wirklich sterben können. Ich hätte sterben müssen. Wenn ich gestorben wäre, was dann? Nichts. Schließlich, eines Tages, würde irgend jemand, der mich kannte – meine Frau, meine Kinder –, bemerken, daß er mich schon lange nicht mehr gesehen hatte. Oder Mordom traf jemanden und sagte: »Es hat mal einen Jungen gegeben, der mich getötet hat. Jetzt ist er tot.« Vielleicht lächelte er dabei. Und das war es dann. Mein Leben, alle Schrecken und Hoffnungen, die Ängste und sinnlosen Bemühungen, geliebt zu werden, würden null und nichtig sein. Verschwunden. Ein Stern, der ins Todesmeer gefallen und verschlungen worden war.

Meine Phantasie ging mit mir durch. Ich stellte mir vor, daß ich tot war. Mein ganzes Leben lang hatte ich mich an etwas geklammert – an die Sehnsucht nach Liebe. Im Tod war dieses panische Verlangen erloschen. Es bestand keine Notwendigkeit mehr dafür. Ich hatte keine Erwartungen mehr. Was ich vom Leben auch erwartet haben mochte, lag jetzt hinter mir.

Ich entspannte mich, ließ mich vom Gefühl der Abwesenheit jeglicher Notwendigkeit durchströmen. Mein Atem ging leichter. Ich hatte mich nicht vor dem Tod gefürchtet, weil ich Angst vor dem Sterben hatte, sondern weil ich befürchtete, ich könne sterben, bevor ich bekommen hatte, was ich wollte – Liebe. Jetzt war ich nach allen praktischen Gesichtspunkten tot, und diese Furcht verließ mich.

Was, wenn ich vorgab, tatsächlich tot zu sein?

Was würde ich verlieren? Nichts. Das Leben hatte mich bereits aller Freude beraubt. Ich verbrachte jeden

Tag damit, mich gegen jede Hoffnung abzuschotten, damit ich nicht wieder enttäuscht wurde.

Was würde ich gewinnen. Nichts. Außer...

Der Abwesenheit jeglicher Notwendigkeit und aller Bedürfnisse. Da ich tot war, gab es nichts mehr, worüber ich nachdenken mußte. Wenn ich tot war, konnte ich mich endlich entspannen. Es war nicht mehr nötig, mir irgend etwas anzueignen, mich zu beweisen. Nutzlosen Krimskrams zu stehlen, der mir nichts bedeutete. Liebe und Zuneigung bei Leuten zu suchen, die ich nicht kannte und niemals kennenlernen würde. Und ich brauchte auch die Hoffnung nicht mehr zu fürchten, weil ich keinen Grund mehr hatte, irgend etwas zu erwarten.

Und an dieser Stelle, fast alle Knochen im Leib gebrochen und halbtot vor Erschöpfung, lächelte ich.

Ich war nicht tot.

Und da ich nicht tot war, konnte ich auch ebensogut leben. Leben, nicht weil ich das Gefühl hatte, etwas tun, etwas bekommen, etwas erreichen zu müssen. Sondern leben, weil ich es wollte. Ich fing an zu lachen. Mein Leben, das bereits verwirkt war, gehörte jetzt mir, und ich konnte es leben, wie ich wollte. Warum sollte ich keine Hoffnung mehr haben? Wenn ich bereits tot war, was würde mich eine weitere Enttäuschung kosten? Ich konnte nicht mehr verlieren.

Meine Hand, die auf der harten, rauhen Oberfläche der Insel lag, fühlte sich zum erstenmal nach meinem Absturz *lebendig* an. Die Hitze der Felsen durchströmte meinen Körper. Das Kribbeln des rauhen Gesteins unter meinen Fingerspitzen war wunderbar. Es war so ähnlich wie das Gefühl, wenn ich meine Diebesmagie einsetzte, um eine Mauer zu erklettern und eine Kostbarkeit zu stehlen. Aber ich hatte schon lange nicht mehr die Struktur einer Mauer in mich aufgenommen. Nicht mit dieser Faszination, mit der mich das Gestein erfüllte, auf dem ich jetzt lag. Seit Jahren und Jahrzehnten nicht mehr. Ich dachte zurück an die Taverne, in der mich Garlthik in das Diebesadeptentum eingeführt hatte. Damals waren alle Partikel der Welt miteinander verbunden gewesen. Ich hatte dazugehört. Alles war wesentlich, faszinierend.

Was war geschehen? Ich hatte einfach aufgehört, es zur Kenntnis zu nehmen. Das Ziel – die Kostbarkeit – hatte die Faszination der *Tat* verdrängt. Bewegung, Bewegung, Bewegung. Hast, Hast, Hast. Immer irgendwohin gehen zu müssen. Etwas zu stehlen. Mir einen Namen zu machen. Eine Legende zu werden. Konnte ich so Liebe gewinnen? Niemand, das wußte ich, konnte *mich* je lieben. Es würde lediglich eine Sammlung von Aktivitäten und Taten sein, das Etikett trauriger Berühmtheit, was mich für jemand anderen wertvoll machte.

Und in meiner wahnsinnigen Hast hatte ich diese traurige Berühmtheit natürlich erlangt.

> *»Wer bist du?«*
> *»J'role, verrückter alter Clown,*
> *So war ich schon immer*
> *Seit meinem ersten Laut.«*

Meine Finger kratzten über das Gestein. Wo war mein Leben geblieben? Hätte ich wirklich glücklich sein können? Warum hatte ich all diese Jahre nur so verstreichen lassen?

Tränen, die Tränen der Vergangenheit und der Gegenwart, stiegen mir in die Augen. Ich fing an zu schluchzen. Ich konnte die Tränen nicht wegwischen, und so rollten sie mir feucht und klebrig die Wangen herab. Ich dachte an Releana und an dich und Torran. Und ich wünschte mir so sehr, daß ihr bei mir wäret, so daß ich euch sagen könnte, wie leid mir alles tat. Nicht nur, daß ich euch verstümmelt hatte, wenngleich das allein schon beschämend und kummervoll genug ist, sondern, daß ich mich euch nicht mitgeteilt hatte. Denn in diesem Augenblick, als ich mein verlorenes Leben beklagte, wußte ich, daß tatsächlich etwas Gutes in mir steckte, das ich meiner Familie hätte geben können. Ich hatte mich nur zu sehr davor gefürchtet. Statt dessen hatte ich Leid ausgestrahlt. Ich hatte euch allen zeigen wollen, wie hart das Universum ist, also war ich stellvertretend für das Universum hart zu euch.

3

Ich weinte lange, lange Zeit. Als ich mich schließlich beruhigt hatte, fühlte ich mich tatsächlich besser. Ich hatte an die Macht der Tränen eigentlich nie besonders geglaubt. Sie zeigten eine Schwäche, die andere meiner Meinung nach nur ausnutzen würden. Ich erinnerte mich an Releanas ständiges Drängen, ich solle ihr mein Leid klagen. Wie ich dachte, es sei zuviel, und sie würde es nicht ertragen. Daß ich sie vertreiben würde, wenn ich ihr mein Leid klagte. Doch wozu hatte das geführt? Zu Tränen auf meinen Wangen.

Mein Blick fiel wieder auf den Turm. Er stand einsam und irgendwie bedrohlich da. Ich hatte einen Arm, den ich ein wenig bewegen konnte. Ich versuchte mich ein wenig zu winden und stellte fest, daß ich die Hüften ebenfalls ein wenig bewegen konnte. Es war möglich: Vielleicht konnte ich kriechen und mich bis zum Turm winden. Auf dem Rücken. Langsam. Über hundert Schritte schroffen Gesteins. Doch welche andere Wahl hatte ich? Und warum sollte ich es nicht versuchen? Ich mußte wieder an meinen falschen Tod denken, und es schien mir so, als könne ich es ruhig versuchen, und sei es auch nur, um meinem zweiten, unerwarteten Leben einen Sinn zu geben.

Der Gedanke versetzte mich tatsächlich in helle Aufregung. Die lächerliche Unmöglichkeit des Vorhabens zerrte an meinem Verstand, lag mir süß auf der Zunge. Ich war zum Scheitern verurteilt. Wahrscheinlich verließen mich auf halbem Weg die Kräfte, und ich würde verhungern, bevor ich mein Ziel erreichte. Folglich gab es keinen Druck. Die Sicherheit und Perfektion, nach der ich immer strebte, lag außerhalb meiner Reichweite. Der Versuch war alles, was mir noch blieb.

Ich verlagerte mein Gewicht, indem ich meine Schulterblätter nach rechts bewegte und den Kopf in Richtung Turm reckte. Meine linke Handfläche stemmte sich gegen den rauhen Fels, und ich rutschte ein winziges Stück vorwärts. Dann bewegte ich die Schultern ein wenig nach links und ruckte erneut vorwärts. Auf diese Weise bewegte ich mich, wie ein Mann in einem kleinen Boot, der nur ein Paddel benutzen kann, indem ich unter Benutzung der Schultern und des linken Arms abwechselnd nach rechts und dann nach links rutschte.

Zwar war das Vorwärtskommen schwierig, aber das Bewußtsein, daß ich tatsächlich vorankam, ließ eine neuerliche Woge lächerlicher Freude in mir aufwallen. Ich konnte meinen Körper kaum spüren, aber das, was ich spürte, kämpfte und war wach und lebendig. Ich lebte, um am Leben zu bleiben, anstatt einen Standpunkt hinsichtlich Leiden und Elend zu beweisen. Die Heiterkeit all dessen machte mich schwindelig, und trotz meiner Erschöpfung lächelte ich, während ich weitermachte.

Dann legte ich eine Pause ein, um mich auszuruhen, und rollte mit den Augen, um den Turm anzusehen. Jetzt lächelte ich nicht mehr. In Gedanken war ich ein paar Schritte vorangekommen. In der Realität hatte ich nur ein paar Zoll geschafft. Erst jetzt ging mir die tatsächliche Schwere meines Vorhabens auf. Doch ich klammerte mich daran fest, und mit einem tiefen Atemzug begann ich von neuem.

Später am Tag hörte ich einfach auf und schlief sofort ein. Als ich erwachte, war es Nachmittag. Ich machte mich wieder an die Arbeit. Obwohl ich oft versucht war, meine Fortschritte zu überprüfen, indem ich den Turm ansah, machte ich es mir zur Regel, dies so selten wie möglich zu tun. Nur dann, wenn ich eine Bestätigung der Richtung brauchte, in die ich mich bewegte. Die Langsamkeit, mit der ich vorankam, war viel zu niederschmetternd.

Erhebungen im Gestein verursachten entsetzliche Schwierigkeiten. Ich mußte mich bergauf schieben, wobei das Gestein hart über meinen Rücken schrammte und mein ohnehin zerfetztes Hemd noch mehr zerriß. Ich hatte den Verdacht, daß ich an den Schulterblättern blutete, war jedoch nicht sicher. Da ich meine Lage nicht verändern konnte, ging es bergab auch nicht leichter. Ich mußte mich nach wie vor voranschieben, und wenn ich dabei den Kopf in den Nacken legte, konnte ich den Turm klar erkennen und auch, wie weit ich noch kriechen mußte.

Die Nacht kam. Ich schlief wieder. Erwachte mitten in der Nacht. Fieberte. Lag im Sterben, glaube ich. Ich erwog meine Möglichkeiten. Ich konnte mich ausruhen und versuchen, mich ein wenig zu erholen, und dann später sterben. Oder weitermachen und gegen alle Wahrscheinlichkeit hoffen, daß der Turm irgendeine Art von Linderung für mich bereithielt.

Ich wählte die Hoffnung.

Am vierten Tag nach meinem Absturz begann der Hunger in meinen Eingeweiden wie eine Ratte zu nagen. Mein Körper hatte in seinen Bemühungen, mich am Leben zu erhalten, alles an Nahrung verbrannt, was sich in meinem Magen befunden hatte, Nahrung, die ich Tage zuvor in meinem Haus im Dschungel verzehrt hatte. Ich bekam Schwindelanfälle und erwachte oft ohne Erinnerung daran, mein Vorwärtsrobben eingestellt zu haben. Sinneseindrücke überfielen mich: Der Geschmack nach Birnen und Äpfeln auf der Zunge, klebrig und saftig in meinem Mund. Nach Wildschwein, am Spieß gebraten. Nach süßem, trockenem Reiswein. Diese Gedanken unter-

drückten die Besorgnis über mein unendlich langsames Vorankommen, wenngleich sie mich in keiner Weise trösteten.
Ich kroch weiter.

Spät am Morgen des sechsten Tages quälte ich mich immer noch, obwohl ich keine Ahnung hatte, ob ich tatsächlich vorankam. Es war möglich, daß ich einfach nur hin und her gerutscht war, und nicht mehr. Also riskierte ich einen Blick auf den Turm, da ich wissen mußte, ob ich mich ihm genähert hatte, doch voller Angst zu erfahren, wie weit ich noch kriechen mußte.

Es stellte sich heraus, daß ich selbst in meinem Zustand der Betäubung außerordentliche Fortschritte gemacht hatte. Ich erinnerte mich, wie weit der Turm entfernt gewesen war, als ich mein Unternehmen begonnen hatte, und jetzt, am späten Morgen, fiel sein Schatten auf mich. Plötzlich lag es tatsächlich im Bereich des Möglichen, daß ich ihn erreichte.

Dann sah ich hinter einem der Fenster im zweiten Stock eine Bewegung. Ich blinzelte verunsichert. Hunger und Erschöpfung hatten bereits ihren Tribut gefordert. Du und Torran hattet mich in der Nacht zuvor als kleine Jungen besucht und euch gefragt, wo ich war. Mich angefleht, nach Hause zu kommen.

Ich sah genauer hin. Nein. Da war wirklich etwas. Jemand. Eine Frau. Ein Schrei formte sich in meiner Kehle. Zerstob auf dem Weg nach draußen, da ich meine Stimme so lange nicht mehr benutzt hatte. Ich versuchte es noch einmal, rief immer und immer wieder um Hilfe.

Die Frau, schlank und zart, alt, so alt wie ich, mit vollem, grauem Haar, ging langsam am Fenster vorbei. Ihre Hand berührte den Fensterrahmen, als lehne sie sich dagegen, um sich zu stützen. Sie schenkte mir keine Beachtung.

Schreie entrangen sich meiner heiseren Kehle. Ich

machte so viel Lärm, wie ich konnte. Trotzdem nahm sie mich nicht zur Kenntnis. Sie ging weiter, und das letzte, was ich von ihr sah, war die Rückseite ihres einfachen weißen Gewandes, als sie aus meinem Blickfeld verschwand.

Ich hielt inne, verwirrt und enttäuscht. Wenn sie mich doch nur gehört hätte, wäre alles viel einfacher gewesen. Wut stieg in mir hoch. Wie sehr ich ihr weh tun wollte! Wie sehr ich irgend etwas tun wollte, um Schmerzen und Leid zu verursachen. Die Dinge sind niemals so leicht, wie sie sein sollten! Und ich wollte, daß jemand dafür büßte!

Doch unfähig, etwas zu unternehmen, war ich wieder mit meinen Gedanken allein. Angesichts meiner Handlungsunfähigkeit schien mir kaum etwas anderes übrigzubleiben, als mich zu beruhigen. Ich weiß nicht, wie lange meine Wut anhielt, aber als sie schließlich verbraucht war, dachte ich folgendes:

»Nun, sie hat mich nicht gehört, also läßt sich nichts mehr daran ändern.«

Für dich, der du dasitzt und meiner Geschichte zuhörst, ist es vielleicht offensichtlich. Natürlich hätte ich einfach weiterkriechen sollen. Aber ich denke, manchmal in einem Abenteuer, in unserem Leben, sind wir verwirrt und glauben, die Dinge sollten sich auf eine bestimmte Weise entwickeln. Nämlich so, wie wir es wollen. Was sie natürlich nicht tun. Der Lauf der Dinge ist das Universum. Und wir wissen, daß das Universum uns und die Passionen erschaffen hat, damit die Dinge schwierig und interessant sind. Also sind sie es.

Vielleicht ist sie taub, dachte ich. Oder der Turm ist mit einer magischen Schutzvorrichtung versehen, die, neben anderen Dingen, verhindert, daß Geräusche von außen eindringen. *Aber* es war jemand da. Anstatt die Tatsache, daß sie mich nicht hörte, als Problem anzusehen, erkannte ich, daß ihre Anwesenheit

Gutes verhieß, und beschloß, mich *darauf* zu konzentrieren.

Ich robbte weiter.

Erst am Abend des nächsten Tages erreichte ich den Torbogen. Der Himmel über mir erstrahlte in einem dunklen Rot, da dichte Wolken über das Todesmeer zogen und das Glühen der Lava einfingen. Die Wolken waren schwer und schwebten träge dahin. Einen Moment lang kam es mir so vor, als sei ich unter die Oberfläche des Todesmeers gesunken, so daß das geschmolzene Gestein jetzt nicht nur unter mir, sondern auch über mir trieb.

Am Fuße des Torbogens rief ich wieder, mehrere Male. Aus dem dunklen Eingang drang nur Schweigen zu mir nach draußen. Tief Luft holend, wappnete ich mich und begann, in den Turm zu robben.

Der Raum, eine Eingangshalle, war rund, und ich stellte mir vor, daß es die anderen Stockwerke ebenfalls waren. Eine breite Steintreppe wand sich die Turmmauer hinauf, um schließlich im ersten Stock zu verschwinden. Zu beiden Seiten der Treppe verliefen Handgeländer aus Messing, das selbst in der Düsternis des Turms glänzte. Es dauerte einen Augenblick, bis mir auffiel, daß beide Geländer frei in der Luft schwebten.

In der Mitte der Eingangshalle befand sich ein großer Springbrunnen, ähnlich demjenigen in meinem Kaer. Sein rundes Becken war zwei Ellen hoch. In der Mitte des Springbrunnens stand die Statue eines Mannes, der, so kam es mir vor, eine verblüffende und beunruhigende Ähnlichkeit mit Mordom aufwies. Anders als Mordom, der die Robe eines Magiers trug, war der Mann jedoch mit einer Rüstung und einem kostbaren Mantel angetan – dem Mantel eines theranischen Beamten. Aus der Statue sprudelte Wasser, als sei sie die Quelle allen Lebens. Das Gesicht der Statue war in den Himmel gereckt, als sauge sie die Strahlen der Sonne in sich ein, alles auf die für die Theraner übliche schwülstige Art und Weise.

Der Raum enthielt keine weiteren Verzierungen oder Einrichtungsgegenstände. Es gab weder Lampen noch Kerzenhalter an den Wänden. Durch den Torbogen und die drei Fenster fiel das verwaschene rote Licht des Todesmeers, doch dahinter lauerte nur eine tiefe Finsternis.

Ich rief wiederum um Hilfe, bekam jedoch keine Antwort. Die Stille, die meinen Hilferufen folgte, kam mir besonders schrecklich vor, und ich wartete eine lange Zeit, in der ich mich bemühte, irgendein Geräusch wahrzunehmen. Ich hörte nur meinen eigenen Herzschlag und meinen tiefen, rasselnden Atem.

Ich rief noch einmal und lauschte noch einmal. Doch weder aus dem Lärm noch aus der Stille ergab sich irgend etwas. Schließlich, da ich mein Ziel erreicht hatte, überwältigte mich die Erschöpfung. Zwar wollte ich herausfinden, wohin die Frau gegangen war, aber es gab nichts, was ich in dieser Hinsicht unternehmen konnte. Zumindest nicht in dem Zustand äußerster Müdigkeit, in dem ich mich jetzt befand. Ich glitt in einen tiefen, tiefen Schlaf, einen Schlaf, der entspannender und angenehmer war als alles, was ich bisher auf der Insel erlebt hatte, und ich öffnete erst wieder die Augen, als ich Schritte hörte.

4

Sie kamen zögernd, leise und nicht ohne Furcht. In meinen Träumen waren es die Geräusche eines sich nähernden Ungeheuers, das an eine Schlange erinnerte und dessen gesamter Körper mit winzigen Krallen besetzt war. Das Ungeheuer arbeitete sich langsam zu mir vor, während ich im heißen Sand an irgendeinem Strand des Todesmeers lag. Ich erwachte schlagartig, als mir klar wurde, daß die Geräusche auch außerhalb meiner Träume vorhanden waren. Sofort versuchte ich mich zu bewegen, nur um festzustellen, daß ich immer noch gelähmt war.

Erinnerungen an das, was mir widerfahren war, überfluteten meine Gedanken. Mir fiel wieder ein, daß ich mich im Innern des Turms befand. Und mir fiel die Frau wieder ein, die ich zuvor gesehen hatte. Doch jetzt sah alles anders aus. Heller Sonnenschein fiel durch die Fenster, traf auf die roten Steine des Mauerwerks und erzeugte das Gefühl, sich in einem Kamin zu befinden. Ich versuchte meine Augen vor der Nachmittagssonne abzuschirmen, doch es war unmöglich, meine linke Hand weit genug zu bewegen.

Als ich in Richtung der sich nähernden Schritte schaute, erwartete ich einen Feind. Jemand mit einem verstohlenen, doch nachlässigen Gang, der wahrscheinlich einen Dolch trug. Oder vielleicht ein magisches Amulett, das mich bei lebendigem Leib verbrennen konnte, möglicherweise auch irgendeine andere furchtbare Waffe.

Statt dessen sah ich die Frau, und von einem Augenblick zum anderen erwachte in mir ein selbstloses Mitgefühl.

Sie war so alt wie ich. Doch wo ich mir trotz meines

Elends meine Gesundheit bewahrt hatte, war die Frau auf der Treppe von ihren sechs Lebensjahrzehnten geschändet worden. Ihre Glieder waren dünn, und ihre Haut wies zahllose Schrammen und Blutergüsse auf. Ihr graues Haar – eigentlich wunderschön, denn es war dicht und lang – war so verfilzt und dreckig, daß ich augenblicklich die Vorstellung entwickelte, es müsse darin von Ungeziefer nur so wimmeln. Sie umklammerte das Geländer, das nur ein paar Zoll von der Mauer entfernt in der Luft schwebte, als befürchte sie davonzuschweben. Sie setzte ihre Schritte mit außergewöhnlicher Vorsicht. Verzweifelter Vorsicht. Nicht nur der Vorsicht einer Blinden, sondern einer zu Tode Erschrockenen, als versuche sie, weitere gefährliche Fehltritte zu vermeiden.

Ich mußte sie ein paar Sekunden eingehend betrachten, um zu erkennen, daß sie tatsächlich blind war. Ich hatte schon genug Blinde gesehen, darunter auch solche an Orten, die ihnen vertraut waren. Normalerweise bewegten sie sich mit einer gewissen vorsichtigen Grazie. Sie kannten ihr Heim sehr gut und verhielten sich so wie du oder ich, wenn wir im Dunkeln aus dem Bett steigen. Doch die Frau bewegte sich nicht mit dieser Leichtigkeit. Ihre Schritte waren schroff, gefährlich. Nicht riskant, sondern äußerst bedächtig. Sie schob den Fuß bis zum Rand einer Stufe vor, bis er abrutschte und sie fast stürzte. Dann stellte sie den Fuß mit festem, hartem Schritt auf die nächste Stufe, als wolle sie den Stein unter ihrem Fuß zerquetschen.

»Hilfe«, flüsterte ich. Meine Stimme war fast vollständig weg, und ich hatte ein Gefühl im Hals, als würden mich tausend Nadeln stechen.

Sie setzte ihren Weg die Stufen herab fort, ohne mir einen Blick zuzuwerfen, offenbar ohne die geringste Ahnung, daß ich nur vier Schritte von ihr entfernt auf dem Boden lag.

Ich bemerkte irgendeine Inschrift, die hinter ihr in die Wand gemeißelt war. Sie begann am Fuß der Treppe und wand sich, dem Geländer folgend, die Wand hinauf. Die Worte schienen in der Sprache der Theraner abgefaßt zu sein, obwohl ich das aus dieser Entfernung nicht eindeutig erkennen konnte. Seltsamerweise waren sie nicht mit derselben Präzision und Schönheit geschaffen worden wie der Rest des Turms. Sogar vom Boden aus konnte ich erkennen, daß sie grob in die Wand gehauen waren, da die ansonsten glattpolierten und makellosen roten Steine hier und da Sprünge aufwiesen oder sogar Splitter abgesprungen waren.

Als sie das Ende der Treppe erreichte, ging die Frau weiter in Richtung des Springbrunnens. Ihre Schritte waren jetzt sicherer als auf der Treppe, aber dennoch sehr vorsichtig. Sie ging gebeugt und hatte die Hände ausgestreckt, um nicht gegen den Springbrunnen zu laufen. Im Gehen zählte sie die Schritte. Schweigend. Sie bewegte lediglich die Lippen.

Sie war blind, taub und vielleicht auch stumm. Die Schrammen und blauen Flecken auf ihrer Haut ließen vermuten, daß auch ihr Tastsinn gestört war, da sie offenbar Druck und Schmerzen oft falsch zu beurteilen schien. Wenn ich Kontakt zu ihr aufnehmen wollte, würde ich mich auf irgendeine Art und Weise in ihre abgeschlossene Welt drängen müssen. Ich mußte in ihrer Nähe sein und sie festhalten.

Sofort robbte ich in der Hoffnung dem Springbrunnen entgegen, dort anzukommen, bevor sie das beendet hatte, was sie dort tun wollte, und sich wieder auf den Rückweg machte. Ich war zwar geschwächt, aber eine rastlose Energie trieb mich dazu, ein rasches Tempo anzuschlagen. Unter Benutzung meines einigermaßen beweglichen linken Arms und meiner verhältnismäßig beweglichen Hüfte robbte ich vor. Glücklicherweise hatte ich tagelang geübt, und so kam ich auch auf dem glatten Steinboden ohne Schwierigkeiten voran.

Als mein Blick wieder auf sie fiel, sah ich, daß sie einen silbernen Becher von einem kleinen, in den Springbrunnen eingelassenen Regal nahm. Sie tauchte den Becher in das Wasser, hob ihn an den Mund und trank die Flüssigkeit.

Nicht so schnell, dachte ich. Nicht so schnell!

Sie stellte den Becher wieder auf das Regal, machte kehrt und ging zur Treppe zurück.

»Nein!« schrie ich. Ich war nur ein paar Ellen von ihr entfernt – so nah. »Bitte warte doch!« flehte ich. Doch sie hörte natürlich nichts und setzte den rechten Fuß vor. Verzweifelt schaukelte ich hin und her. Das Schaukeln wurde immer heftiger, bis ich genug Energie hatte, um mich auf den Bauch zu wälzen.

Mein linker Arm war ihr mit einem Schlag mehrere Ellen näher gekommen, und ich streckte ihn nach ihrem linken Knöchel aus, der gerade zu einem Schritt ansetzte. Die Anstrengung war gewaltig, als seien mir Metallhaken in die Schulter eingesetzt worden, um meine Bewegungsfreiheit einzuschränken. Der Fußknöchel hob sich, nur ein oder zwei Zoll, und ich war sicher, die Gelegenheit verpaßt zu haben. Doch sie ging langsam, und meine Finger stießen gegen ihren Knöchel. Ich bekam den Knöchel nicht zu fassen, und meine Finger rutschten ab. Dennoch wußte sie in diesem Augenblick, daß sich etwas oder jemand mit ihr im Raum befand.

Sie stieß einen Schrei aus. Ein unbeholfener Laut, schrill und entsetzt. Aber noch mehr. Der Laut klang undeutlich, als seien Kiefer und Zunge nicht an koordiniertes Arbeiten gewöhnt. Ich wußte, daß ein Tauber mit der Zeit seine Sprachfähigkeit verliert. Er kann sich nicht mehr hören und so nicht mehr überprüfen, wie seine Sprache klingt.

Ihre Hände ruderten hilflos, als sie in ihrer Panik auf

den Boden fiel. Ich stöhnte innerlich, denn sie schrie noch einmal, diesmal mit noch mehr Furcht. Einen Augenblick lang stellte ich mir vor, an ihrer Stelle zu sein: eine Seele, die in einer unendlichen Leere gefangen war. Gelegentlich stieß ihr etwas zu, und sie würde nicht wissen, was und warum.

Sinnloserweise versuchte ich zu erklären, wer ich war. Sie stützte sich auf Hände und Knie und versuchte in meine Richtung zu sehen, starrte statt dessen jedoch drei Ellen rechts an mir vorbei. Sie kroch rasch zurück, richtete den Oberkörper auf und schwenkte die Arme, als wolle sie jemanden abwehren. Aus ihrem Mund kamen die verzerrten Geräusche verdrehter und gedehnter Vokale. Ich brauchte eine Weile, bis ich erkannte, daß sie »Wer ist da? Wer ist da?« sagte. Ich versuchte ihr zu antworten, doch ohne Erfolg.

Sie verstummte, und ihre hektischen Armbewegungen wurden langsamer. Sie versuchte sich zusammenzureimen, was geschehen war. An den winzigen Veränderungen ihres Gesichtsausdrucks erkannte ich, welche Intelligenz die Frau immer noch besaß. Während sie sich zu fassen versuchte, kehrte sie zu einer alten Angewohnheit zurück, zweifellos aus einer Zeit vor dem Verlust ihrer Sinne und vor ihrem Leben auf dieser seltsamen Insel. Sie schien eine Art königlicher Haltung anzunehmen. Irgend etwas daran erinnerte mich an die theranische Arroganz, doch noch etwas anderes kam hinzu: Mir ist es immer so vorgekommen, als plusterten sich die meisten Theraner nur auf, besäßen jedoch wenig Substanz. Doch diese Frau besaß echte innere Stärke. Etwas Edles, Vornehmes. Nicht in der Natur ihrer Abstammung, sondern in ihrem Charakter.

Als keine weiteren Angriffe kamen, entspannte sie sich ein wenig. Sie hob die Schultern und straffte sich. Gelassen, oder vielleicht auch mit übertriebener Gelassenheit, erhob sie sich, als wolle sie sagen: ›Siehst du, es ist alles in Ordnung.‹

Da wurde mir klar, daß sie glaubte, lediglich gestolpert zu sein. Jetzt überfiel *mich* Panik, und ich robbte, so schnell ich konnte, auf sie zu.

Sie drehte sich langsam um und ging mit ausgestreckten Armen in Richtung Treppe. Offenbar war die Angelegenheit für sie erledigt. Mir sank das Herz, da ich zwar annahm, daß sie irgendwann zurückkehren würde, doch nicht wußte, ob ich dann noch am Leben war.

Doch dann wurden ihre Schritte zögernder. Nicht daß sie mich gehört hätte. Ihr mußten Zweifel gekommen sein. Die Art von Zweifel, die uns überfallen, nachdem wir alles getan haben, um uns davon zu überzeugen, daß alles normal ist. Und vielleicht noch mehr als das. Das Gefühl, daß noch ein anderer da ist. So wie man manchmal spürt, wenn man von hinten angestarrt wird oder daß jemand im Raum ist, obwohl alle Lichter gelöscht sind.

Sie drehte sich langsam um, und auf ihrem Gesicht sah ich die Linien der Furcht und des Zweifels. Sie war den Vorfall in Gedanken noch einmal durchgegangen und *wußte* jetzt, daß sich ihre Welt verändert hatte. Sie sank auf die Knie und streckte die Hände aus. Diesmal nicht, um sich zu wehren, sondern um zu entdecken. Während sie sich mit einer Hand abstützte, tastete sie mit der anderen den Boden ab, begann mit der Suche nach dem, was sie angestoßen hatte.

Sie kroch in die falsche Richtung. Ich versuchte ihr den Weg abzuschneiden, doch obwohl sie nur langsam vorankam, war sie viel zu schnell für mich. Dennoch tat ich mein Möglichstes, um mich von ihr finden zu lassen. Nach kurzer Zeit schmerzte mein Rücken vor Anstrengung und Anspannung so stark, daß ich einfach aufgab und seufzte. Mit geschlossenen Augen versuchte ich mir einen neuen Plan auszudenken. Ich beschloß, zur Treppe zu robben. Irgendwann würde sie die Eingangshalle wieder verlassen und mich dort finden.

Kaum hatte ich diese Entscheidung gefällt, als ihre Finger über mein Gesicht strichen.

5

Sie schrie ebenso auf wie ich. Gelähmt wie ich war, fühlte ich mich schrecklich verletzlich. Mir wurde klar, daß ich ihr vollkommen ausgeliefert war. Was hatte mich zu der Annahme gebracht, sie würde mir helfen? Was brachte mich auf den Gedanken, daß mich im Innern des Turms Sicherheit erwartete?

Sie sagte etwas, aber ich verstand sie nicht. Mein Theranisch war nicht besonders gut, und ihre verzerrte Sprechweise erschwerte das Verständnis noch zusätzlich. Sie kniete wieder und wehrte meine nicht vorhandenen Angriffe ab.

Als sie erkannte, daß keine Angriffe kamen, ließ sie die Arme sinken und fragte langsam und deutlich: »Wer bist du?« Dann schlug sie die Hände vor das Gesicht und rieb sich entsagungsvoll die Wangen. »Ich kann nicht... kann nicht...« Sie schien nach einem Wort zu suchen und sagte schließlich: »Ich kann nicht hören.«

Ich wollte zu ihr kriechen, sie berühren und ihr verständlich machen, daß ich ihr nichts tun konnte. Sie war *meine* einzige Hoffnung. Bei diesem Gedanken lachte ich laut auf, denn es kam mir lächerlich vor, daß meine Rettung von den Handlungen dieser Frau abhängen sollte, die vollständig von der Welt abgeschnitten war. Was konnte sie schon für mich tun? Wie sollte jemand, der so behindert war, etwas für die Rettung des Clown-Ungeheuers von Barsaive tun?

Sie war mir jetzt sehr nah und hatte ein Gefühl dafür, wo ich mich befand. Sie kroch auf mich zu, die Finger der rechten Hand ausgestreckt. Zitternd. Ich wartete, schweigend, erwartungsvoll. Ich konnte nichts tun. Gar nichts. Die Situation war sonderbar, denn mein ganzes Leben lang hatte ich versucht, in Bewegung zu bleiben, um zumindest den Eindruck zu erwecken, alles unter Kontrolle zu haben. Jetzt hatte ich offenbar nichts mehr unter Kontrolle. Ich war machtlos. Und doch fragte ich mich in diesem Augenblick, ob ich jemals etwas unter Kontrolle gehabt hatte. Ich hatte unzählige Schätze gestohlen, war stolz auf mein Geschick, jeder Gefangennahme auszuweichen. Weil ich Reichtümer angehäuft hatte, immer auf Kosten anderer, hielt ich mich für schlau. Doch als sich die zitternde Hand näherte, ging mir auf, daß alles, was ich je gewollt hatte, eine tröstliche Berührung war. Und gewiß hatte nichts, was ich jemals getan hatte, zur Erfüllung dieses Wunsches beigetragen.

Ihre Finger kamen immer näher, bis sie gegen meine rechte Wange stießen. Die Berührung war nicht die tröstende Liebkosung, über die ich gerade nachgedacht hatte. Unbeholfen und schwerfällig gruben sich die Finger förmlich in mich hinein, bis die Frau sicher war, daß sie mich gefunden hatte. Dann zog sie die Hand zurück, offenbar erschreckt über ihre Entdeckung. Doch diesmal wich sie nicht zurück. Statt dessen streckte sie erneut die Hand nach mir aus, die Finger jetzt weit gespreizt. Sie stießen gegen meine Stirn, dann drückte sie fester und strich mir über das Gesicht.

Ich kam mir entsetzlich jung vor. Gedanken an meine Mutter kamen mir, Gedanken an jenen Tag, ihre Fingerspitzen auf meiner Brust, die das Ritual vollzogen, um das Unwesen in meinen Kopf zu versetzen. Damals war ich nicht gelähmt, aber genauso hilflos. So hilflos wie ein Kind, das der Macht eines geliebten Erwachsenen ausgeliefert ist.

Die Frau streckte die andere Hand aus und machte sich jetzt mit beiden an die Erforschung meines Gesichts. Die Sorgfalt, mit der sie die Untersuchung betrieb, ließ mich vermuten, daß sie vielleicht noch nie eine andere Person zu Gesicht bekommen hatte. Wenn Babys zum erstenmal ein anderes Baby sehen, sind sie sofort gefesselt. Vielleicht war ich die erste Person, der diese Frau je begegnet war. In diesem Fall würde sie Zeit benötigen, um zu bestätigen, daß sie tatsächlich auf jemanden wie sie selbst gestoßen war. Dann fiel mein Blick auf die Statue in der Mitte der Halle. Mir kam der Gedanke, daß sie möglicherweise herauszufinden versuchte, ob ich jemand war, den sie kannte.

Als sie meinen Mund fand, schob sie unbeholfen ihre Finger hinein, wobei sie sich an meinen Zähnen schnitt. Ich bemerkte dies, da ich einen Tropfen Blut auf der Zunge spürte. Doch die Frau reagierte nicht. Sie setzte ihre Untersuchung fort ohne einen Schmerzensschrei, ohne den Schaden zu untersuchen. Ich wußte jetzt, daß ihr auch der Tastsinn abhanden gekommen war. Das erklärte auch die Schrammen und Blutergüsse, die ich zuvor gesehen hatte, denn sie würde es nicht bemerken, wenn sie sich verletzte. Und es erklärte die Grobheit ihrer Berührungen. Sie fühlte es nicht, wenn sie mein Gesicht berührte. Sie konnte sich mit der Welt nur über den Widerstand austauschen.

Was war mit dieser Frau geschehen?

Sie zog die Hände besorgt zurück. Dann legte sie mir die Hand an den Hals, vermutlich um nach meinem Puls zu fühlen. Sie fand ihn. Berührte meine Stirn. Mit angestrengter Sorgfalt sagte sie: »Ich kann dich nicht hören. Aber ich muß wissen, wie es dir geht.« Trotz der Sorgfalt, mit der sie die Worte aussprach, klangen sie schrill und undeutlich. Offenbar wußte sie das selbst, denn sie wandte das Gesicht ab, als wolle sie die Unbeholfenheit ihrer Mundbewegungen vor mir verbergen. Doch da war auch die Schönheit ihres Charakters, die mir schon zuvor aufgefallen war. »Wenn du Hilfe brauchst, nicke mit dem Kopf.«

Ich versuchte zu nicken und glaubte auch, daß es mir gelungen war. Doch die Bewegung reichte nichts aus, um von ihr zur Kenntnis genommen zu werden. »Bitte!« sagte sie, und das Wort klang wie ein Winseln. Ich erkannte, daß sie mir tatsächlich helfen wollte, doch nicht nur zu meinem Nutzen. Mir kam der Verdacht, daß sie sich nicht aus Sicherheitsgründen auf diese Insel zurückgezogen hatte, sondern vielleicht hierher geschickt und allein gelassen worden war. Wie viele Jahre? Sie sagte, hektischer jetzt: »Kannst du mich verstehen? Es tut mir leid ... Es ist so lange her ... Verstehst du Theranisch?«

Ihre Hand war in der Nähe meines Mundes, und ich sagte: »Ja.«

Sie hielt inne. Lächelte. Legte die Finger auf meine Lippen. »Kannst du mich verstehen? Wenn ja, öffne zweimal den Mund.« Ich tat es. Sie lachte. Ein unbeholfenes, tiefempfundenes, liebliches Lachen. Ein Lachen voller Erinnerungen. »Brauchst du Hilfe?« Ich öffnete den Mund erneut. »Ich weiß nicht, was du brauchst. Verstehst du? Ich kann dich nicht sehen. Ich kann dich nicht hören. Ich kann dich nicht einmal fühlen ...« Ihr Gesicht verzerrte sich vor Kummer. Sie schaute weg, glaubte, ich könne sie noch nicht richtig sehen. Sie unterdrückte ihren Kummer und schaute dann in die ungefähre Richtung meines Gesichts. »Bist du verletzt?«

Ich wußte nicht, wie ich darauf antworten sollte. Gelähmt? Verletzt? Wie sollten wir uns je verständigen? Statt dessen lachte ich verbittert. Jahre zuvor hatte mir Releana ähnliche Fragen gestellt, und wir hatten bei unseren Gesprächsversuchen ähnliche Spiele gespielt. Damals war ich stumm gewesen. Jetzt hatte ich meine Stimme wieder, aber die einzige Person, die mir helfen konnte, war blind und taub, und darüber hinaus war auch noch ihr Tastsinn gestört. Mein Leben wimmelte von zugrunde gerichteten Leuten. Wo kamen sie nur alle her? Gab es angeblich nicht auch Glück im Universum?

Sie fragte mich, ob ich aufstehen könne. Sie sagte mir, ich solle den Mund dreimal für nein und zweimal für ja öffnen. Ich sagte ihr, nein. Sie fragte, ob Knochen gebrochen seien. Ich sagte ja, und sei es auch nur, weil das dem Zustand, in dem ich mich befand, näher kam. Sie stand auf. »Ich glaube, ich habe etwas, das helfen könnte.« Sie wandte sich ab und erkannte dann, daß sie völlig die Orientierung verloren hatte. Sie machte sich entschlossen auf den Weg. Erreichte die Wand. Folgte ihr, bis sie die Treppe erreichte. Dann erklomm sie die Stufen. Langsam. Quälend langsam.

Ich wollte nicht, daß sie ging, und sagte es auch, obwohl ich wußte, daß es sinnlos war. Doch der Gedanke daran, hilflos auf dem Boden zu liegen, war zuviel für mich. Wie lange würde sie für die Treppe brauchen? Wie lange, um das zu finden, von dem sie dachte, es könne mir helfen?

Ich beobachtete ihren Aufstieg. Nur zuzusehen, wie mühsam sie die Stufen erklomm, ermüdete mich. Ich fragte mich kurz, warum sie überhaupt den ganzen Weg heruntergekommen war, um sich einen Schluck Wasser zu holen. Mir war klar, daß das Wasser möglicherweise magisch war. Doch warum blieb sie in diesem Fall nicht einfach in der Eingangshalle?

Bei unserer seltsamen Verfolgungsjagd, als sie mich zu finden versucht hatte, war ich der Treppe ein Stück näher gekommen. Ich konnte jetzt die theranischen Worte entziffern, die in die Wand geritzt waren. Wie ich vermutet hatte, gehörten sie nicht zur ursprünglichen Einrichtung des Turms. Ich hielt es für möglich, daß sie die Frau selbst mit unglaublicher Sorgfalt und Konzentration in die Wand geritzt hatte.

Ich beherrschte die theranische Bilderschrift nicht flüssig, konnte sie jedoch mit einiger Mühe übersetzen. Da ich nichts anderes zu tun hatte, begann ich, die Worte zu lesen. Die ersten beiden Sätze lauteten:

MEIN NAME IST KYRETHE. ICH WEISS NICHT, WO ICH BIN.

Als ich die Worte las, spürte ich plötzlich wieder die Anwesenheit des ›Schattens‹ im Raum – desselben Schattens, der mich mein ganzes Leben lang verfolgt hatte. Desselben Schattens, der bei mir gewesen war, als ich Nedens Hand gehalten hatte. Ich wandte den Kopf, so weit es ging, konnte jedoch nichts erkennen. Die Sonne überflutete den Raum mit leuchtend gelbem Licht. Der Anblick war widersinnig: Der Tag wirkte so hell und luftig, doch die Stimmung des Turms war düster und brütend.

Als ich wieder die beiden Sätze betrachtete, die ich übersetzt hatte, breitete sich ein Gefühl unerträglicher Anspannung in meiner Brust aus. Der Turm beherbergte einen Schrecken, den ich nicht vorausgesehen hatte – haben konnte. Obwohl ich kaum etwas über ihre Lage wußte, konnte ich davon ausgehen, daß die Frau, Kyrethe, ein erbärmlicheres Leben führte als jeder, den ich kannte. Ich wollte weg. Ich hatte genug mit meinem eigenen Leid zu tun und glaubte nicht, noch mehr ertragen zu können. Ich glaubte, in Verzweiflung ertrinken zu müssen, wenn sie und ich eine wie auch immer geartete Beziehung aufnahmen. Ich beschloß, alle Hilfe anzunehmen, die sie mir anbieten konnte, und ihr als Gegenleistung ebenfalls zu helfen, mich jedoch gefühlsmäßig von ihr fernzuhalten. Eine Wand zwischen uns bestehen zu lassen, die unsere Seelen von einer allzu intensiven Begegnung abhalten würde.

Als ich weiterlesen wollte, stellte ich fest, daß ich die Schrift nur noch verschwommen sah. Die Erschöpfung war zurückgekehrt – die Begegnung mit Kyrethe hatte mich entkräftet. Langsam überkam mich der Schlaf.

Der Tod, dachte ich, war gewiß nicht schlecht, wenn ich im Schlaf sterben konnte. Eine leichte Flucht vor allem. Ich dämmerte dahin.

Ich starb nicht.

Kyrethe weckte mich, als sie ihre Hand in meine Schulter bohrte. Bevor ich begriff, was vor sich ging, lagen ihre Hände bereits auf meinem Gesicht und suchten unbeholfen meinen Mund. Sie fanden ihn, dann drückte sie mir die Wangen zusammen, so daß ich ihn öffnete. »Dies ist ein Heiltrank«, sagte sie. Sie hatte eine Kristallphiole mit einer sprudelnden blauen Flüssigkeit mitgebracht. Ich wollte sie fragen, woher sie wußte, daß sie die richtige Phiole ausgewählt hatte, doch der Trank rann bereits meine Kehle herab. Er schmeckte tatsächlich wie andere Elixiere, die ich im Laufe der Jahre benutzt hatte, um mich zu heilen. Stärker als die meisten. Der Nachgeschmack ließ mich an kühle Tage im Dschungel denken, an eine Rast am Ufer eines breiten Flusses mit Früchten und Käse auf dem Schoß.

»Fühlst du dich jetzt besser?«

Sie legte mir die Hand auf den Mund, und ich riß ihn zweimal weit auf.

»Gut. Ich habe gehofft, daß es der richtige Trank ist.«

Ich riß den Mund wiederum weit auf, diesmal jedoch vor Entsetzen.

Sie lachte. »Ich mache nur Spaß. Nur Spaß.« Anders als ihre Sprache war ihr Lachen nicht von ihrer Taubheit beeinträchtigt. Ihr Vergnügen sprudelte so klar aus ihr heraus wie ein Bach aus einem Gebirge und wurde zu einem lieblichen Teich. Ihr Lächeln verwandelte ihren mitgenommenen Körper und brachte eine Person voller Leben und Leidenschaft ans Tageslicht.

Sie bezwang ihr Vergnügen und berührte meine Brust. »Ich hoffe, er hilft. Ich habe noch mehr, sollten wir mehr brauchen. Ich hoffe, du fühlst dich bald besser. Es wird alles gut.« Dann sagte sie: »Es gibt noch etwas, das ich wissen muß, bevor ich schlafen gehe.« Erst da bemerkte ich, daß die Sonne unterging. Stunden waren vergangen, Stunden, in denen sie geschäftig treppauf und treppab gestiegen war. »Ich weiß nicht, ob das für dich einen Sinn ergibt. Ich weiß nicht einmal, ob mein Bruder noch lebt. Aber hat dich ein Mann namens Mordom hierher gebracht?«

»Wer bist du?« fragte ich brüsk, vor Furcht krächzend.

Ihre Hand lag auf meinem Mund, und sie erwartete, daß ich die Frage mit unserem simplen Code bejahte oder verneinte. »Ich kann dich nicht verstehen«, sagte sie verlegen. »Bitte.« Ich konnte erkennen, daß sie von sich enttäuscht war, weil sie mich nicht verstand. Trotz ihres Zustands erwartete sie unglaublich viel von sich. Meine anfängliche Furcht, daß sie mich in einen emotionalen Sumpf ziehen könne, schien unbegründet zu sein. Ich wurde neidisch auf sie. Sie besaß eine innere Stärke, die mir fremd war.

»Kennst du Mordom?« fragte sie, und diesmal bejahte ich die Frage unter Benutzung des Codes.

»Er hat dich hergeschickt?«

Ich wußte nicht, wie ich diese Frage beantworten sollte. Er hatte mich hergebracht, aber nicht hierhergeschickt. Ich beschloß, mit einem Ja zu antworten. Ihr Lächeln kehrte zurück, doch zögernd diesmal. »Hat er dich hergeschickt, um mich zu befreien?« Ich verneinte. Ihr Lächeln verließ sie, und zum erstenmal sah sie sehr traurig aus. Schließlich, nach einem tiefen Seufzer, fragte sie: »Dann bist du zufällig hier?«

Ich dachte an das Kind, das mich aufgefordert hatte, Neden zurückzulassen und über Bord zu springen. (Wo war das verdammte Baby?) Ich hatte nicht auf einer einsamen Insel mitten im Todesmeer landen wollen. Aber ich war freiwillig gesprungen. Zufällig? Die Frage ließ sich unmöglich beantworten. Wenn man wirklich die Wahrheit über sein Leben sagen will, ist es mit einem simplen Ja oder Nein selten getan. Ich glaube, das ist der Grund dafür, warum wir alle so viel Zeit mit Reden verbringen. Dadurch, daß wir so viele

Sätze und Worte bilden, versuchen wir, über eine Erklärung für uns selbst zu stolpern.

Schließlich entschloß ich mich, die Frage zu bejahen. Ich wollte nicht, daß sie dachte, ich sei ihretwegen gekommen.

»Wie geht es meinem Bruder?« Ihr Tonfall erinnerte mich an meine Sternenfestung: Genau. Sparsam. Nur die Andeutung von Leid, so daß ausreichend Raum blieb, sich das übrige zu denken. Dann, als ihr klar wurde, daß ich nicht antworten konnte, lächelte sie wehmütig. »Es tut mir leid. Hier. Ich hole dir etwas zu trinken.« Sie ging zum Springbrunnen, nahm den silbernen Becher vom Regal und schöpfte etwas Wasser. Als sie zurückkehrte, kniete sie sich neben mich, und nachdem sie meinen Mund mit ihrer freien Hand gefunden hatte, ließ sie die Flüssigkeit vorsichtig auf meine Zunge und meine Kehle herunterrinnen.

Wenn der Trank, den sie mir gegeben hatte, schon erstaunlich war, dann war das Wasser ein Wunder. Niemals hatte ich etwas geschmeckt, das auf so wunderbare Weise voller Leben war. Eine Wärme breitete sich in mir aus. Ich fühlte mich schläfrig, als hätte ich gerade eine üppige Mahlzeit zu mir genommen.

Sie stand auf. »Ich werde dich jetzt ruhen lassen. Du bist sehr krank, glaube ich, und es braucht einige Zeit, bis der Trank wirkt.« Ohne ein weiteres Wort drehte sie sich um und ging. Ihr Abschied vollzog sich wiederum quälend langsam, und ich schlief bereits, bevor sie auch nur die Hälfte der Stufen erklommen hatte.

Trübes rotes Licht fiel in die Eingangshalle, konnte die überwältigende Dunkelheit des Turms jedoch kaum verdrängen. Mein Körper fühlte sich wund und steif an und erinnerte mich an die Zeit, die ich als Sklave der Theraner verbracht hatte. Es dauerte einen Augenblick, bis mir auffiel, daß ich wieder etwas fühlen konnte. Ich hob den rechten Arm, hielt ihn mir vor das Gesicht. Ich konnte mich *bewegen*! Mit wachsender Erregung richtete ich mich auf – und kippte sofort wieder hintenüber. Ich konnte mich zwar bewegen, war jedoch völlig erschöpft. Vorsichtig wälzte ich mich auf die Seite, nur um wieder Bewegung zu spüren. Ich lächelte. Ein Kind, daß in seinem behaglichen Bett lag. Irgendwie würde alles gut werden. Ich schlief wieder ein.

Als ich das nächstemal die Augen öffnete, war es immer noch Nacht. Wiederum versuchte ich mich zu erheben, langsamer diesmal. Zwar brummte mir der Schädel, aber ich konnte mich aufsetzen. Nachdem ich das geschafft hatte, ruhte ich mich erst einmal aus.

Das rote Gleißen des Todesmeers wurde vom Wasser widergespiegelt, das aus der Statue floß. War dies eine Statue des jugendlichen Mordom? Ich glaubte es nicht. Der porträtierte Mann kam mir stärker vor. Mehr wie ein Soldat.

Ich stand auf und testete meinen Gleichgewichtssinn. Ich war wacklig auf den Beinen, glaubte jedoch, daß das Schlimmste vorbei war. Ein schrecklicher Durst hatte meine Kehle ausgedörrt, und ich ging zu dem Springbrunnen mit dem wunderbaren Wasser. Nach den ersten zwei Schritten knickten meine Knie ein. Dies geschah immer wieder. Doch mit jedem Schritt besserte sich mein Gang, da mir in gewisser Weise wieder einfiel, wie man ging.

Als ich den Springbrunnen erreichte, setzte ich mich auf den runden Rand. Das rote Licht, das durch die Fenster fiel, ließ das Wasser mehr als nur ein wenig wie Blut aussehen. Einen Augenblick war ich nicht sicher, ob ich das Zeug wirklich trinken wollte. Doch die Erinnerung an seinen Geschmack und mein intensiver Durst veranlaßten mich, den Becher einzutauchen und etwas Wasser zu schöpfen. Als ich es trank, fühlte ich mich auf der Stelle erfrischt.

Nun, da ich mich wieder etwas kräftiger fühlte, beschloß ich, Kyrethe zu suchen oder mir zumindest den Turm ein wenig genauer anzusehen. Mit verstohlenen Schritten – alte Gewohnheiten werden zu einem Teil des Wesens – erklomm ich die Stufen. Lichtquellen waren überflüssig, da Kyrethe blind war. Daher wuchs kein Leuchtmoos an den Wänden und warteten keine Kerzenleuchter darauf, entzündet zu werden. Die Schatten wurden immer tiefer, je höher ich kam. Doch selbst in der zunehmenden Finsternis konnte ich erkennen, daß sich die in die Wand geritzten Worte fortsetzten.

Der erste Stock war ebenso spärlich eingerichtet wie die Eingangshalle. Fenster ließen das Licht der Lava ein, das den Raum in eine Mischung aus Schatten und Blut hüllte. Auf der anderen Seite des Raumes führte eine weitere Treppe in die zweite Etage. Die Inschrift setzte sich an der Wand fort und führte am Treppengeländer entlang ins nächste Stockwerk.

In der Mitte des Raumes befand sich ein großes Bett mit weißen Laken. Die Ecken bildeten vier hohe Pfosten, die einen zarten Himmel aus weißer Gaze trugen. Die warme Luft bewegte den Baldachin und ließ ihn wallen und beben. Das Licht der Lava verwandelte Laken und Gaze in eine Parodie des Blutes, so daß das Bett wie eine Vorrichtung des Schmerzes aussah.

Kyrethe schlief in dem Bett. Das rote Licht war sanft zu ihr und verwischte die Runzeln und Schrammen auf ihrer Haut. Ihr langes weißes Gewand umschmeichelte ihre Beine und verschmolz mit dem Laken. Sie machte einen friedlichen Eindruck, als würde sie von Laken und Gewand gewiegt.

Ich weiß nicht, was dir deine Mutter von der Zeit erzählt hat, die wir gemeinsam verbracht haben. Ich weiß nicht, wieviel ich dir erzählen will. Aber es ist wichtig für dich zu wissen, daß – weil ich bin, wer ich bin – aus vielen Gründen Kyrethe eine sehr starke Anziehungskraft auf mich ausübte, als ich sie in ihrem Bett aus Blut liegen sah. Die Mischung aus Schmerzen und nacktem Fleisch hatte eine erregende Wirkung auf mich. Ich ging zum Bett, ohne eine bestimmte Absicht zu haben. Ging hin, weil ich es ganz einfach wollte. Weil ich jemanden berühren und weil ich Schmerz empfinden wollte, und weil... Ich wußte wirklich nicht, warum.

Ich ging also zum Bett. Stand daneben. Sah auf sie herab. Sie war so dünn, so zerbrechlich. Ihr dichtes graues Haar fiel ihr über die Schultern, kräuselte sich über ihrem Hals. Ich legte meine Hand, nur die Fingerspitzen, vorsichtig auf ihre Wange. Ihre Haut... Wie gern ich... Ich fuhr über ihre Lippen. Sie rührte sich nicht. Es dauerte einen Augenblick, bis mir wieder einfiel, daß sie nicht fühlen konnte.

Diese Erkenntnis löste verwirrende Empfindungen in mir aus. Auf der einen Seite zog mich das noch mehr an. Der Gedanke, daß ich... Dinge mit ihr tun konnte, ohne daß sie es wußte... Sie streicheln. Sie küssen. Erregte mich. Gab mir ein Gefühl der Macht. Einer Macht, die nicht auf Stärke, sondern auf Sicherheit beruhte. Es bestand keine Gefahr der Zurückweisung. Ich konnte einfach meinen Willen haben. Solange ich nicht zu heftig wurde, solange mein Verlangen im verstohlenen Rahmen eines Diebes blieb, konnte ich sie berühren, und sie würde es nie erfahren.

Doch diese Erkenntnis störte mich auch. Meine Begierden stießen mich ab. Daß sie mich nicht spüren konnte, bedeutete, daß sie weder Schmerz noch Vergnügen empfinden konnte. Ich konnte ihr nichts geben. Nur empfangen. Und wenn ich es insgeheim tat, konnte ich nur das empfangen, was ich mir nahm. Eure Mutter, die Dinge die... Wenn sie mich blutig kratzte und biß, wußte ich, daß ein Teil von ihr Spaß daran hatte. Später hat sie einmal gesagt... Doch einmal... Kyrethe bot nichts von alledem. Ich kann es nicht erklären. Aber zu wissen, daß keine Wechselbeziehung möglich war, kein Empfindungsaustausch, trieb mich von ihr weg. Mit zitternden Händen trat ich zurück.

Das intensive Bedürfnis, meinen Verstand mit anderen Dingen zu beschäftigen, ließ mich die Treppe zum zweiten Stock erklimmen. Dies war die oberste Etage des Turms. Der Raum war mit Holzregalen vollgepackt, die von Phiolen mit Tränken überquollen. In jedes Regal waren theranische Bezeichnungen geritzt. Die Bezeichnungen identifizierten die Tränke. Es gab Heiltränke, Erholungstränke, Schlaftränke und sogar ein paar, die emotionales Wohlbefinden hervorriefen. Nur wenige von den Phiolen waren angerührt worden. Abgesehen von dem Wasser schien Kyrethe wenig zu brauchen.

Wie kam es, daß sie auf dieser Insel gestrandet war? Warum hatte sie so viele Dinge mitgebracht, die sie nicht benutzte?

Die Antworten, das wußte ich, mochte mir die Inschrift geben. Zwar waren alle Wände um mich herum mit Worten bedeckt, doch ich beschloß, nach unten zu gehen und mit dem Anfang zu beginnen.

Ich las:

Mein Name ist Kyrethe. Ich weiß nicht, wo ich bin. Ich schreibe dies für Dich, wer immer dies auch liest. Ich will, daß meine Geschichte bekannt wird. Nur wenn Geschichten bekannt werden, können sich die Dinge ändern.

Ich bin die Tochter von Veras Churran und Quorian Churran. Veras, mein Vater, war ein theranischer Statthalter in der Provinz Herrash. Und stolz. Wir alle wohnten in einem Anwesen, aber es war SEIN Anwesen. Wir alle aßen das Essen, aber es war SEIN Essen. Wir hatten alle unsere eigenen Träume, aber wir waren SEINE Familie.

Mein Vater stieg in der theranischen Hierarchie auf. Beförderungen. Er unterwarf Völker. Tat es gut. Beim Essen lachte er immer über seine Macht. Witzelte, er sei eine neue Passion, eine Passion der Unterwerfung. Meine Mutter und ich lachten nicht. Mein Bruder Mordom lachte mit.

Nach dem Heiliger-Tag-Massaker begannen meine Mutter und mein Vater zu streiten. Sie wollte, daß er seine Politik ändere. Er wollte nicht zuhören. Er regierte andere Leute, aber es war SEIN Land. Meine Mutter war auch eine Theranerin, aber es war SEINE Entscheidung, wie er die Theraner repräsentierte. Andere Leute starben, aber das gehörte alles zu SEINEM Leben.

Meine Mutter ließ sich nicht erweichen. Bat ihn, seinen Posten aufzugeben, damit wir alle nach Thera zurückkehren konnten. Sie wollte, daß er sich ausruhe, erhole. Er weigerte sich. Sie bat ihn wieder. Und wieder. Und wieder. Und wieder.

Er schlug sie.

Sie bat ihn, er schlug sie. Wieder und wieder und wieder. In manchen Nächten hörte ich, wie er sie vergewaltigte. Ihre Schreie hallten durch das Anwesen. Ich wollte ihn aufhalten, aber seine Wachen hielten mich fest. Ich schrie: »Ihr wißt, daß das falsch ist.« Aber sie waren SEINE Wachen.

Er tötete sie.

Ich sah die Leiche nicht, aber plötzlich war sie verschwunden. Mein Vater sagte, sie sei ihrem Schicksal begegnet. Er lächelte. Ein Witz. Er glaubte, ER sei das Schicksal.

Ich weinte, ebenso wie Mordom, da wir sie vermißten. Mein Vater fragte uns, was los sei. Ich sagte ihm, ich sehe meine Mutter, und Mordom tat dasselbe. Mein Vater sagte: »Hört auf, sie zu sehen.« Wir konnten nicht. Ich wollte sie nicht vergessen. Ich wollte die Erinnerung an sie als Beweis für meines Vaters Verbrechen bewahren.

Mein Vater wußte dies. Er schloß mich in eine kleine Kammer ein. Er ließ mich hungern. Er schlug mich. Aber er wollte oder konnte mich nicht töten. Auf seine merkwürdige Art und Weise liebte er mich.

Ich ließ mich nicht erweichen. Er rief uns in die Beratungskammer und befahl uns zu schwören, unsere Mutter zu vergessen. Wir sagten, das könnten wir nicht, da wir sie in Gedanken sähen. Dann beschwor er einen Fluch auf unsere Augen herab. Hinter ihm lauerte ein Schatten. Er wußte nichts davon. Er sagte: »Ihr werdet eure Mutter nicht sehen. Ihr werdet nichts mehr sehen. Ich nehme euch euer Augenlicht.«

Er blendete uns.

Eine Woche später rief er uns wieder in die Kammer. Er fragte: »Habt ihr eure Mutter vergessen?«

Mordom sagte ja. Ich sagte: »Ich höre ihre Stimme, wenn ich mich abends ins Bett lege. Ich höre sie sagen: ›Du bist meine Liebe. Du bist mir wichtig, weil du du bist. Ich liebe alles an dir, das Gute und das Schlechte, weil du ohne das nicht die wärst, die ich liebe.‹«

Mein Vater sagte: »Du wirst deine Mutter nicht mehr hören. Du wirst gar nichts mehr hören. Ich nehme dir dein Gehör.«

Eine Woche später rief er mich wieder in die Kammer. Er ließ mich eine Tafel mit erhabener Schrift lesen, auf der stand: »Hast du deine Mutter vergessen?«

Ich sagte: »Wenn ich mich abends ins Bett lege, spüre ich ihre Umarmung, die mich tröstet. Sie verlangt nichts von mir, sondern gibt nur.«

Mein Vater teilte mir mit: »Du wirst deine Mutter nicht mehr fühlen. Du wirst gar nichts mehr fühlen. Ich nehme dir dein Gefühl.«

Von diesem Augenblick an war mein Kontakt zur Welt abgerissen. Andere Leute führten mich, fütterten mich. Nach langer Zeit, nach vielen Jahren, glaube ich, brachte man mich auf ein Luftschiff, und schließlich wurde die Luft sehr warm. Dann führte man mich vom Luftschiff herunter. Steckte mich in einen runden Raum. Es gibt Wasser hier, das ich schmecken kann, und es ist gut. Es gibt eine Treppe, die zu meinem Bett führt. Und noch eine Treppe, die zu magischen Tränken führt.

Ich habe ein paar Nächte auf dem Boden im Erdgeschoß geschlafen. In der Mitte des Brunnens befindet sich eine Statue, aus der das Wasser sprudelt. Als ich das Gesicht abtastete, wurde mir klar, daß es sich um das Gesicht meines Vaters handelt. Mit einer solchen Statue will ich nicht in einem Raum schlafen. Von jetzt an schlafe ich oben.

Heute bin ich draußen herumgelaufen. Ich bin oft gefallen. Es ist sehr heiß, und ich glaube, ich befinde mich an einem gefährlichen Ort. Der Turm ist der einzige sichere Ort. Hier werde ich bleiben.

Ich weiß nicht, wie lange ich schon hier bin. Kann nichts sehen. Nichts hören. Nichts fühlen. Die Welt entzieht sich meinem Begriffsvermögen.

Viel Zeit ist vergangen. Ich wünschte, ich könnte sterben.

Ich will nicht sterben. Wenn ich sterbe, ist meine Mutter vergessen. Man muß sich an sie erinnern. Man muß sich an das erinnern, was mein Vater getan hat. Was mein Vater getan hat, muß eines Tages gesehen, ausgesprochen oder gefühlt werden.

Ich habe nicht gewußt, was die Einsamkeit einem denkenden Wesen antun kann. Ich finde keine Worte. Schmerz, wahrer Schmerz, ist nicht körperlich. In meiner Seele ist ein Ding. Es wird immer größer. Hat Krallen. Frißt mich von innen heraus auf.

Ich mußte alles noch einmal lesen, um es nicht zu vergessen. Es ist gut, daß ich es aufgeschrieben habe.

Ich hatte vergessen, daß ich das geschrieben habe. Beim Lesen ist mir alles wieder eingefallen, aber ich hatte es vergessen.

Ich kann nicht glauben, daß dies meine Geschichte ist. Und doch weiß ich, es stimmt.

Wie lange bin ich schon hier?

Wann habe ich diese Frage aufgeschrieben?

Wie lange noch, bis ich sterbe?

Ist mein Name Kyrethe?

Gibt es andere Menschen auf der Welt? Lebt noch jemand? Sind alle so einsam und vom Leben abgeschnitten wie ich? Ich verliere das Vertrauen in meine Menschlichkeit. Ich erinnere mich an andere Leute. Sie sind glücklich, lachen, halten sich an den Händen. Ich bin nicht so. Ich stehe außerhalb von allen Leuten. Ich bin kein Mensch. Ich bin ein Ding. Losgelöst. Eine Ansammlung von Gedanken, die ohne Fleisch, ohne Leidenschaft, durchs Leben treiben.

Soll ich mir das Leben nehmen?

Ich war zwanzig, als ich herkam. Wie alt bin ich jetzt?

Warum lebe ich immer noch?

Wie viele Jahre noch?

8

Die Worte versiegten. Ich stand im zweiten Stock, im Lagerraum. Durch ein Fenster sah ich die endlose schwarzrote Weite des Todesmeers. Die Sonne war gerade am Horizont aufgegangen, und die geschmolzene Lava des Meers schien direkt in den rötlichen Morgenhimmel zu fließen. Trotz der Wärme bekam ich am ganzen Körper eine Gänsehaut.

Als ich die Treppe herunterging, hielt ich mich am Geländer fest, das über dem inneren Rand der Treppe schwebte. Ich ging langsam, und ich brauchte das Geländer, um mir mein Gefühl für Zeit und Raum zu bewahren. Ich war der Ansicht, ohne die Berührung des kühlen Metalls könnte ich in Gedanken an Leid und Entsetzen abirren und vielleicht nie wieder zurückfinden.

Die Dinge, die Eltern ihren Kindern antun können.

Die Dinge, die ich getan habe.

Gedanken und Erinnerungen wirbelten durch meinen Verstand. Gelegentlich blieb ich auf der Treppe wie erstarrt stehen, gebannt von irgendeinem Schrecken aus meiner Vergangenheit. Ich vergaß, daß ich einen Körper besaß. Vergaß, daß ich mich an einem Ort befand. Vergaß, daß das Leben um mich weiterging. Als seien meine Sinne mit der Vergangenheit verbunden und die unmittelbare Welt von weit zurückliegenden Erfahrungen blockiert worden.

Als ich Kyrethes Schlafzimmer erreichte, stand ich lange Zeit nur da und beobachtete sie. Das sanfte Heben und Senken ihrer Brust unter ihrem Gewand. Wie sie sich hin und wieder von einer Seite auf die andere drehte. Wie ihr Atem manchmal eine Strähne ihrer grauen Haare bewegte. Im Schlaf war sie wie ein

Kind. Im Schlaf sind wir alle Kinder. Die Masken, die wir tragen, damit wir uns sicher wähnen können, erfolgreich und stark, lassen sich nicht aufrechterhalten. Hilflos und mit abgeschaltetem Bewußtsein sind wir nur Kinder auf der Suche nach einem Ort, wo wir uns ausruhen, an den wir uns aus einer Welt mit so viel Leid flüchten können. Wir sind darauf angewiesen, daß uns die Leute in unserer unmittelbaren Umgebung nichts Böses wollen. Ein stillschweigendes Übereinkommen zwischen Eltern und Kind. Zwischen Geschwistern. Zwischen Liebenden. Alle schlafen nah beieinander. Alle müssen wissen, daß sie zumindest hier, in der Nähe dieser Leute, sicher sind.

Für einen Augenblick war sie für mich nicht nur eine, sondern viele Personen. Meine Söhne. Meine Frau. Mein Vater. Alle hatten mir vertraut, und ich hatte einen nach dem anderen enttäuscht.

Ich wollte ihr etwas geben. Nicht weil sie sie war, sondern indem ich ihr etwas gab – irgendwie ihr Leid linderte –, wollte ich mich von meinen früheren schrecklichen Taten freisprechen.

Als ich mich ihrem Bett näherte, tat ich das lautlos, verstohlen. Die alten Gewohnheiten. Dies hätte mir als Warnung dienen müssen. Wie ich es Stunden zuvor getan hatte, streckte ich die Hand aus. Berührte ihre Wange. Strich ihr die Haare aus der Stirn. Sie spürte nichts davon.

Das Bett schaukelte leicht, als ich mich auf die Bettkante setzte. Darauf reagierte sie, indem sie ihr Gewicht verlagerte. Sie drehte sich zu mir um. Ihre Lider flackerten einen Augenblick lang, dann schlossen sie sich wieder, und sie schlief erneut tief und fest.

Mit all der Anmut, die mir meine Diebesmagie gestattete, glitt ich zu ihr aufs Bett und lehnte meinen Rücken gegen das Kopfbrett. Nicht einmal betrachtete ich mein Verhalten als gräßlich. Ich bemäntelte es als Geschenk, das ich ihr machen wollte. Weißt du, Vertrauen war etwas, das ich nicht verstand. Und es war auch nichts, das ich erwarten konnte oder als etwas kannte, das ein anderer haben muß, bevor man intim wird. Diese Vorstellung war mir völlig fremd, außerhalb meines Verständnisses vom Universum. Ein Kind denkt vielleicht, daß sich die Sonne um die Erde dreht. Bis ihm jemand die wahre Natur der Dinge erklärt, kann es die Beziehung zwischen Sonne und Erde nicht wirklich kennen. So war es mit mir und dem Vertrauen. Niemand hatte mir je seine wahre Natur erklärt, und so begriff ich die Beziehung zwischen Vätern und Kindern nicht. Zwischen Ehemann und Ehefrau. Zwischen Liebenden.

Ich nahm ihre Hand in meine. Hob sie vorsichtig, als wolle ich vermeiden, Fallen oder Alarmglocken auszulösen, mit denen ein wunderbares Juwel in einem Königspalast gesichert ist. Wußte ich, daß ich versuchte, ihr etwas zu stehlen? Ich würde gerne glauben, daß dem nicht so war. Aber ist es überhaupt möglich, daß ich so naiv war? Was wir unwissentlich tun, das tun wir in Wirklichkeit, ohne in unsere Seele hineinzuhorchen. Doch die Wahrheit umgab mich. Der Schatten war bei mir im Raum. Er versteckte sich hinter mir an der Wand, wagte es nicht, mir zu nahe zu kommen, weil er mich dadurch gezwungen hätte, seine Anwesenheit zur Kenntnis zu nehmen. Aber er war da. Und ich wußte es.

Ich nahm ihren Arm und legte ihn über meinen Schoß. Vergiß nicht, ich beabsichtigte nichts anderes als Sanftheit und Trost. Zuneigung, so schien es, würde uns beiden guttun. Ich sagte mir, daß ich sie nicht wecken wollte. Ich wollte sie nicht erschrecken. Nicht stören.

Obwohl sie weder die Wärme meines Körpers noch das Gewebe meiner Kleidung spüren konnte, legte sie mir interessanterweise den Arm um die Hüfte und kuschelte sich an mich. Ein tiefer Instinkt mußte sie leiten, die Erinnerungen an Umarmungen und an ihre Mutter. Auf der Suche nach einem bequemen Ruheplatz für ihren Kopf legte sie ihn zunächst auf meinen Schoß und schließlich auf meinen Oberschenkel.

Immer noch meinen Absichten treu bleibend, bürstete ich jetzt ihr Haar. Sie war wie ein Kind. Hilflos. Ich hatte praktisch unbegrenzte Macht über sie. Ich hatte zunächst nicht gedacht, daß auch sexuelles Verlangen ein Grund dafür war, warum ich zu ihr gegangen war. Doch nun, wo sie so nah bei mir war ...

Und in der Tat, jetzt kann ich sagen, daß sexuelles Verlangen tatsächlich sehr wenig damit zu tun hatte. Vor langer Zeit wollte mich mein Vater unabsichtlich auf den Boden eines sinkenden Schiffs ziehen, und ich tötete ihn. Ich ließ nicht zu, daß er mich vernichtete, sondern vernichtete ihn zuerst. Es gab eine Zeit, da wußte meine Frau nicht, was_sie von meinem Leid und meiner Finsternis halten sollte. Ich brachte sie auf meinen Weg, indem ich sie mit mir Dinge tun ließ, zu denen sie ohne mein Drängen niemals fähig gewesen wäre. Ich zwang ihr meine Perversionen auf. Und auch meine Jungen wußten nicht, was sie von mir halten sollten, und wandten sich immer an ihre Mutter, wenn sie Rat und Liebe brauchten. Ich verstümmelte sie, wußte die Tat seinerzeit auch zu rechtfertigen, suchte aber die ganze Zeit nur Macht. Und jetzt lag eine schlafende Frau neben mir. Ich wollte wiederum Macht. Ich konnte ihr Dinge antun, und sie würde nicht einmal wissen, was vorging. Und was noch wichtiger war, ihr Vater hatte sie bereits so sehr gequält, daß eine Steigerung kaum noch möglich war. Ich fühlte mich so sicher in dem, was ich tat.

Ich strich ihr über den Nacken. Ihre Haut war faltig und warm. Sie war so schön. Friedlich. Sie begann zu zittern. Wurde sich einer Bewegung bewußt. Bemerkte, daß etwas geschah. Ich beugte mich herunter und küßte sie auf den Hals. Nahm ihre Hand. Ihre

Nägel waren lang. Zog sie mir leicht über das Gesicht.

Tat es wieder, drückte sie mir in die Haut. Dann tiefer ins Fleisch, so daß die Nägel weiße Spuren hinterließen. Sie stöhnte.

Ich beugte mich vor und streichelte ihre Seite.

Sie erwachte. Die Augen geweitet. Entsetzen auf dem Gesicht, während sie sich verzweifelt bemühte, eine Situation zu begreifen, die sie weder sehen noch hören konnte. Ich drückte sie aufs Bett zurück und setzte mich rittlings auf sie. Hielt ihr jedoch nicht die Arme fest, sondern ließ sie frei. Ihre Arme hoben sich und schlugen nach mir. Krallten nach mir. Sie kratzte mich, und der scharfe Schmerz gefiel mir. Sie keuchte, atmete stoßweise, ertrank in Furcht.

Um meine Erregung, in der Dunkelheit des Raumes, spürte ich die seltsame Präsenz. Sie ermutigte mich. Unser Ringen wurde heftiger. Für sie war es eine Frage des Überlebens. Nacktes Entsetzen, das sie in unwissende Verzweiflung trieb. Für mich ein Akt des Vergnügens.

Der Schatten, jetzt so breit wie der Raum, kam näher, schob sich dicht hinter mich. Ich war hin und her gerissen, denn ein Teil von mir wollte sich umdrehen und den Schatten ansehen. Nie war er mir so nahe gekommen. Und nie hatte er sich so offensichtlich gezeigt. Ich wußte jetzt, daß ich ihn endlich sehen würde, wenn ich mich umdrehte. Die Neugier regte sich in mir wie ein unerträglicher Juckreiz.

Doch ein anderer Teil von mir wollte es gar nicht wissen. Ich hatte eine verschwommene Ahnung von der Wahrheit. Unwissenheit hat seine Vorteile, wenn es um derart häßliche Dinge geht. Ich befürchtete, etwas so Schreckliches zu sehen, wenn ich mich umdrehte, daß ich mit meinem Tun aufhören würde. Und das wollte ich nicht.

Ich schob meinen Unterarm in ihren Mund. Sie reagierte schnell und biß zu. Ihre Zähne bohrten sich tief in mein Fleisch, das sofort zu bluten anfing. Sie betrachtete es als Sieg. Falsch. Ganz falsch. Sie diente meinen Zielen. Sie war für mich ein Werkzeug aus Muskeln, Fleisch und Blut. Keine Person, sondern etwas, das nur in Reaktion auf mein Verlangen existierte. Nein. Nicht Verlangen. Wut. Zorn. Rachedurst.

Ich schrie vor Schmerz und Lust auf. Gedanken an die Elfenkönigin schossen mir durch den Kopf. Die Bestätigung, daß Freude im Leben nur aus Leid resultieren konnte. Der Schatten schob sich jetzt in mein Blickfeld. Lauerte. Das Verlangen, ihn zu sehen, wurde stärker. Was hatte mich all die Jahre heimgesucht? Nicht der Dämon in meinem Kopf, sondern die Schrecken, die er zurückließ. Nein, nicht der Dämon. Alles. Das Leben. Manchmal verwechselte ich das Leben mit *dem* Dämon. Doch wie viele Dämonen hatte es gegeben? Alle bauten aufeinander auf, beeinflußten sich gegenseitig, bis ich das, was ich gewollt hatte, nicht mehr von dem unterscheiden konnte, was war. Träume spielten keine Rolle mehr. Ich lebte in einer Leere aus zerstörten Erwartungen. Ich zerstörte sie jetzt, unfähig, das, was ich tat, von dem zu unterscheiden, was andere mir angetan hatten.

Ihre Lippen waren zu einer dünnen Linie zusammengepreßt, und mein Blut lief ihre Mundwinkel herunter. Ich streichelte ihren Hals. Keine Regung von ihr. Sie schloß lediglich die Augen – verschloß sie vor dem Schmerz. Ich weiß nicht, wie sehr sie unter dem litt, was ich ihr antat. Aber ich nehme an, daß das, was mir der Dämon in meiner Kindheit angetan hat, auch nicht schlimmer war.

Der Schatten am Rande meiner Wahrnehmung atmete jetzt an meinem Hals. Er hüllte mich ein. Bot seinen Schutz an. Schutz wovor? Vor allem Anstand, den ich noch besaß. Vor der Scham oder Reue, die ich als Reaktion auf das empfinden mochte, was ich tat. Ich wollte jetzt hinsehen. Wußte, daß ich es konnte. In sein Gesicht starren konnte und mich selbst sehen und es akzeptieren würde. Die endgültige Erlösung. Der Höhepunkt des Leids und das Sichabfinden damit. Leid als Leben und Leben als Leid.

Ich packte den Kragen ihres Gewandes, das gleichmäßig in der Mitte aufriß. Das Geräusch ein Trommelhagel von Regentropfen auf das Blätterdach des Dschungels. Ich schloß die Augen. Wandte den Kopf. Bereitete mich darauf vor, meinen Schatten zu sehen. Ihn mit diesem fürchterlichen Geschenk der Brutalität willkommen zu heißen. Kontrolle. Macht.

Meine Hände schossen auf ihren Körper herab, packten ihren Unterleib.

Und bevor ich ihren Aufschrei und den Anblick meines Schattens genießen konnte, begegneten meine Fingerspitzen etwas höchst Merkwürdigem.

Mein Kopf ruckte herum. Für Kyrethe war die Zeit erstarrt. Ihr Gesicht blieb eine Grimasse des Schreckens und des Schmerzes. Doch ihre Gesichtshaut zuckte nicht. Und kein Laut entrang sich ihrem Mund.

Die Haut ihres Unterleibs war jetzt durchscheinend. Und von dort, aus ihrem Leib, erhob sich ein Kind, das in einem goldenen Licht erstrahlte.

Der Säugling aus dem Luftschiff, irgendwie verändert.

Das Kind stieß durch ihren Leib, durchbrach ihre Haut. Meine Finger ruhten auf der Brust des Kindes. Ein Gefühl der Verwirrung überkam mich. Einen Augenblick lang war ich meine Mutter, ihre Finger auf meiner Brust. Meine Gedanken überschlugen sich, und ich vergaß das Ding in meinem Rücken. Ich konnte mich nicht rühren, obwohl ich mich umdrehen und wegrennen wollte.

Ich hatte immer gedacht, meine Mutter hätte aus Angst gehandelt. Aus Angst vor dem Dämon. Ich hatte gedacht, sie habe sich schützen wollen. Mich verraten, weil sie die Furcht überwältigt hatte. Doch jetzt, da ich meine Identität verlor und ihre Gefühle – mögliche Gefühle – empfand, dachte ich anders darüber. Was, wenn es ihr gefallen hatte? Was, wenn sie geglaubt hatte, es sei ihr Recht, mit mir zu tun, was sie wollte?

Das Baby löste sich aus Kyrethes Bauch. In seinem Gesicht erkannte ich meine eigenen Züge wieder, jung und unschuldig. Unverdorben. Mir schwindelte, als ich daran dachte, wieviel Zeit seit meiner Jugend vergangen war. Sechzig Jahre war ich jetzt alt! Und wie viele Dämonen hatte ich in dieser Zeit auf die Welt losgelassen? Hatte ich als Baby solche Taten beabsichtigt? Hätte ich sie ausführen wollen, wenn ich sie mir hätte vorstellen können? Nein. Nein. Nein. Aber wie war ich dann dazu gekommen, diese Untaten zu begehen?

Kyrethes reglose Gestalt hätte mich ein wenig trösten sollen. Zumindest konnten meine Handlungen von ihr jetzt nicht mehr wahrgenommen werden. Kein Starren ihrer blinden Augen, das mich anklagte. Doch das alles verstärkte nur meinen Abscheu, mein Entsetzen vor mir selbst. Wie hilflos sie war – bar aller Sinne! Und was ich ihr angetan hatte und noch hatte antun wollen! Ihr zerrissenes Gewand lag nutzlos zu beiden Seiten neben ihr. Ihr dünner, nackter Körper lag entblößt vor mir. Die Anwesenheit des Babys zwang mich, mir die Beziehung zwischen uns zu vergegenwärtigen. Das heißt, zwischen zwei Menschen. Nicht zwischen einem, der manipuliert, und einem, der manipuliert wird.

Das Baby schwebte höher. Hoch in die Luft. Durch die Decke. Und war verschwunden.

Die Zeit lief weiter.

Kyrethe schrie, versuchte ihre Brüste mit ihren dünnen Armen zu bedecken.

Ich wälzte mich von ihr herunter, fiel rückwärts auf das Bett. Ich entfernte mich weiter von ihr, versuchte dem Raum, der Luft zu entkommen, den ich ausgefüllt hatte. Meine Flucht trug mich über den Bettrand, und ich fiel zu Boden. Mir kam zu Bewußtsein, daß ich weinte. Ich stand auf und hatte keine Ahnung, wo ich mich befand, als sei ich in einer völlig fremden Umgebung aufgewacht.

Kyrethe weinte, ihre Schluchzer hallten durch meinen Schädel. Erinnerungen an meine eigenen Tränen. Nach meinen schlimmsten Verbrechen – dem Mord an meinem Vater und eurer Verstümmelung – hatte ich Reue empfunden, doch dies setzte mir auf eine ganz neue Weise zu. Meine Kehle schmerzte vom Weinen.

Ich ballte die Fäuste, schlug mich ins Gesicht. Mein Innerstes gab nach, alle Rechtfertigungsversuche lösten sich in nichts auf. Was ich getan hatte, hatte ich getan. Wenn ich mehr von meiner Mutter erwartet hatte, konnte ich ihr nicht einfach die Schuld an meinem Verhalten geben. Ich mußte auch mehr von mir selbst erwarten.

Doch diese Überlegungen waren nicht mehr als ein merkwürdiges Summen in meinem Kopf. Tatsächlich hatte ich nur einen Gedanken: Flieh.

Und das tat ich. Ich rannte aus dem Zimmer, wobei ich zweimal stolperte, bevor ich die Tür erreichte. Die Treppe hinunter. Durch die Fenster ergoß sich das morgendliche Sonnenlicht. Überall die Farbe von Blut! Überall! Als ich die Eingangshalle erreichte, stürzte ich förmlich aus dem Turm, da ich mich verzweifelt nach der Erleichterung der morgendlichen Luft sehnte.

Die Wolken warfen das Leuchten der glühenden Lava ebenso zurück wie das gedämpfte Licht der Morgensonne. Sie bluteten am Himmel, und es kam mir so vor, als sei mein Schädel gespalten worden und als hätten sich meine Gefühle ins Universum ergossen. Innerhalb und außerhalb meiner Gedanken herrschte äußerste Trostlosigkeit.

Kyrethe stieß immer noch verzweifelte Schluchzer aus. Die durch die Fenster an meine Ohren drangen. »NEIN! NEIN! NEIN!« schrie sie. Ihr Tonfall verriet die Verwirrung der Betrogenen. Sie konnte nicht begreifen, was geschehen war. Hatte sie sich nicht um mich gekümmert? Wie hatte ich so etwas tun können?

Sie wußte es nicht, und ich auch nicht.

Ich rannte weiter in dem verzweifelten Bestreben, ihre Qualen hinter mir zu lassen. Über zerklüftetes Gestein. Winzige Erhebungen hinauf und über schmale, ausgetrocknete Wasserläufe. Die Strecke, für die ich zuvor Tage gebraucht hatte, legte ich jetzt in Sekunden zurück. Rasch hatte ich das Ende der Insel erreicht.

Dickflüssig und zäh brandete die Lava des Meeres gegen das schwarze Gestein. Kyrethes Tränen der Verratenen krallten sich immer noch in meine Ohren.

Ich sank auf die Knie. Hielt mir die Ohren zu. Was sollte ich jetzt tun? In der Vergangenheit war ich unter ähnlichen Umständen davongelaufen. Hatte ein neues Leben angefangen. Hatte mir versichert, daß es zu einer vorübergehenden Verwirrung gekommen war. Daß es die Wechselwirkung zwischen jener Person und mir gewesen war, die die Schwierigkeit verursacht hatte.

Doch jetzt schnitt mich ein Lavameer vom Rest der Welt ab. Ich konnte nicht davonlaufen. Hätte ich an all das gedacht, bevor ich Hand an Kyrethe legte, hätte ich niemals getan, was ich getan hatte. Wie ich das Meer anstarrte, die Sonne, die jetzt riesig und leuchtend rot über dem Horizont stand, begann ich zu lachen. Völlig humorlos, nur ein Geräusch. Ich konnte nicht glauben, in was für einer Situation ich mich befand. Ich war auf einer Insel gefangen, und die einzige andere Person darauf war das Opfer einer von mir versuchten Vergewaltigung. Hatte mir dieses verdammte Baby nicht meine Freiheit versprochen?

Ich stand auf und rief dem Kind zu, es solle sich zeigen. Ich sah mich unruhig um. Es erschien nicht. Ich setzte meine Tirade fort, und während ich brüllte und auf den Felsen herumtrampelte, verlangte ich zu wissen, warum es mich auf die Insel gesperrt hatte. Ich hatte es für Lochost gehalten, die Passion des Wandels. Der Freiheit. Aber jetzt wollte ich wissen, ob es in Wirklichkeit Vestrial, die Passion der Versklavung war, die sich verkleidet hatte. Immer noch keine Antwort.

Wie ein verbittertes Kind, das lernt, wie schwer das Leben manchmal sein kann, tobte ich endlos lange herum. Meine schrillen Worte übertönten Kyrethes Schluchzen, was durchaus der einzige Zweck meiner Tirade gewesen sein könnte. Irgendwann, als ich nicht mehr schreien konnte, ließ ich mich auf einem Felsen nieder. Saß niedergeschlagen da. Kyrethe hatte aufgehört zu weinen, und eine liebliche Stille breitete sich über meinen kleinen, verzweifelten Winkel der Welt aus.

Irgendwo war ein Junge zerbrochen. Hier war eine Frau noch ganz, doch vom Fluch ihres Vaters gefesselt. Und ich – ich war nicht mehr als ein Ungeheuer. Einst hatte sich ein Unwesen in meinem Kopf befunden, und ich glaubte, ich hätte es getötet. Aber es hatte mir etwas Furchtbares hinterlassen. Eine Lektion über die Art und Weise zu leben. Ich war ein besserer Schüler gewesen als mir lieb war.

Ich erwachte ohne Erinnerung daran, eingeschlafen zu sein. Ich fühlte mich müde und zerschlagen. Mein Alter hatte mich schließlich eingeholt. Auf der Insel gefangen, konnte mich alles einholen. Im Schlaf hatte ich mit meiner Familie gestritten, hatte dich und Torran davon überzeugen wollen, daß Schmerz und Leid der Bestimmungspunkt des Lebens ist. Hatte Releana begreiflich zu machen versucht, daß sie noch so sehr versuchen konnte, euch vor dem Leid zu verstecken, es würde euch trotzdem finden.

Natürlich hatte ich selbst dafür gesorgt, daß sich meine Prophezeiung bewahrheitete. Hatte selbst für die Schmerzen gesorgt. Und es waren nicht nur die Schmerzen, die das Messer verursacht hatte. Es war der Verrat, der Betrug. Diese Erinnerung hatte ich in meinen Gedanken immer wieder durchlebt.

Als ich erwachte, versuchte ich also, diese Gedanken abzuschütteln. Zu Hause wäre ich jetzt losgezogen, um irgend etwas aus Kratas zu stehlen. Die Bewegung und das Stehlen hielt mich von dem schmerzhaften Vorgang ab, über mich selbst nachzudenken. Aber hier konnte ich nirgendwohin. Nichts stehlen. Nichts tun, als den Turm zu besichtigen – und das würde ich ganz gewiß nicht tun. Und da ich mich nicht ablenken konnte, überfielen mich wieder eure Schreie.

Ich hatte seit langem nicht mehr von den Schreien geträumt. Hatte tatsächlich auch schon seit langem nicht mehr daran gedacht. Doch jetzt überfielen sie mich, als seien wir alle wieder auf dem theranischen Luftschiff. Ich zog die Klinge. Eure kleinen Gesichter. Die zuerst so glücklich waren, mich zu sehen. Ich hatte behauptet, euer Vater zu sein, hatte euch die Aufmerksamkeit zukommen lassen, die ihr euch von diesem Mann ersehntet. Daß ich kam, konnte nur bedeuten, daß alles in Ordnung war. Doch ich war nicht euer Vater, und ich griff nach euch und verstümmelte eure Gesichter... Um gegen den Generalstatthalter die Oberhand zu behalten. Ich hätte alles getan, um zu gewinnen. Welche Mittel konnten in einer Welt, in der es kein Vertrauen und nur Leid gab, den Zweck des Sieges nicht heiligen?

Also hallten eure Schreie durch den Raum. Wie sie jetzt durch meine Gedanken hallten. Mir wollten eure Schreie einfach nicht aus dem Kopf gehen.

Ich marschierte auf und ab. Sie verschwanden nicht.

Ich marschierte einmal um die Insel herum. Sie verschwanden nicht.

Das Weinen eurer Mutter wurde zu einem Teil der Kakophonie in meinem Kopf. Ihre Tränen flossen, als ich sie Dinge tun ließ, die nichts mit Liebe zu tun hatte, die ich jedoch von ihr als Beweis ihrer Liebe verlangte. Ich schritt immer schneller aus, stolperte über die Felsen.

Als nächstes kam das Betteln meines Vaters nach Liebe. Er wollte mich wissen lassen, daß er sich bemüht hatte. So sehr bemüht hatte. Und ich hatte ihn um seiner Schwäche willen zurückgewiesen. Nein. Ich hatte ihn um seiner Schwäche willen umgebracht. Damals hatte ich gedacht, entweder ich töte ihn, oder wir sterben beide. Ebenso wie ich gedacht hatte, entweder zerschneide ich meinen Söhnen das Gesicht, oder wir sterben alle. Damals hatte ich nicht mit dieser Klarheit gedacht. Mit dieser analytischen Schärfe. Doch die Gedanken waren dagewesen. Hinterher waren sie mir auf jeden Fall gekommen. Als Rechtfertigung für meine Taten. Eine Möglichkeit hatte ich immer übersehen: nicht zu töten. Nicht die Liebe meiner Söhne zu verraten. Den Preis dafür zu zahlen, mir meine Menschlichkeit zu bewahren.

Ich rannte um die Insel, und die Stimmen und Schluchzer umschwärmten meine Gedanken wie Fliegen verdorbenes Fleisch. Tatsächlich schlug ich sogar um mich, als könnte ich die Erinnerungen irgendwie verscheuchen.

Dann kamen die Schreie meiner Mutter – deiner Großmutter. Sie wurde wahnsinnig, indem sie meiner Stimme lauschte, als ich noch ein Junge war. Sie wurde ins Atrium geführt. Wir – alle dort – steinigten sie zu Tode. Sie glaubten, sie sei von einem Dämon besessen.

Ich war von dem Dämon besessen. Und ich hatte sie in den Wahnsinn getrieben! Das hatte ich ihr angetan! Und die Steine zerschmetterten sie Stück für Stück. Sie starb, bis zuletzt um Gnade flehend und beharrlich vor sich hin plappernd.

Also lauschte ich ihren Schreien, und erst nach einer Weile wurde mir klar, daß ihre Schreie alle anderen verdrängt hatten. Mir kam zu Bewußtsein, daß ich zu rennen aufgehört und statt dessen geweint hatte. Mit einem Hemdsärmel trocknete ich mir das Gesicht. Ich starrte hinaus auf das Meer. Alles brach jetzt zusammen. Über mir waren die Wolken in Gold getaucht. Unter mir war das Meer endlos und scharlachrot und schwarz.

Ich setzte mich auf einen Felsen. Ich konnte nirgendwohin gehen. Nichts tun.

Die Schreie meiner Mutter verfolgten mich immer noch. Innerhalb weniger Minuten kamen auch alle anderen Stimmen zurück – die Tränen, das Bitten um Gnade, die Schreie... Aber alles kam jetzt ein wenig gedämpfter. Ich schenkte ihnen Beachtung. Sie ließen sich in meinem Herzen nieder.

Lange Zeit lauschte ich den Stimmen, hin und her gerissen zwischen Verzweiflung und einem merkwürdigen Glücksgefühl. Nicht glücklich, weil ich den Schmerz und das Leid verursacht hatte, sondern glücklich, weil ich mich als Ursache für all das betrachten konnte. Ich hatte diese Dinge angerichtet, und seltsamerweise lag ein gewisser Trost darin, es zuzugeben. Eine seltsame Leichtigkeit strahlte von meinem Herzen nach außen, und die Stimmen wurden von dieser Leichtigkeit getragen und verließen mich.

Dann hörte ich Kyrethe wieder weinen. Das verursachte mir neuerliche Schmerzen, und die neugewonnene Leichtigkeit meines Herzens zerstob. Meine Fäuste ballten sich. Wie hatte ich so etwas tun können? Zuvor hatte es immer eine Entschuldigung gegeben, wie fadenscheinig sie auch gewesen sein mochte. Einen Vorwand für meine schrecklichen Taten. Womit konnte ich jedoch meinen Vergewaltigungsversuch rechtfertigen? Nicht mit dem Bedürfnis nach Sicherheit. Nicht einmal mit Verbitterung oder Wut. Nur mit der Gewohnheit. Der Gewohnheit des Leids.

Ich erhob mich, ging auf und ab. Verzweiflung übermannte mich. Je älter ich wurde, desto mehr Entsetzen konnte ich anscheinend verursachen. Kyrethes Wehklagen erfüllte die Welt, stürzte aus allen Richtungen auf mich ein. Abscheu umhüllte mich wie eine riesige Schlange, legte sich immer enger um mich. Ich setzte mich wieder und vergrub das Gesicht in meinen Händen. Was glaubte ich, wer ich war? Ich war ein alter Mann. Einsam. Verbittert. Ich konnte mich nicht mehr ändern. Ich hatte nicht einmal die Möglichkeit der Hoffnung. Das war etwas für Leute mit einer besseren Kindheit als meiner.

Ich spürte jemanden neben mir. Zuerst dachte ich, Kyrethe hätte mich irgendwie gefunden. Doch als ich aufschaute, sah ich mich selbst. Die Haut meines Doppelgängers war mit offenen Wunden übersät, und das Blut floß in Strömen. Überraschung ist ein zu schwaches Wort, um meine Gefühle zu beschreiben, und ich blieb sitzen, den Mund weit aufgerissen.

»Macht es dir etwas aus, wenn ich mich zu dir geselle?« fragte mein Doppelgänger. Wortlos deutete ich auf einen Felsen neben mir. Er lächelte und setzte sich. »Du bist das alles leid, nicht?«

»Bitte?«

»Das alles immer und immer wieder durchzukauen. Wie viele Jahre jetzt ...?«

»Alle. Die meisten.«

»Ich wäre erschöpft.«

»Wer bist du?«

Er lächelte. Alte Wunden öffneten sich auf seinen Wangen, und das Blut lief ihm über das Gesicht. »Ein alter Freund. Deine Verbitterung.«

»Raggok?« fragte ich, denn es kam mir so vor, als könne ich mit niemand anderem reden als der Passion der Bitterkeit. Er nickte. »Bist du der Schatten, der mich heimgesucht hat?«

Er betrachtete mich von oben bis unten. »Heimgesucht ist das falsche Wort. Du rufst uns, und da sind wir. Dieser Schatten, wenn er eine Passion ist, bin nicht ich, und ich kann dir auch nicht sagen, wer es ist.«

»Oh.«

»Glaubst du nicht, es ist an der Zeit, all dem ein Ende zu bereiten?«

»Ein Ende?«

»Ja. Es war so ein langes, lächerlich bemitleidenswertes Leben. Und hier sitzt du nun und grübelst immer noch über dein Elend. Wie oft hast du dir schon diese Gedanken gemacht? Weißt du, ihr alle – ihr Namensgeber – schreibt eine Geschichte, jeder von euch. Die Geschichte mag von anderen nicht gelesen oder in Erinnerung behalten werden. Für die meisten trifft das jedenfalls zu. Aber es ist eine Geschichte. Und wenn die Geschichte zu Ende ist, wird es Zeit zu sterben.«

»Sie ist zu Ende?« Seine Worte verursachten ein Prickeln der Erregung in mir. Die Aussicht darauf, daß mein Leben endlich vorbei war, nicht weil ich feige war oder versagt hatte, sondern einfach als Tatsache, war äußerst faszinierend. Wie sehr ich mich nach Ruhe sehnte.

»Ja, das tust du, du sehnst dich nach Ruhe. Sie ist zu Ende, deine Geschichte, und du bist dir dessen nicht einmal bewußt. Du denkst immer noch, daß etwas Neues geschehen wird. Aber dem ist nicht so. Es wird so weitergehen wie bisher, bis dich schließlich jemand tötet oder du an Altersschwäche stirbst. Warum tust du dir nicht einen großen Gefallen? Mach ein Ende.«

Die Plötzlichkeit des Angebots verblüffte mich. Ich deutete auf den Turm. »Aber Kyrethe...«, begann ich, als könne ich ihr irgendwie helfen.

»Wird es ohne dich besser gehen. Komm schon. Du hast ihr bereits das Herz gebrochen – die erste Person, die ihr seit vier Jahrzehnten begegnet, versucht sie zu vergewaltigen. Du hättest ebensogut ihr Vater sein können.« Er lachte. Ein schreckliches, kleinliches, bitteres Lachen voller schäbigen Wissens. »Und darauf läuft es hinaus, nicht? Du könntest ebensogut ihr Vater sein. Er könnte ebensogut du sein. Du könntest ebensogut deine Mutter sein nach allem, was du für Kyrethe getan hast. Du könntest ebensogut dein Vater sein. Deine Eltern könnten jetzt ebensogut du sein, betrachtet man dein Verhalten deinen Kindern gegenüber. Deine Söhne könnten ebensogut du sein. Du bist nicht mehr du selbst, J'role. Du denkst von dir nicht mehr als du, und das bist du auch nicht. Du lebst nicht wirklich. Du bist eine Ansammlung von Verhaltensweisen, die an dich weitergegeben wurden und jetzt von dir aus Gewohnheit wiederholt werden. Du sitzt fest. Du wirst dich immer wieder mit denselben Ideen und Vorstellungen herumplagen. Es bleibt nichts mehr, was du dir anbieten könntest. Nicht einmal der Welt. Was für ein Geschenk könntest du Kyrethe jemals außer dem machen, das du ihr bereits gegeben hast?«

»Das war kein Geschenk«, sagte ich scharf. Die humorige Art und Weise, in der er über meine Attacke redete, begann an meinem Verstand zu nagen.

»Natürlich war es eines. Du hast ihr etwas gegeben. Es war eine der wenigen Gaben, die sich in deinem Geschenkrepertoire befinden. Aber es war ein Geschenk. Du hast ihr etwas gegeben, und sie hat es genommen und wird sich für den Rest ihrer Tage daran erinnern. Die wahrscheinlich nicht mehr allzu zahlreich sind. Und so wird ihr Leben wahrscheinlich abgeschlossen. Ihre Geschichte wird folgendermaßen enden:

›Und dann wurde sie fast von einem Mann vergewaltigt, von dem sie in ihrer großen Hoffnung glaubte, er könne ihr die Liebe geben, nach der sie sich so verzweifelt sehnte. Ein paar Jahre später starb sie.‹

Und ich glaube nicht, daß wir anfangen wollen, uns über die Schicksalsschläge Gedanken zu machen, die noch auf Neden oder deine Kinder warten.«

»Wie kannst du mit einer derartigen Leichtfertigkeit über all das reden?«

»So ist es eben, oder nicht?«

»Was meinst du mit ›es‹?«

»Das Leben. Dein Leben zumindest. Einsam, auf geradezu absurde Weise schmerzhaft. Du ziehst die Verzweiflung an wie der Verstand einer Witwe einen Dämon. Bist du das nicht leid?«

»Du reagierst furchtbar gelassen auf all das.«

»Ich bin deine Passion der Bitterkeit, J'role. Die Zeit der Tiraden ist vorbei. Du weißt, daß das stimmt. Wer hat noch die Zeit, zu schreien und zu stampfen? Es ist eine Tatsache. Du bist des Lebens überdrüssig. Du bist es leid, Hoffnungen zu haben, die sich dann zerschlagen.«

Raggok hatte recht, und es überraschte mich, als mir klar wurde, wie glücklich ich war, ihn diese Worte sagen zu hören. Mein Leben war wirklich vorbei. Was ich jetzt noch tat, würde nur eine Wiederholung dessen sein, was ich bereits getan hatte. Wenn mein Leben eine Geschichte war, dann war sie erstaunlich langweilig geworden.

Das Baby tauchte neben mir auf.

»J'role, hör nicht auf diese Seite in dir. Du kannst immer hoffen. Befrei dich von ...«

»Sei still!« schnauzte ich das Kind an. Ich lächelte. »Du bist ein lästiger kleiner Balg, und ich bin deine komische Hoffnung und deine rätselhaften Anweisungen leid. Neden ist mittlerweile wahrscheinlich tot ...«

»Du brauchst Zeit ...«

»Ich bin sechzig! Wieviel Zeit habe ich noch?«

»Es ist nicht leicht. Diese Dinge ...«

Ich stand auf, ebenso wie mein Doppelgänger. Er streckte die Hand aus, und ich nahm sie. Als wir uns berührten, verschmolzen unsere Hände. Wir flossen zu einem Wesen zusammen, meine Verbitterung und ich. »Fertig?« fragte ich mich. »O ja.« Wir gingen zum Rand der Insel, wo das Gestein auf die Lava traf. »Es wird ziemlich weh tun«, sagte ich zu mir. »Als ob wir nicht ein wenig Schmerz ertragen könnten«, erwiderte ich. Erinnerungen an die Dornen der Elfenkönigin und an tausend andere Scheußlichkeiten schossen mir durch den Kopf. Die Leichtigkeit des Augenblicks verließ mich. Ich hatte wirklich glücklich sein wollen. Ich hatte auf ein Leben zurückblicken wollen, von dem sich andere erzählen und inspirieren lassen konnten. Doch alles war umsonst gewesen. Nichts hatte jemals geklappt.

Das Baby tauchte vor mir auf, schwebte vor mir in der Luft und versuchte mich daran zu hindern, mich in die Lava zu stürzen. »Hör zu. Ich kann dir nicht sagen, was geschehen wird, weil ich deine Passion der Hoffnung bin und du nicht weißt, wie der Tod ist. Aber ich sage dir das eine: Wenn Selbstmord eine gute Idee wäre, hätte sich das längst herumgesprochen, und mehr Leute würden sich das Leben nehmen. Es gibt einen Grund, warum die Leute versuchen, am Leben zu bleiben..."

Mit einer Stimme, in der die Trauer über alle meine verpaßten Gelegenheiten mitschwang, sagte ich, »Ich habe keine Gründe mehr«, und ließ mich nach vorn kippen.

»NEIN!« schrie das Baby mit schmerzverzerrtem Gesicht.

Ich fiel durch das Kind, und beim Hindurchgleiten sah ich das Potential der Hoffnung. Spürte das Verlangen nach einer weiteren Chance. Überfiel mich der Glaube, daß sich die Dinge ändern, bessern konnten.

Aber da war es zu spät. Ich fiel in die glühende Lava. Eine Wolke verdampften Blutes erhob sich um mich, und mein Körper schmolz. Ich schrie und schlug um mich, ohne nachzudenken, als könne ich mich irgendwie vor meinem selbstbestimmten Schicksal retten. Der Fall aus dem Luftschiff war eine Art des Untergangs gewesen – lang und unbestimmt. Dieser Tod war ganz anders.

Einen Augenblick später war ich tot.

TEIL DREI

TOD UND LEBEN

»Mach schon, mach schon! Wir müssen dich einweisen!«

Aus allen Richtungen bedrängten mich Körper, quetschten sich an mich, schoben mich. Ellbogen wurden mir in die Seiten gedrückt. »Entschuldigung«, sagte einer. »Tut mir leid«, sagte ein anderer. »Wirst du wohl aufpassen!« sagte ein dritter. Menschen, Zwerge, T'skrang und Angehörige aller anderen namensgebenden Rassen rammten mich, und ich sah nichts außer dieser endlosen Menge. Es schien unmöglich zu sein, sich zu bewegen, aber ich glitt durch die dichte Menge wie durch Wasser. Gliedmaßen wichen mir im letzten Augenblick aus, um sogleich wieder ihren Platz einzunehmen, wenn ich vorbei war.

»Mach schon. Mach schon.« Jemand zog an meiner Hand, und als ich nach unten schaute, sah ich die Worte ›Mach schon, mach schon‹ auf meiner Haut wabern wie eine lange weiße Schlange, die unter Wasser schwamm. Die Zeichen bewegten und veränderten sich, und als sie sich zu neuen Worten formierten, hörte ich: »Wir sind fast da.«

Ich sah mich um, und erstaunlicherweise schrieben alle. Ich will dies gerne wiederholen, da ich selbst stutzte, als ich erkannte, was um mich herum vor sich ging.

Alle schrieben.

Jede Person hielt in der einen Hand eine Schreibtafel, in der anderen einen Griffel. Ihre Tafeln waren gegen die Rücken der Leute vor ihnen gelehnt oder auf die Knie oder die Armbeuge gestützt. Die andere Hand malte geschäftig Piktogramme. Im Vorbeigehen fragte ich einen Elf: »Was schreibst du?« Er starrte

mich einen Moment lang traurig an. Dann senkte er den Kopf, als schäme er sich, und setzte seine Arbeit fort.

Nicht alle waren traurig. Manche Personen machten einen geradezu ausgelassenen Eindruck. Ihre Griffel huschten nur so über die Tafel, und manchmal lachten sie sogar. Andere hielten inne, betrachteten das Geschriebene und schienen es noch einmal zu überdenken. Auch bei diesen sah ich sowohl Lächeln als auch Stirnrunzeln. Niemand schien jedoch zu ermüden. Immerhin machten ein paar einen gelangweilten Eindruck.

Wenn ein Schreiber eine Tafel vollgeschrieben hatte, flog diese weg, schwebte ebenso durch die Ansammlung der Körper wie ich. Dann erschien augenblicklich eine neue Tafel, und die Person begann wieder zu schreiben. Alle Tafeln flogen in dieselbe Richtung, in die ich mich auch bewegte, als strebten alle einem Mittelpunkt entgegen, um den alle diese Leute schwebten.

»Was machen denn...«, wollte ich fragen, aber die Worte auf meiner Hand veränderten sich und sagten: »Da sind wir!«

Die Worte führten mich zu einem kleinen freien Platz zwischen einigen Zwergen, die eifrig vor sich hin kritzelten. Mit ein wenig Schieben und Drängeln quetschten mich die Worte in die Lücke. Eine Tafel tauchte in einer Hand auf, ein Griffel in der anderen. Ich sah mich nach irgendeiner Art von Anleitung um, doch die Worte waren verschwunden und die Leute um mich vollkommen in ihr Geschreibsel vertieft.

Doch das machte nichts. Meine Hand bewegte sich von selbst. Ohne mein Zutun erwachte sie plötzlich zum Leben und schrieb: M̲ᴇɪɴᴇ G̲ᴇꜱᴄʜɪᴄʜᴛᴇ.

Da überkam mich eine tiefe Ruhe. Wenn ich meine Zeit im Reich der Toten oder wo immer ich mich befand, damit verbringen sollte, meine Geschichte zu schreiben, würde das gewiß eine angenehme Erfahrung sein. Ich hatte immer gerne Geschichten erzählt. Eine Ewigkeit Zeit zu haben, um daran zu arbeiten, mußte ein Vergnügen sein.

Doch meine Hand schrieb einfach weiter, ohne daß ich es wollte. Sie schrieb:

Ich wurde dazu erzogen, anderen Leuten zu mißtrauen und mich selbst für wertlos zu halten. Als ich älter wurde, veranlasste mich mein Mangel an Vertrauen dazu, all jene, die ich liebte, von mir fernzuhalten. Um ganz sicherzugehen, dass ich niemandem zu nahe kam, tat ich denen, die ich liebte, schreckliche Dinge an. So bewies ich mir meine Wertlosigkeit. Die Verbitterung wurde zu meinem ständigen und letzten Begleiter. Ich starb. Ende.

Die Worte verblüfften mich. Erstens kam mir die Geschichte reichlich kurz vor. Schließlich war ich sechzig Jahre alt, und ich hatte vorgehabt, etwas viel Längeres zu schreiben. Zweitens fehlten alle Einzelheiten. Gewiß, ich war von meinen Eltern dazu erzogen worden, anderen Leuten zu mißtrauen. Gewiß, meine Mutter hatte mich an ein Ungeheuer verraten, und das war nicht sehr förderlich für mein Selbstwertgefühl gewesen. Aber alle *Einzelheiten* fehlten. Warum war ich so unglücklich? Was hatte ich anderen Leuten angetan? In den Einzelheiten lag das Leid. Und Leid war alles, was ich in einer Erzählung anzubieten hatte.

Aber diese Verwirrung und Enttäuschung war nichts im Vergleich zu dem, was als nächstes geschah. Die Tafel rauschte zu ihrem Bestimmungsort davon, und eine neue Tafel erschien. Wiederum fing meine Hand ohne mein Zutun an zu schreiben. Ich schrieb: Meine Geschichte.

Dann:

Ich wurde dazu erzogen, anderen Leuten zu mißtrauen und mich selbst für wertlos zu halten. Als ich älter wurde, veranlasste mich mein Mangel an Vertrauen dazu, all jene, die ich liebte, von mir fern-

ZUHALTEN. UM GANZ SICHERZUGEHEN, DASS ICH NIEMANDEM ZU NAHE KAM, TAT ICH DENEN, DIE ICH LIEBTE, SCHRECKLICHE DINGE AN. SO BEWIES ICH MIR MEINE WERTLOSIGKEIT. DIE VERBITTERUNG WURDE ZU MEINEM STÄNDIGEN UND LETZTEN BEGLEITER. ICH STARB. ENDE.

Dann schrieb ich es wieder. Und wieder. Und wieder.

Ich schrieb es gewiß fünfzigmal, bevor ich mich an einen der Zwerge neben mir wandte. Während ich weiterschrieb, fragte ich: »Wann hören wir damit auf?« Er sah mich mit einem beängstigend griesgrämigen Ausdruck auf seinem rundwangigen Gesicht an, dann richtete er den Blick wieder auf seine Tafel. Ich wandte mich an einen fröhlich aussehenden Zwerg und stellte meine Frage erneut. Der Zwerg lächelte und sagte: »Aufhören? Was solltest du sonst tun? Dein Leben ist vorbei.«

Ich schrieb MEINE GESCHICHTE, gefolgt von:

ICH WURDE DAZU ERZOGEN, ANDEREN LEUTEN ZU MISSTRAUEN UND MICH SELBST FÜR WERTLOS ZU HALTEN. ALS ICH ÄLTER WURDE, VERANLASSTE MICH MEIN MANGEL AN VERTRAUEN DAZU, ALL JENE, DIE ICH LIEBTE, VON MIR FERNZUHALTEN. UM GANZ SICHERZUGEHEN, DASS ICH NIEMANDEM ZU NAHE KAM, TAT ICH DENEN, DIE ICH LIEBTE, SCHRECKLICHE DINGE AN. SO BEWIES ICH MIR MEINE WERTLOSIGKEIT. DIE VERBITTERUNG WURDE ZU MEINEM STÄNDIGEN UND LETZTEN BEGLEITER. ICH STARB. ENDE.

»Ja«, sagte ich, »aber da war noch mehr.«

»Gewiß, gewiß«, sagte der Zwerg mit einem Lächeln, als er seine Lebensgeschichte wiederum beendete. »Aber ich glaube nicht, daß der Tod viel auf Einzelheiten gibt.«

»Aber das hier bedeutet doch überhaupt nichts«, sagte ich, mit einer neuen Tafel beginnend.

»Ist es Geschwafel?« fragte er überrascht.

»Nein. Ich meine mein Leben. So, wie es beschrieben wird. Es ist bedeutungslos.«

Der Arm des Zwergs verhielt einen Augenblick, als habe er plötzlich aufgrund der Bedeutungsschwere seines Gedankens die Kontrolle über seine Hand zurückerlangt. »Ich glaube nicht, daß Leben eine Bedeutung haben. Höchstens die Bedeutung, die wir ihnen verleihen. Deshalb haben wir Worte. Damit wir Dinge bestimmen können. Uns selbst bestimmen können. Bestimmen können, was uns wichtig ist.«

»Aber in dem, was ich hier schreibe, ist keine ... Ich bin nie dazu gekommen, meine Bedeutung zu bestimmen.«

Er betrachtete mich sehr ernst und sagte: »Das tut mir leid zu hören.« Er starrte mich noch ein wenig länger an, während unsere Hände weiterarbeiteten, und unsere Blicke trafen sich. Dann richtete er seine Aufmerksamkeit wieder auf seine Geschichte. Er lächelte über das, was er schrieb.

Eine Zeitlang war ich viel zu verwundert, um irgend etwas zu unternehmen. Ich konnte mich nicht einmal aufregen oder wütend werden. Meine Hand schrieb und schrieb und schrieb. Ich schrieb die kurze, erbärmliche Geschichte hundertmal, tausendmal. Schließlich wandte ich mich wieder an den fröhlichen Zwerg. »Es scheint irgendein Fehler vorzuliegen. Ich wollte nicht, daß mein Leben so wird. Ich habe meine Lektion oder was auch immer gelernt, und ich würde es gerne noch einmal versuchen. Der Tod ist doch gefangen. Richtig? Es *ist* möglich, hier herauszukommen.«

»Ich glaube, du brauchst jemanden in der Welt der Lebenden, der etwas für dich tut. Jemanden, der eine unglaubliche Tat vollbringt, damit ein Wunder geschieht.« Er lächelte, von einer Idee hingerissen. »Hast du jemanden, der dich vermissen wird? Vielleicht versucht man, dich von den Toten zu erwecken.«

Darüber brauchte ich nur einen Augenblick nachzudenken. »Nein.«

Sein Lächeln schmolz dahin. »Dann weiß ich wirklich nicht, was ich sagen soll.«

Gereizt fragte ich: »Wie lautet denn deine Geschichte?« Mein Tonfall war kindisch. Es störte mich, daß er so glücklich dabei war, seine Geschichte immer und immer wieder zu schreiben.

Er lächelte mich verschämt an. »Nein. Ich glaube nicht, daß ich sie dir erzählen sollte. Ich weiß nicht einmal, ob wir das dürfen.«

Ich schrieb: DIE VERBITTERUNG WURDE ZU MEINEM STÄNDIGEN UND LETZTEN BEGLEITER. »Komm schon«, schnappte ich. »Was sollen sie denn machen? Dich umbringen?«

Er lächelte und sagte: »Also gut.« Er sah auf die Tafel, die er beschrieb, und las laut mit.

»Meine Geschichte. Ich wurde zur Waise und meinem Schicksal überlassen.« Ich fühlte mich bereits unbehaglich. Mir war klar, daß er ein furchtbares Schicksal erlitten und trotzdem noch etwas Gutes daraus gemacht haben würde. »Ich hatte kein Zutrauen, daß irgend etwas Gutes aus dem Kontakt mit anderen entstehen könnte. Ich vertraute niemandem. Ich wollte mir das Leben nehmen. Als ich darüber nachdachte, wurde mir klar, daß ich den Rest meines Lebens ohne das Risiko eines Fehlschlags leben konnte, wenn ich mir vorgaukelte, daß ich bereits tot war. Ich war ja bereits tot, was konnte es mich also kosten, Leuten zu vertrauen? Ich vertraute den Leuten, und den Rest meiner Tage genoß ich die Gesellschaft anderer.« Er lachte und sagte: »Ende.«

»Das habe ich auch versucht«, rief ich. »Das mit dem Vorgaukeln des Todes.«

»Ist das nicht zum Lachen?« sprudelte es in der Erwartung aus ihm heraus, daß ich seine Heiterkeit teilte.

Doch ich sagte nur: »Bei mir hat es nicht geklappt! Oder vielleicht doch, aber irgendwie habe ich mir die

Gelegenheit entgehen lassen... Ich bin wieder in den alten Trott...«

»Das tut mir leid«, sagte er mit traurigem Blick. »Wirklich.« Er sah wieder nach unten und lächelte über die Absurdität seiner Geschichte. Wie hatte er glücklich werden können, indem er sich vorlog, tot zu sein? Doch es schien funktioniert zu haben.

Ich arbeitete ebenfalls weiter. Stunden vergingen. Tage. Ich schrieb und schrieb und schrieb. Weder Sonne noch Sterne drehten sich am Himmel. Die Zeit wurde bedeutungslos. Wichtig war nur, daß ich meine Geschichte immer und immer wieder schreiben mußte. Ich wartete auf irgendeine Veränderung im Text. Es schien so, als müsse mir irgendwann gestattet werden, ein wenig zu lernen. Mich mit irgendeinem Bestandteil meiner Vergangenheit zu versöhnen. Aber nein. Nichts veränderte sich. Ich war dazu verurteilt, immer wieder dasselbe zu schreiben. An irgendeinem Punkt, nachdem ich MEINE GESCHICHTE Tausende und Abertausende von Malen geschrieben hatte, schlich sich ein unsagbares Entsetzen in meinen Verstand. Ich würde auf immer und ewig so weitermachen. Ohne Abweichung. Ohne Erlösung. Ohne Veränderung. Ohne Glück oder Zufriedenheit. Ich hatte mein Leben gelebt. Es war beendet. Das war es.

Ich schrieb: MEINE GESCHICHTE.

ICH WURDE DAZU ERZOGEN, ANDEREN LEUTEN ZU MISSTRAUEN UND MICH SELBST FÜR WERTLOS ZU HALTEN. ALS ICH ÄLTER WURDE, VERANLASSTE MICH MEIN MANGEL AN VERTRAUEN DAZU, ALL JENE, DIE ICH LIEBTE, VON MIR FERNZUHALTEN. UM GANZ SICHERZUGEHEN, DASS ICH NIEMANDEM ZU NAHE KAM, TAT ICH DENEN, DIE ICH LIEBTE, SCHRECKLICHE DINGE AN. SO BEWIES ICH MIR MEINE WERTLOSIGKEIT. DIE VERBITTERUNG WURDE ZU MEINEM STÄNDIGEN UND LETZTEN BEGLEITER. ICH STARB. ENDE.

Ich mußte hier heraus. Ich wußte nicht, wie ich es schaffen sollte. Aber nach der hundertmillionsten Wiederholung konnte ich es nicht mehr ertragen. Letzten Endes war mein Leben zu langweilig, um es immer wieder zu lesen. Etwas mußte geschehen.

Mein einziger Hinweis hinsichtlich der Geografie des Totenlandes waren die Tafeln, die sich aus unseren Händen lösten und alle in dieselbe Richtung flogen. Selbst wenn sie nicht an einem wichtigen Ort landeten, würde es sich doch, so folgerte ich, immerhin um einen Ort handeln. Wenn ich einen Ort erreichen konnte, hatte ich zumindest einen Orientierungspunkt.

Ich verbrachte lange Zeit damit, um Hilfe zu rufen, zu verlangen, daß mich jemand zum Tod führte, so daß ich mit ihm reden konnte. Niemand kam, aber einige der Schreiber bedachten mich mit einem blasierten, wissenden Lächeln, als hätten sie mein Verhalten schon ach so oft gesehen.

Ich versuchte mich an meine Tafel zu hängen, wenn sie davonrauschte, aber meine Lebensgeschichte glitt mir immer wieder durch die Finger.

Schließlich kam mir die Idee, die Tafel eines anderen zu packen, wenn sie an mir vorbeiflog. Das Problem, das erste Problem, war die Tatsache, daß meine Hände ständig und automatisch meine Geschichte schrieben. Ich hatte sie nicht mehr unter Kontrolle. In der winzigen Zeitspanne, die zwischen der Vollendung einer Tafel und dem Erscheinen einer neuen lag, waren meine Hände jedoch unbeschäftigt. In diesem Augenblick versuchte ich meinen Arm auszustrecken und stellte fest, daß ich es konnte. Schwierig war nur, auf eine Tafel zu warten, die dicht an mir vorbeiflog, wenn meine Hände frei waren. Jedesmal, wenn ich das Wort ENDE schrieb, sah ich mich nach einer Tafel in meiner Nähe um. Sie kamen aus allen Richtungen und lenkten mich so sehr ab, daß ich mich nicht auf eine einzige zu konzentrieren vermochte. Ich konnte mich niemals entschließen, nach welcher Tafel ich greifen sollte, und so rauschten alle an mir vorbei.

Nachdem ich scheinbar eine Ewigkeit gewartet und meine simple, jämmerliche Geschichte auf unzählige Tafeln gekritzelt hatte, beschloß ich, mich auf einen Bereich zu konzentrieren – nur in eine Richtung zu sehen und alle anderen Möglichkeiten zu ignorieren. Als ich das letzte Wort niederschrieb, waren meine Hände plötzlich frei, und ich sah eine Tafel auf mich zufliegen. Meine Finger erwischten sie, klammerten sich einen Moment lang daran fest, doch dann flog die Tafel weiter. Diese Erfahrung ermutigte mich jedoch, da sie bewies, daß mein Plan durchführbar war. Die Kraft, die die Tafel vorantrieb, war wahrscheinlich stark genug, um mich mitzuziehen.

»Was machst du da?« fragte der fröhliche Zwerg.

»Ich muß hier raus«, antwortete ich, während ich nach einer anderen Tafel Ausschau hielt.

»Aha.«

»Es gibt keine Möglichkeit, hier rauszukommen«, sagte der griesgrämige Zwerg.

»Ich muß es versuchen.«

Der fröhliche Zwerg sagte: »Ja. Er muß es versuchen. Was kann ein Versuch kosten?«

»Welchen Sinn hätte das?«

»Ich nehme an, deine Geschichte hatte kein besonders gutes Ende«, sagte ich.

»Sie ist sinnlos«, antwortete der griesgrämige Zwerg, während er seine Geschichte neuerlich niederschrieb.

»Tatsächlich«, sagte der fröhliche Zwerg, »enden sie alle gleich. Wir alle sterben. Es liegt in der Natur der Sache, daß die Spannung nachläßt.«

»Du warst ein dämlicher Idiot!« bellte der griesgrämige Zwerg.

»Kanntet ihr euch?« fragte ich.

»Nein. Aber sieh ihn dir doch an. Wie kann man auf sein Leben zurückblicken und so fröhlich sein.«

»Aber mein Leben ist so absurd«, sagte der fröhliche Zwerg. »Ich muß einfach lachen.«

»Absurd?« fragte ich.

»Natürlich. Ich habe es dir doch vorgelesen. Ich habe mein ganzes Leben mit dem Bedürfnis gelebt, mich zu vervollkommnen. Ich meine, das steht nicht in der Geschichte, aber ich weiß, daß es so ist. Meine Eltern waren immer so stolz auf mich, wenn ich irgend etwas tat. Ich war Edelsteinschleifer, und sie liebten meine Fähigkeiten. Liebten sie über alles. Überhäuften mich mit Lob dafür, wie ich einen Edelstein schleifen konnte. Aber kein Edelstein war je gut genug für mich – denn je vollkommener ich ihn schliff, desto mehr Lob bekam ich. Als ich heranwuchs, priesen immer mehr Leute meine Fähigkeiten. Ich strebte in allem nach Vollkommenheit. Ich wurde Gildenmeister in Märkteburg. Ich hielt alle anderen dazu an, ebenfalls perfekt zu sein. Ich tat alles ab, was meinen Anforderungen nicht genügte – und ich kann euch versichern, daß nicht viel übrigblieb.« Er fing an zu lachen, als betrachte er die Erinnerungen eines anderen aus großer Distanz und erkenne ganz deutlich die Dummheit des armen Mannes. »Jeder respektierte mich, aber keiner stand mir nahe. Ich habe mich nie verliebt...«

»Ich mich auch nicht«, sagte der griesgrämige Zwerg.

»Ich glaube, ich schon«, sagte ich. »Aber ich bin nicht sicher.«

»Genau das habe ich gemeint«, sagte der griesgrämige Zwerg. Er schien keine klare Vorstellung von seinem Leben zu haben. Wenn ich behauptet hätte, wir seien alle Kaulquappen gewesen, hätte er dies wahrscheinlich als Möglichkeit in Betracht gezogen.

»Nun, ich glaubte, ich hätte mich verliebt, aber jetzt denke ich anders darüber«, sagte der fröhliche Zwerg. Er schrieb weiter, während er redete. Ein paar andere, die in unserer Nähe hockten, hörten jetzt ebenfalls zu, aber die meisten blieben ihrer Aufgabe treu und bewahrten sich ihre mürrischen Mienen. »Ich erteilte Ratschläge, und die Leute hörten zu. Ich schliff Edelsteine, und jedermann kam, um einen Blick darauf zu werfen. Man sprach über mich. Aber ich glaube nicht, daß viele Leute mit mir gesprochen haben. Sie befürchteten, ich könnte ihre Worte ebenso geschickt zurechtschleifen, wie ich es mit den Edelsteinen tat.«

»Das klingt nicht sehr fröhlich oder absurd«, sagte ich.

»Das ist es ja«, sagte der Zwerg mit einem kurzen Lachen. »Ich war *traurig*. Ich glaubte nicht, daß mein Schliff gut war. Wenn ich von der Arbeit nach Hause kam und mir meine Frau Komplimente machte...«

»Ich dachte, du hättest gesagt, du hättest dich nicht verliebt«, sagte der griesgrämige Zwerg.

»Ich habe sie auch nicht geliebt«, sagte der Zwerg, ohne auch nur einen Augenblick ins Stocken zu geraten, und fuhr dann fort. »Wenn sie mir, stolz, wie sie auf mich war, Komplimente machte, hielt ich sie für beschränkt – weil ich wußte, wie sinnlos und unzulänglich meine Arbeit war. Nichts, was ich je tat, war mir gut genug. Ich kommandierte sie im Haus herum und versuchte sie zu einer Handlung zu zwingen, die meinen Beifall verdiente. Sie hielt mich für wunderbar, und so wollte ich ihr begreiflich machen, was für eine furchtbare Person ich war. Erst dann hätte ich sie respektieren können.« Ein Ausdruck des Bedauerns huschte über seine Züge, und er lächelte, als sei er erstaunt. »Und sie war eine wunderbare Frau! In ihr steckte so viel Liebe!«

»Du sagtest, du hättest sie nicht geliebt«, sagte der griesgrämige Zwerg.

»Das habe ich auch nicht. Sie hat mich geliebt. So sah also mein Leben aus. Eines Tages kam ein umfangreicher Auftrag aus Throal. Und ich nahm einen Hammer und machte Anstalten, jeden einzelnen Edelstein, der mir anvertraut worden war, zu zerschmettern. Ich war mir dessen nicht einmal bewußt, bis ich dazu ansetzte. Ich schwang den Hammer auf dieselbe gleichgültige Art, wie ich meine Schleif- und Schneidewerkzeuge benutzte. Ich hob ihn über den ersten Edelstein, der strahlend blau und wunderschön war, und kurz bevor ich ihn herabsausen ließ, ging mir plötzlich auf, was auf dem Spiel stand. Meine Frau kam herein und sagte: »Liebling?« Ich blickte auf, sah, daß sie mich anstarrte, sah ihren Ausdruck der Liebe und der Besorgnis. Der Hammer fühlte sich lächerlich schwer in meiner Hand an. Plötzlich fühlte ich mich in meinem eigenen Leben fehl am Platze und legte den Hammer nieder. Mir ging auf, daß ich keine Ahnung hatte, warum ich Edelsteine schliff.«

»Ich wette, deine Arbeit hat dir nicht gefallen«, sagte der griesgrämige Zwerg.

»Doch. Das war ja das Interessante daran. Es endete damit, daß ich Edelsteine schliff bis zu meinem Todestag, als ein Riesenadler einen Herzanfall bekam, zur Erde stürzte und mich zerquetschte. Ich liebte meine Arbeit. Die Leute brachten mir immer seltene Steine mit einem riesigen Potential für Schönheit, und meine Aufgabe bestand darin, diese Schönheit zum Vorschein zu bringen.«

Der griesgrämige Zwerg wurde jetzt immer gereizter. »Was sollte dann die Sache mit dem Hammer?«

»Ich hatte meine Arbeit nie *genossen*. Anfänglich vielleicht schon, aber dann nicht mehr. Ich hatte meine Liebe für diese Beschäftigung gegen den Beifall aller anderen eingetauscht. Ich hatte meiner Passion für meine Arbeit seit Jahren keine Beachtung mehr geschenkt. Ich verwandelte meine Tätigkeit in etwas, das ich nur des Geldes und des Beifalls wegen tat.«

»Was hast du dagegen getan?« fragte ich. Seine Geschichte war anders als meine. Aber ich hörte Ähnlichkeiten heraus. Ich glaubte, etwas von ihm lernen zu können.

»Zuerst habe ich den Vertrag mit Märkteburg aufgelöst. Tatsächlich befreite ich mich von allen Arbeitsverpflichtungen, die ich für die nächsten Monate eingegangen war. Ich hatte ein wenig Geld gespart und wußte, daß ich eine Zeitlang zurechtkommen würde.«

»Ich bin sicher, deine Frau war hingerissen«, brummte der griesgrämige Zwerg.

»Tatsächlich hat sie mich sogar darin bestärkt. Sie wollte, daß ich glücklich bin. Sie hat immer gewollt, daß ich glücklich bin. Meine Unzufriedenheit hatte sie unglücklich gemacht.«

»Warum ist sie bei dir geblieben?« Diese Frage gehörte zur Sache, denn ich konnte nur glauben, Releana habe immer damit gerechnet, daß irgendwann eine Art Verwandlung in mir stattfinden würde. Warum sonst hätte sie mir so viele Chancen geben sollen?

»Sie hat mich geliebt. Und dafür habe ich keine Erklärung. Sei es für die Liebe meiner Frau zu mir oder für irgend jemandes Liebe zu irgend jemandem.«

Ich wäre nie auf die Idee gekommen, der Grund könne so simpel sein. Mein Verstand hatte sich unzählige Entschuldigungen für Releanas Zuneigung ausgedacht. Sie hatte keinen Geschmack. Sie war schwach. Sie war eine Närrin. Sie hatte das Bedürfnis, mich zu retten. Sie wußte nichts Besseres mit ihrer Zeit anzufangen. Die Möglichkeit, daß sie sich trotz all meiner Fehler etwas aus mir gemacht haben könnte, traf mich wie ein Schock. »Was hast du getan?« fragte ich.

»Nun, als Handwerker im Edelsteingewerbe hatte ich im Laufe der Jahre selbst ein paar Steine gesammelt. Kleine Steine. Keine wirklich wertvollen Exemplare, die Fürsten und Könige und wohlhabende Kaufleute ansprechen. Aber nichtsdestoweniger schöne Steine. Und sie gehörten mir. Ich holte sie aus der Schatulle, in der sie gewartet hatten, manche davon jahrelang, und arrangierte sie auf einem schwarzen Tuch in meiner

Werkstatt. Jeder von ihnen, insgesamt ein Dutzend, funkelte in anderen Farben des Sonnenlichts, das durch das Fenster fiel. Ich verbrachte einen ganzen Tag nur damit, sie zu betrachten und darüber nachzudenken, wie ich jeden einzelnen schleifen würde. Und dann machte ich mich an die Arbeit. Ich brauchte Monate, da ich einige nicht so bekannte Schliffe ausprobieren wollte. Weil sie mir gehörten, konnte ich alle erforderlichen Risiken eingehen. Wißt ihr, die meisten Leute wollen das kaufen, was sie schon kennen, was sie schon einmal gekauft haben. Sie glauben, daß sie etwas Neues bekommen, aber normalerweise ist das nicht der Fall. In meiner Zeit als Edelsteinschleifer hat nur ganz selten jemand Wert darauf gelegt, daß ich etwas Neues ausprobierte. Aber jetzt arbeitete ich für niemand anderen. Ich arbeitete für mich.

Also verbrachte ich Monate mit meinen Steinen. Und eine seltsame Friedlichkeit breitete sich in meinem Haus aus. Ohne die Notwendigkeit, meine Frau mit unzähligen Worten zu beschäftigen, wie ich mich mit unzähligen kritischen Bemerkungen über mich selbst beschäftigte, hatten wir tatsächlich die nötige Ruhe, um miteinander zu reden. Ich erfuhr, daß sie in der Dämmerung gerne lange Spaziergänge durch die Straßen Märkteburgs unternahm. Ich hatte immer gedacht, sie eile aus dem Haus, um mir aus dem Weg zu gehen. Doch bald erkannte ich, daß sie gar nicht eilte. Das hatte ich mir nur eingebildet. Ich erfuhr auch, sobald ich sie fragte, daß ihr nichts lieber sein würde als meine gelegentliche Begleitung. Nicht immer, denn wie sie sagte: ›Das sind *meine* Spaziergänge.‹ Aber manchmal. Und so wanderten wir durch die Stadt. Ohne den Drang, alles und jedes ständig zu bewerten, konnte ich den Stimmen der Leute um mich lauschen und alle Eindrücke aufnehmen, auch die Kleinigkeiten, die mir so oft entgangen waren. Ein Kind, das einem anderen Kind aufhalf. Ein Mann, der vor sich hin pfiff, während er Holz schleppte. Eine Frau, die eine Orange schälte und sie dabei hungrig und voller Vorfreude beäugte.

Die Dinge verloren die Bedeutung, die ich ihnen zuvor zugeordnet hatte. Erfolg machte sich an den Einzelheiten des täglichen Lebens fest, wenn sie sich ohne großes Aufheben zusammenfügten, und nicht an der Fähigkeit, andere herumzukommandieren und als unfähig zu entlarven. Auf diesen Spaziergängen hielt meine Frau meine Hand. Und vielleicht zum erstenmal in meinem Leben spürte ich ihre Berührung. Es war wie ein Wunder für mich. Die ganze Zeit, die wir zusammen verbracht hatten, hatte ich ihren Körper als eine Ansammlung von einzeln zu bewertenden Teilen betrachtet. Ich hatte die meisten meiner Gedanken für mich behalten, aber ich glaube, sie hat es immer gewußt. Doch jetzt – wie soll ich sagen? – war ihr Fleisch nicht mehr Fleisch, nicht mehr von ihr isoliert. Es war eine Verkörperung ihrer Lebensgeschichte und dessen, was sie in der Gegenwart war. Ich fühlte mich nicht nur deshalb von ihr angezogen, weil ihr Körper anziehend war, sondern weil es eine Möglichkeit war, wie sich unsere Geschichten treffen und verbinden und miteinander verschmelzen konnten.«

Praktisch alle in der unmittelbaren Umgebung des Zwergs hörten jetzt zu, obwohl ihre Hände nach wie vor ohne Unterlaß ihre Geschichten schrieben. Manche lächelten versonnen über seine Worte, andere starrten trübsinnig zu Boden. Wieder andere hatten Tränen in den Augen. Alle von ihnen, dessen war ich sicher, dachten über ihr eigenes Leben nach, über das Leben vor ihrem Tod, als sie noch die Möglichkeit zu leben hatten, eine Möglichkeit, die jetzt nicht mehr existierte. Ich tat es jedenfalls.

»Was hast du getan, als das Geld zur Neige ging?« fragte der griesgrämige Zwerg mit einer Spur Hohn. Ihm kam es ganz eindeutig darauf an, eine Spur von

Verzweiflung in der Geschichte des fröhlichen Zwergs zu finden.

»Natürlich habe ich wieder mit der Arbeit angefangen. Man tut, was man tun muß, um zu essen. Aber die Arbeit war jetzt anders. In dieser Zeit war es, als ich auf die Idee kam, mir das Leben zu nehmen. Ich habe mir diese Möglichkeit wirklich durch den Kopf gehen lassen, weil ich spürte, wie die Depressionen meiner Vergangenheit an den Rändern meiner neu gewonnenen Lebensfreude knabberten. Ich dachte: Wenn ich mir das Leben nehme, wird meine Frau traurig sein, und meine Nachbarn haben etwas, worüber sie eine Weile tratschen können. Aber mit der Zeit würden mein Tod, der Bestimmungspunkt meines Lebens, ebenso wie mein Leben selbst in Vergessenheit geraten. Andere, selbst meine Frau, würden ihr Leben weiterleben. Das war alles. Doch mit diesen Gedanken im Hinterkopf konnte ich leben, als ob ich gestorben sei. Von der Notwendigkeit befreit, Erfolg zu haben, konnte ich dieses zweite, zufällig gefundene Leben genießen. Ich konnte kostbare Steine schleifen, nicht weil ich *mußte*, sondern weil ich *wollte*. Also überantwortete ich mein Leben den Passionen und beschloß, mein Leben in der absurden Ansicht zu leben, daß ich glücklich sein konnte, nicht weil ich Grund hatte, glücklich zu sein, sondern weil ich keinen Grund hatte, *nicht* glücklich zu sein.«

Nur die Geräusche der kritzelnden Griffel auf den Tafeln waren zu hören, nachdem der fröhliche Zwerg geendet hatte. Wir alle, die wir dicht aneinandergepreßt dahockten, schwiegen für eine lange, lange Zeit. Bis schließlich jemand hustete und einer nach dem anderen seine Aufmerksamkeit wieder auf seine eigene Geschichte richtete. Eine Geschichte, die offenbar jeder, komme, was da wolle, für den Rest der Ewigkeit immer wieder niederschreiben würde. Ich konnte nur daran denken, daß es im Totenreich mehr Reue und

Bedauern gab als an jedem anderen Ort, von dem ich je gehört hatte.

»Ich kann verstehen, warum du lächelst, wenn du deine Geschichte schreibst«, sagte ich.

»Sie ist völlig lächerlich«, pflichtete er mir mit einfältigem Grinsen bei.

Der griesgrämige Zwerg schnaubte zustimmend.

»Und erfreulich obendrein«, sagte ich. »Aber jetzt muß ich versuchen, ins Reich der Lebenden zurückzugelangen.«

»Bist du enttäuscht von deiner Geschichte?«

Ich bin sicher, ich rollte mit den Augen, als ich über *diese* Frage nachdachte. »O ja. Aber da gibt es auch noch einen kleinen Jungen, der in kleine Stücke zerlegt worden ist ...«

»Tot?«

»Nein. Er lebt. Jedenfalls lebte er noch, als ich ihn zum letztenmal gesehen habe.«

»Unglaublich.«

»Wir alle erleben absurde Dinge im Leben.«

»Wir müssen nur dafür sorgen, daß wir nicht nur die Tragik zur Kenntnis nehmen.«

Ich dachte darüber nach. »Ja. Und eine Frau, der ich weh getan habe ...« Meine Stimme verlor sich.

»Deine Frau?«

»Der habe ich auch weh getan. Aber ich meine eine andere Frau. Vor kurzem bin ich ... über sie hergefallen ...«

Er zuckte zusammen, und selbst der griesgrämige Zwerg sah von seiner erbärmlichen Geschichte auf und starrte mich an. »Hast du sie vergewaltigt?« fragte der fröhliche Zwerg, der jetzt längst nicht mehr so fröhlich war.

Ich konnte keinen von beiden ansehen. »Ja. Im letzten Augenblick habe ich mich zurückgehalten, aber die Absicht ...«

Der fröhliche, jetzt nicht mehr so fröhliche Zwerg

fragte: »Bist du sicher, daß du zurückgehen willst? Es scheint, als hätten sich die Dinge für dich im Reich der Lebenden nicht so gut entwickelt.«

Ich starrte ihn jetzt an, als brauchte ich seine Erlaubnis, um meine Absicht in die Tat umzusetzen, und sagte: »Ich habe nur Reue und Bedauern aus meinem Leben mitgenommen. Ich brauche mehr als das, wenn ich hier hocken und meine Geschichte bis in alle Ewigkeit schreiben soll.«

»Du wirst niemals hier herauskommen«, sagte der griesgrämige Zwerg.

»Vielleicht doch«, sagte der fröhliche Zwerg, dessen Stimmung sich jetzt wieder hob.

»Ich muß.«

»Du kannst es auf jeden Fall versuchen. Es gibt keine Erfolgsgarantie. Aber an diesem Punkt...« Er zuckte die Achseln.

Eine Tafel flog auf mich zu, als meine Hand gerade ENDE schrieb. Ich griff zu und packte die Tafel mit beiden Händen.

»Viel Glück«, rief mir der fröhliche Zwerg nach, während mich die Tafel durch die unendlichen Leibermassen zog. Eine weitere Tafel tauchte in meiner Armbeuge auf – eine neue Tafel, um darauf meine Geschichte zu schreiben, und ich legte sie auf die Tafel, an die ich mich klammerte. Meine Hand mit dem Griffel schrieb wieder meine kurze, verzweifelte Geschichte auf.

Ich rauschte durch die Menge, schlug hier und da Leute aus dem Weg. Allein wäre die Tafel mühelos zwischen den Leuten hergeflogen. Doch da ich an ihr klebte, war es wesentlich schwieriger. Mehrfach konnte ich mich nur mit allergrößter Mühe festhalten, als ich Leute rammte. Aber ich ließ nicht los – in der Hoffnung, die Tafel würde mich ins Leben zurückführen.

Auf meinem Flug las ich die Geschichte auf der Tafel. Ich las sie in Bruchstücken, da ich nur in den winzigen Pausen zwischen dem Abfliegen einer beendeten Tafel und dem Eintreffen einer neuen einen Blick darauf werfen konnte. Die Geschichte lautete: MEINE GESCHICHTE.

ICH BETRACHTETE DAS LEBEN ALS EINE REIHE VON TÜREN. ALS ICH JUNG WAR, STANDEN SIE ALLE VOR MIR: GELEGENHEITEN. ALS ICH ÄLTER WURDE, SCHLOSSEN SIE SICH HINTER MIR, EINE NACH DER ANDEREN. VERPASSTE GELEGENHEITEN. MEIN LEBEN WURDE WENIGER UND WENIGER. ICH VERBRACHTE ALL MEINE ZEIT DAMIT, MICH NACH DEN VERSCHLOSSENEN TÜREN UMZUSEHEN. DIE LETZTE TÜR SCHLOSS SICH. ICH STARB. ENDE.

Als ich die Geschichte gelesen hatte, erfüllte mich der Gedanke mit einer Art von grimmigem Trost, daß das Leben ihres Verfassers in mancherlei Hinsicht noch erbärmlicher gewesen sein mußte als meines.

Meine Reise schien kein Ende zu nehmen. Ich versuchte mich zu erinnern, wie lange ich schon unterwegs war. Oder zumindest, wieviel Zeit seit meinem Tod vergangen war. Aber ich konnte nicht in Zeitbegriffen denken. Ich konnte mich an besondere Ereignisse seit meiner Ankunft erinnern, jedoch nicht die Spanne abschätzen, die zwischen ihnen lag.

So flog ich weiter, an Hunderttausenden von Leuten vorbei, die alle eifrig vor sich hin schrieben. Mir kam der Gedanke, daß die Tafeln möglicherweise nirgendwohin flogen. Vielleicht umkreisten sie diesen seltsamen Ort nur oder landeten irgendwann in der Hand eines anderen Schreibers, wobei die Worte auf rätselhafte Art und Weise verschwanden.

Kaum hatte ich diesen Gedanken gefaßt, als ich plötzlich meine Mutter entdeckte.

Ich sah nur einen Teil ihres Gesichts – das rechte Auge und die Stirn, alles von einem Gewirr aus Trollarmen und T'skrang-Schwänzen eingerahmt. Der Teil sah aus, als sei sie Mitte dreißig, also so alt wie an dem Tag, als sie im Kaer zu Tode gesteinigt worden war. Der Schock bewirkte, daß ich die Tafel losließ und mein Flug zu einem abrupten Ende kam.

Sofort bahnte ich mir einen Weg zu ihr, indem ich hier einen Arm und da ein Bein aus dem Weg schob und mich durch die Menge drängte. Ein paar Leute funkelten mich wütend an, doch die meisten ignorierten mich oder brummten irgend etwas vor sich hin, wenn ich über sie hinweg oder unter ihnen hindurch kletterte. Wenn man eine Ewigkeit lang immer dasselbe tut, bringt das einen gewissen Mangel an Interesse für alles mit sich, nehme ich an.

Als ich sie erreichte, schrieb sie eifrig vor sich hin, die Stirn vor Anstrengung gerunzelt. Ihre Haut wies keinerlei Spuren der Steinigung auf. Doch in gewisser Weise sah sie älter aus, als ich sie in Erinnerung hatte. Sie blickte nicht auf, als ich ihren Arm umklammerte.

»Mutter?« sagte ich.

Da sah sie auf, beäugte mich mißtrauisch. Mit kalten Augen. »Was willst du?«

Wir beide schrieben unsere Lebensgeschichte, nur ein paar Zoll voneinander entfernt und umgeben von allen Toten des Universums. Zum erstenmal seit meiner Ankunft verspürte ich eine sonderbare Panik angesichts der vielen Leiber um mich herum, mit zu vielen Leuten an einem zu kleinen Ort eingesperrt. Ich fragte mich, ob ich wirklich bei meiner Mutter sein wollte.

»Ich bin J'role. Dein Sohn J'role.«

Sie musterte mich von oben bis unten. »Mein Sohn ist ein kleiner Junge.« Sie wandte sich wieder ihrer Beschäftigung zu.

Ich betrachtete meine Hände. Sie waren faltig und abgenutzt. Ich war *älter* als sie.

»Ich war noch ein kleiner Junge, als du gestorben bist. Ich habe noch fünfzig Jahre länger gelebt. Ich bin J'role.«

Sie sah wieder zu mir auf. In ihrer Kehle ein leichtes Zucken, als sie schluckte. Ich glaubte, sie könne etwas enthüllen. Endlich. Irgendeine Wahrheit. Oder etwas anderes. Es könne irgendein Austausch stattfinden. Doch sie sagte: »Und was willst du von mir?«

»Ich... ich will gar nichts von dir. Ich will...« Was wollte ich von ihr? Da war etwas, aber ich konnte es nicht in Worte fassen. »Ich wollte dich sehen. Mit dir reden.«

Sie sah wieder auf ihr Geschreibsel. »Dann rede.«

»Willst du nicht...? Bist du nicht im mindesten...? Ich weiß nicht... Neugierig wenigstens. Wie es mir ergangen ist? Irgendwas?«

Ihr Kinn zitterte. »Ich will dich wirklich nicht hier haben. In meiner Nähe.«

»Es tut mir leid.«

»›Es tut mir leid‹«, äffte sie mich nach. »›Es tut mir leid, es tut mir leid, es tut mir leid.‹ Du und dein Vater. Ihr konntet einfach nicht aufhören, euch zu entschuldigen. Du warst ihm so ähnlich.«

Jetzt ebenso wie damals, als sie dasselbe zu mir gesagt hatte, durchfuhr mich ein kummervoller Schmerz. »Es gefiel mir, Vater ähnlich zu sein.«

»Das überrascht mich nicht.«

»Was stimmte denn nicht mit ihm?«

»Wenn du es damals nicht bemerkt hast, wirst du es jetzt auch nicht mehr erfahren.«

»Warum konntest du uns nicht einfach liebhaben?« Die Worte überraschten mich.

Sie sah auf, wachen Auges, bereit zum Kampf. »Ich hatte euch lieb.«

Ich glaubte ihr. Ich sagte: »Warum hast du es dann nicht gezeigt?«

Ihr Mund öffnete sich, schloß sich dann wieder wie bei einem Fisch auf dem Trockenen. »Das habe ich.«

Wiederum ohne nachzudenken, sagte ich: »Nein. Nein, das hast du nicht.«

»Ich weiß es nicht.«

»Du hast mir dieses Unwesen in den Kopf gesetzt.« Meine Stimme hob sich, wie eine Windbö, die durch die Blätter rauscht, bevor das Gewitter losbricht. »Ich war acht Jahre alt, und du warst meine *Mutter*, und du hast mir dieses Ding in den Kopf gesetzt.«

»Ich dachte, es würde alles gut werden.«

»Alles gut? Alles gut?«

»Ich mußte deinen Vater und mich beschützen. Das Ding sagte, es würde mich töten. Und du warst noch so jung. Niemand würde etwas argwöhnen... Es sagte, es würde dir nichts tun...«

»Ich konnte nicht sprechen! Warum hast du es niemandem gesagt? Warum hast du keine Hilfe geholt?«

»Das wäre schlecht für uns gewesen.« Sie hielt inne, dann hob sie ebenfalls die Stimme. »Du warst noch ein Kind. Was wußtest du schon vom Leben im Kaer? Wir waren alle mehr oder minder Gefangene. Und hatten Angst. Angst vor den Dämonen. Angst vor einander. Das geringste Anzeichen von Schwäche, das geringste Anzeichen von Verdorbenheit, konnte einen das Leben kosten.«

»Du bist sowieso gestorben«, schnauzte ich seltsam zufrieden, kindisch.

»Ich bin gestorben, als du geboren wurdest.« Darauf konnte ich nichts erwidern. Nach einer langen Pause sagte sie: »Ich habe dich wirklich liebgehabt.«

»Du wolltest nur, daß ich sterbe.«

»Ich wollte, daß du anders bist.«

»Anders?«

»Du hast zuviel geredet. Wie dein Vater. Und du

warst immer so – rege! Du konntest einfach nicht aufhören herumzulaufen. Von einer Ecke in die andere. Und wieder zurück. Du hörtest einfach nicht auf. Ich wollte nur, daß du wenigstens ab und zu stillsitzt. Nur eine Pause machst. Warum konntest du nicht wenigstens ab und zu so sein, wie ich dich haben wollte?«

Ihre Worte verwirrten mich. Die Erinnerungen an meine Kindheit waren voll von Bildern, in denen ich stillsaß. Meiner Ansicht nach hatte ich meine Liebe zur Bewegung erst nach dem Tod meiner Mutter entdeckt. Nachdem alles schiefgegangen war. Als eine Flucht vor dem Elend meines Lebens.

»Willst du wissen, wie es mir ergangen ist, Mutter?«

Sie schwieg und schrieb einfach weiter. Dann nickte sie.

»Die Dinge haben sich nicht sehr gut entwickelt.«

»Das tun sie.«

»Für manche Leute schon. Nicht für mich. Nicht für dich. Du hast Enkel.«

Sie blickte auf.

»Zwei Jungen. Samael und Torran. Ich habe sie schon lange nicht mehr gesehen, aber einer ist ein Schwertmeisteradept, der andere ein Troubadouradept.«

»Ein Troubadour«, wiederholte sie mit Bedauern.

»Ihm gefällt, was er tut. Ich habe gehört, daß er sehr gut ist.«

»Was ist das für ein Leben? Sich Geschichten für andere Leute auszudenken. Große Künstler können das. Was glaubt er, wer er ist?«

»Es macht ihm Spaß.«

»Deinem Vater hat es nichts eingebracht.«

»Vater gefiel es. Es hat ihn glücklich gemacht.«

Mit zusammengebissenen Zähnen und in einem Tonfall, der mich beschwor, ihr endlich ein unergründliches Rätsel zu erklären, fragte sie: »Warum?«

»Ich weiß nicht, warum. Er war eben so.«

Sie sah weg, absolut unzufrieden mit meiner Antwort. Nach einer weiteren längeren Pause fragte sie: »Willst du sonst noch etwas?«

»Ich habe immer deine Liebe gewollt.«

»Die habe ich dir gegeben. Die hattest du.«

»Ich wollte um meiner selbst geliebt werden, weil ich ich war.«

»Das war mir nicht möglich. Mit dir hat so vieles nicht gestimmt. Wenn du doch nur einmal auf mich gehört hättest... Mit der Zeit...«

»Mit mir hat so vieles nicht gestimmt? Du hast mir ein Ungeheuer in den Kopf gesetzt! Und jetzt verurteilst du mich deswegen?«

»Das Ungeheuer ist deinetwegen gekommen. Woher willst du wissen, ob du nicht ein Ungeheuer im Kopf verdient hattest?«

Mir stieg die Galle hoch.

»Du weißt es nicht, habe ich recht?« sagte sie anklagend. »Ich glaube, du hattest dieses Ungeheuer verdient. Es ist wegen dir gekommen, und ich gab dir genau das, was du verdient hattest.«

»Ich war ein kleiner Junge.«

»Andere Jungen wußten, wie man sich benimmt.«

»Du nanntest es schlechtes Benehmen, weil du meine Mutter warst. Andere Mütter konnten sich mit dem Benehmen ihrer Kinder auch abfinden. Ich war einfach nur ein kleiner Junge.«

»Das glaube ich nicht. Wenn ich mit anderen Müttern sprach, habe ich mich geschämt, sagen zu müssen, daß mein Sohn seine Zeit mit Tagträumen vergeudet.«

»Wenn du dich so geschämt hast, warum hast du dann überhaupt von mir gesprochen?«

Das ließ sie innehalten, aber dann sagte sie: »Ich wollte, daß die Leute wußten, was ich mit dir durchmachte. Wie schwierig es war, dich aufzuziehen. Dich mit diesem Tagträumer von einem Vater aufzuziehen. Das weißt du gar nicht, oder? Du weißt nicht, was ich bei deiner Erziehung durchgemacht habe.«

Ihre kalten Worte wühlten mich zutiefst auf. Tot oder nicht, ich wollte nichts mehr mit ihr zu tun haben. Eine schreckliche Wut stieg in mir hoch. »Wie lautet deine Geschichte?« kreischte ich. Ich wollte, daß sie wirklich furchtbar war. Sie zog sich zurück und versteckte die Tafel vor mir. »Auf Wiedersehen, Mutter. Ich werde dich nicht mehr belästigen.«

Sie beendete ihre Geschichte, und die Tafel glitt ihr aus der Hand. Ich griff zu, packte sie und war wieder unterwegs.

Meine Mutter hatte geschrieben: MEINE GESCHICHTE.

MEINE ELTERN LEHRTEN MICH, DASS EIN JEDES WIE AUCH IMMER GEARTETE VERSAGEN GLEICHBEDEUTEND MIT EINEM VERSAGEN ALS PERSON WAR. ZWAR KONNTE ICH FÜR MICH SELBST NIE VOLLKOMMENHEIT ERREICHEN, ABER ICH VERBRACHTE MEIN LEBEN DAMIT, DAFÜR ZU SORGEN, DASS DIE PERSONEN, DIE ICH LIEBTE, NIEMALS VERSAGEN WÜRDEN, WIE ICH ES IMMER TAT. SOGAR DARIN HABE ICH VERSAGT. ALS SIE MICH AM DRINGENDSTEN BRAUCHTEN, LIESS ICH SIE IM STICH. ES GELANG MIR NICHT, SIE STARK UND VOLLKOMMEN ZU MACHEN, UND SO KONNTEN SIE MIR NICHT HELFEN. ICH STARB. ENDE.

Der Gedanke, daß meine Mutter ihre ichbezogene Geschichte bis in alle Ewigkeit schreiben würde, erfüllte mich mit einer sonderbaren Mischung aus Schadenfreude und aufrichtiger Trauer. Dinge an ihr, die ich zwar immer vermutet, doch niemals sicher gewußt hatte, ließen meinen Haß auf sie in voller Stärke ganz tief aus meinem Herzen kommen. Ich war froh, daß sie hier eingesperrt war, so daß jedermann sicher vor ihr war. Doch ein Teil von mir trauerte um den Verlust einer Mutter. Nicht um die Frau, die die Geschichte geschrieben hatte, sondern um die Mutter, von der ich wünschte, ihr geboren worden zu sein. Um jemanden, der... Ich fand nicht die richtigen Worte. Ich wußte nicht, was ich von einer Mutter gewollt hätte. Aber ich wußte, daß ich mir jemand anderen gewünscht hätte.

Wie anders wäre mein Leben mit einer anderen Mutter verlaufen!

Die Tafel zog mich immer weiter, und ich befürchtete schon, daß ich meinen sinnlosen Irrflug bis in alle Ewigkeit fortsetzen würde. Dann, nach einer Zeitspanne, die ich nicht näher bestimmen konnte, sah ich ein silbernes Licht vor mir. Ich sah es nur stückchenweise, denn die zusammengedrängten Leiber verdeckten mir die Sicht auf das, was mich erwartete. Doch als ich näher kam, wurde das silberne Licht immer heller. Und immer breiter. Innerhalb von Sekunden, so kam es mir jedenfalls vor, ragte eine Wand aus strahlend silbernem Licht vor mir auf, die sich in alle Richtungen und so weit erstreckte, wie mein Auge reichte. Dieser Ort war es, zu dem alle Tafeln flogen.

Die Leibermassen drängten sich nicht gegen diese Wand, sondern endeten mehrere Schritte vor ihr. Augenblicke, bevor ich sie erreichte, erkannte ich, daß die Wand leicht gekrümmt war, so daß sie wahrscheinlich eine riesige Kuppel bildete. All die Leiber der Toten schwebten bis in alle Ewigkeit um diese Kuppel.

Mehrere Leute sahen mir nach, als ich vorbeiflog. Einige riefen mir Warnungen zu, nicht weiterzufliegen. Die Tafeln, so viele, daß ich sie nicht zählen konnte, rauschten auf die silberne Kuppel zu und lösten sich bei Erreichen der silbernen Wand auf. Ich wußte nicht, ob sie beim Auftreffen zerstört wurden oder irgendwie die Kuppelwand durchdrangen und in ein Land im Innern der Kuppel eintraten. Ich hatte keine Ahnung, was ich tun sollte – ob ich die Tafel meiner Mutter loslassen oder mich weiterziehen lassen sollte. Doch dann dachte ich an das Schicksal, das mich erwartete, wenn ich den Weiterflug nicht wagte: Ich würde den Rest der Zeit damit verbringen, meine erbärmliche Geschichte zu schreiben. Das konnte ich nicht ertragen. Ich umklammerte die Tafel noch fester und rauschte in die silberne Wand.

Die Tafel verschwand aus meinen Händen. Mit mehr Schwung, als mir lieb war, holperte ich über eine ausgedehnte Fläche verdorrten Grases und kam erst zum Stehen, als mir schwindlig war. Der Griffel hatte meine Hand verlassen, und keine neue Tafel erschien, auf der ich meine Geschichte zu schreiben hatte. Wenn nicht mehr, so hatte ich doch zumindest erreicht, mich von meinem schrecklichen, endlosen Schicksal zu befreien.

Wahrnehmungsvermögen und Schmerzempfinden waren jäh zurückgekehrt, und ich bewegte meinen müden, alten Körper nur langsam. Das vom Himmel herabfallende Licht erregte als erstes meine Aufmerksamkeit. Über mir wogte glühende Lava – schwarze und rote Strudel, die am Himmel kreisten. Das Land, auf dem ich lag, war eine kleine Insel, vielleicht drei oder vier Meilen im Durchmesser. Der Lavahimmel umschloß die Insel vollständig und machte so jede Flucht unmöglich. Augenblicklich kam mir die Legende von der Einkerkerung des Todes in den Sinn, und ich wußte, daß der Tod ganz in der Nähe sein mußte.

Die Beschaffenheit der Landschaft bestätigte diesen Gedanken. Der Boden war wellig und mit kurzem, verdorrtem Gras bedeckt. Die verkümmerten Bäume, die alle in kleinen Gruppen beisammenstanden, hatten kahle, verwitterte Äste. Kein Vogel sang, kein Affe sprang von Ast zu Ast. Der wogende rote Lavahimmel warf ein schreckliches grelles Licht auf das Land. Alles schien aus Schatten zu bestehen.

Ich wartete, rechnete mit irgendeinem Angriff. Mit irgendeinem Ungeheuer. Mit den Handlangern des Todes.

Nichts.

Ich wartete noch eine Weile und erfreute mich an der Weite der Insel. Sie war zwar klein und auf allen Seiten von Lava umgeben, dafür aber drängten sich auf ihr nicht die Leiber wie im Totenreich. Das Verlangen, nie mehr an diesen Ort zurückzukehren – zumindest nicht, bevor ich meine Geschichte zu einer gemacht hatte, die ich bis ans Ende der Zeit schreiben *wollte* –, trieb mich vorwärts. Ohne jeden Plan schritt ich einfach aus.

Das verdorrte Gras knirschte unter meinen Füßen. Das unangenehme Geräusch hallte in scharfem Gegensatz zur Stille auf der winzigen Insel matt in meinen Ohren. Bei jedem Schritt lief mir ein Schauer der Angst über den Rücken. Sogar Kyrethes Tränen wären an diesem verlassenen Ort noch eine angenehme Gesellschaft gewesen. In dem Wissen, daß das Gewicht des Todesmeers nicht nur auf mir lastete, sondern mich auch von der übrigen Welt – von allen lebenden Wesen – abschnitt, trug einiges zu meiner wachsenden Furcht bei.

Der Hügel, den ich erklomm, war höher als alle anderen in meiner unmittelbaren Umgebung. Auf seinem Gipfel sah ich, daß sich der Rest des Landes nicht von dem unterschied, was ich bereits kannte. Mit einer Ausnahme. Etwa im Zentrum der toten Insel stand ein entzückendes Gebäude auf einer mächtigen, ebenen Erhebung. Sein Fundament bestand aus weißen Steinen. Aus diesem Fundament erhoben sich dicke Säulen, welche die vier Wände des Gebäudes bildeten. Auf den Säulen ruhte ein Spitzdach.

Das Dach warf einen tiefen Schatten auf das Innere des Gebäudes, so daß ich zwischen den Säulen nichts erkennen konnte. Obwohl es wunderschön war, erfüllte es mich mit Furcht. Das rote Glühen der Lava am Himmel spiegelte sich in den glatten weißen Steinen. Wie das Fackellicht von Mordoms Handlangern damals in meinem Kaer und die Reflexion des Todesmeers auf Kyrethes weißen Laken erinnerte dieser Anblick an Blut. Dieser Gedankengang führte mich direkt zu den Dornen der Elfenkönigin, zum Tod meines Vaters, zum Tod meiner Mutter, zur Verstümmelung meiner...

Meine Geschichte troff nur so von Blut. Ich war es leid. Es war nicht nur die Tatsache, daß mein Leben voller Gewalt war. Wann immer es irgendwie möglich war, sahen meine Augen vergossenes Blut. Meine Phantasie war voll davon. Wenn irgend etwas auch nur im entferntesten an Blut erinnerte, griff ich den Anstoß auf, der dann in meinem Verstand herumirrte.

Wie vor Jahrzehnten der Dämon in meinem Kopf. Dinge, die mir durch den Kopf gingen. Alte Gewohnheiten. Alte Anblicke. Alte Reaktionen. Ich wollte sie nicht, aber sie blieben.

Das Gebäude war das einzig Interessante, und wenn ich irgend etwas tun wollte, um meine Daseinsumstände zu ändern, würde ich dorthin gehen müssen.

Nach kurzer Zeit stellte ich fest, daß ich nicht nur die Größe der Insel, sondern auch die Größe des Gebäudes falsch eingeschätzt hatte. Beide waren viel größer als ursprünglich angenommen. Wahrscheinlich hatte ich mich deshalb verschätzt, weil die Größe des Lavahimmels über mir zuerst über meinen Verstand gegangen war. Je näher ich dem Gebäude kam, desto höher ragte es vor mir auf. Die Säulen waren so breit wie Burgen und hoch genug, um die Wolken zu erreichen. Einst hatte ich geglaubt, sollte mir je ein Drache begegnen, würde mich allein seine Größe vor Angst erstarren lassen. Das Gebäude lebte zwar nicht, aber seine Größe hatte dieselbe Wirkung auf mich. Am Fuß des Hügels blieb ich furchterfüllt stehen. Manche Dinge sind einfach zu groß, um sich ihnen zu nähern.

Doch welche andere Wahl hatte ich? Ich machte mich an das Erklimmen des Hügels, der steiler war, als ich zuerst gedacht hatte. Nach großer Anstrengung erreichte ich das Fundament des Gebäudes, das aus weißen Steinen bestand und mehrere hundert Ellen hoch war. Aus ihm erhoben sich die Säulen in den Himmel. Als ich den Kopf in den Nacken legte und zu den Säulen aufsah, machte mich der Anblick schwindlig. Rasch sah ich wieder zu Boden, aber ich brauchte eine Weile, um meinen Gleichgewichtssinn wiederzufinden.

Weiter unten sah ich eine riesige Steintreppe zur Spitze des weißen Fundaments führen. Nachdem ich mich ein wenig ausgeruht hatte, ging ich zu der Treppe und machte mich an den Aufstieg. Jede Stufe war mannshoch, und wäre ich kein Dieb und als solcher das Erklimmen von Mauern gewöhnt gewesen, um Wertsachen aus gut geschützten Türmen zu stehlen, hätte ich es wahrscheinlich nicht geschafft. Das Erklimmen der Stufen schien Stunden zu dauern, und ich mußte mich mehrfach ausruhen.

Ich konnte erst erkennen, was mich an der Spitze des Fundaments erwartete, als ich die letzte Stufe überwunden hatte, und der Atem gefror mir im Halse. Vor mir, im Schatten des Daches, lagen unzählige Tafeln. Die Sorte, auf der ich meine Geschichte geschrieben hatte. Tausende von ihnen stapelten sich um mächtige Mauern, die sich scheinbar willkürlich bis zum Dach erhoben. Es dauerte einen Augenblick, bis ich erkannte, daß diese Mauern ebenfalls aus Tafeln bestanden, die so hoch gestapelt waren, daß sie in der tiefen Dunkelheit über mir verschwanden.

Das Gefühl, neben den Säulen und jetzt auch den Stapeln von Tafeln zur Winzigkeit zu verblassen, verstärkte sich nur noch, als ich auf das Fundament und unter den düsteren Schatten des mächtigen Daches trat. Die Geräusche meiner Schritte und meines Atems wurden von den nackten Steinwänden zurückgeworfen. In den Tafelmauern taten sich zahllose Eingänge auf, und ich erkannte, daß ich vor einem irrwitzigen, gigantischen Labyrinth stand. Die trostlose, rot verhangene Landschaft hinter mir kam mir jetzt wie eine angenehme Erinnerung vor.

So leise wie möglich, marschierte ich weiter, wobei ich aufs Geratewohl einen der unzähligen Eingänge auswählte. Auf dem Boden waren unzählige Tafeln verstreut, alle mit kurzen Zusammenfassungen unvorstellbar vieler Leben beschrieben. Nach kurzer Zeit hatten mich die Mauern von jeglichem Licht abgeschnitten, das durch die Säulen drang, und ich war von völliger Dunkelheit umgeben. Mit der linken Hand an der Wand versuchte ich mir meinen Weg zu merken. Doch ich erkannte rasch, daß viele der Mauern eher kleine Inseln und vom Rest der Stapel getrennt waren. Tatsächlich handelte es sich nicht um einen Irrgarten, sondern einfach um eine ungeordnete Tafelsammlung. Ich stieß auf riesige leere Räume mit kleinen Stapeln zwischen größeren. Ich fand Stufen, die zu ebenfalls aus Tafeln bestehenden Plattformen führten, welche in Sackgassen endeten. Umzukehren wurde zu einer regelmäßigen Notwendigkeit.

Bald hatte ich keine Ahnung mehr, woher ich kam und wohin ich ging. Die undurchdringliche Schwärze überflutete meinen Verstand und vertiefte meine Angst. Ich glaubte ständig, jeden Augenblick müsse irgendein Ungeheuer auftauchen und mich zerreißen. Doch wenn es hier tatsächlich Ungeheuer gab, besaßen sie eine perverse Geduld. Nicht das geringste war zu hören. In Erwartung des Angriffs wurden meine Schritte immer zögernder. An einem so merkwürdigen und verwirrenden Ort gab es doch sicher irgendwelche Ungeheuer und Wächter.

Dann dachte ich mir – als ich mich an all die Dinge erinnerte, die ich in meinem Leben getan hatte –, wozu braucht man noch Ungeheuer, wenn J'role in der Nähe ist?

Gelächter, leise und entfernt, kaum hörbar, riß mich aus meinen Gedanken. Das Gelächter einer Frau. Es schien aus allen Richtungen zu kommen. Als ich ein paar Schritte machte, um die tatsächliche Richtung herauszufinden, endete es. Ich wartete in der Dunkelheit, versuchte so leise wie möglich zu atmen. Lange Zeit war es absolut still in den Gängen. Dann glaubte ich einen Seufzer zu hören, aber er war zu leise, um mir eine Hilfe zu sein. Das Warten dauerte an, bis ich schließlich ein lautes »Oh!«, gefolgt von Klagegeräuschen hörte. Ich orientierte mich rasch und fand eine Öffnung zwischen zwei Stapeln, durch die das Geräusch lauter zu hören war.

Mein Bestreben nach Lautlosigkeit zurückstellend, eilte ich so schnell ich konnte durch die Gänge, da ich die Ursache der Laute finden wollte, bevor das Weinen verstummte.

Ich hörte die letzten Schluchzer durch den Gang hallen, bevor sich erneut Stille herabsenkte. Ich war jetzt ganz nah und folgte einfach der Richtung, die ich zuvor eingeschlagen hatte. Ich mußte an einige merkwürdige Geschichten denken und fragte mich, ob die Laute vielleicht von irgendeinem Ungeheuer verursacht wurden, das mich immer tiefer in das Labyrinth lockte, um mich dann dort meinem Schicksal zu überlassen.

Doch als ich um die nächste Ecke bog, sah ich ein Stück weit den Gang entlang einen schwachen Abglanz roten Fackellichts auf einer Tafelmauer flackern. Ängstlich und erbittert zögerte ich nicht, sondern ging rasch an den unendlichen Tafelreihen vorbei und auf das Flackern zu. Je näher ich der Lichtquelle kam, desto besser konnte ich erkennen, wie hoch die Tafeln über mir aufragten. Ich wurde von zwei Tafelmauern eingerahmt, die sich Hunderte von Ellen über mir in der Dunkelheit auflösten und sich hoch über mir aneinanderzulehnen schienen. Ich war nicht sicher, aber mir kam es so vor, als reichten die Mauern höher, als es das Dach, welches ich von draußen gesehen hatte, gestattet hätte. Irgendwie war das Gebäude immer größer geworden, je weiter ich eingedrungen war. Hier in diesem Gebäude, da war ich mir sicher, befanden sich alle Tafeln, die von den zahllosen Toten je geschrieben worden waren. Übertriebene Leidenschaften und gescheiterte Pläne, Funken der Hoffnung und der Freude. Meine größten Schrecken und schlimmsten Taten schienen aus mir herausgepreßt zu werden, und ich fragte mich, wie ich meinen kurzen Aufenthalt im Reich der Lebenden so hatte vergeuden können.

Vor mir wurde das Fackellicht immer heller. Eine weitere Biegung im Gang enthüllte eine weitere Lichtung im Urwald der Tafeln. Diese enthielt jedoch viele Feuer, die in Urnen aus Knochen brannten. Meine Augen, die sich an die tiefe Finsternis gewöhnt hatten, konnten vor dem Hintergrund der hell lodernden Flammen nichts erkennen. Doch aus der tiefen Schwärze zwischen den Flammen hörte ich die Stimme einer Frau. Überrascht sagte sie: »J'role?«

Ich betrat den freien Platz, während sich meine Augen an das helle Licht gewöhnten. Die Urnen, insgesamt sechs, bildeten einen großen Kreis in einem Raum, der aus Stapel um Stapel endlos aufgeschichteter Tafeln bestand. In der Mitte dieses Raumes stand ein großer Tisch aus grauem Stein. Auf dem Tisch waren zahlreiche Steintafeln verstreut. Hinter dem Tisch befand sich ein Stuhl, ebenfalls aus Stein. Eine bezaubernde Frau in den Dreißigern erhob sich von diesem Stuhl und lächelte mich an. Ihr Haar war kurz und schwarz, ihre Haltung selbstsicher. Etwas an ihren Augen erinnerte mich an Releana. Wiederum sagte sie: »J'role?« Sie lächelte, ein seltsames und zugleich erfreutes Lächeln, als habe sie meine Ankunft nicht vorausgesehen, freue sich nun aber um so mehr, daß ich tatsächlich eingetroffen war.

Was mich betraf, so überkam mich ein merkwürdiges Gefühl. In der Art, wie sie sich bei meiner Ankunft erhoben und dann meinen Namen ausgesprochen hatte, spürte ich große Zuneigung für mich. Und diese Zuneigung, die sie mir entgegenbrachte, rief eine gleichgeartete Zuneigung bei mir hervor. Irgendwie kam es mir so vor, als sei sie eine Tochter – eine Tochter, die ich nie gehabt hatte. Aber sie brachte mir etwas entgegen, von dem ich mir vorstellte, daß es das war, was zwischen Eltern und Kindern fließt, die sich lieben und einander respektieren.

»Ich bin... ja, J'role«, antwortete ich. Bevor ich meine Frage – wer sie war und woher sie meinen Namen kannte – formulieren konnte, war sie hinter ihrem Schreibtisch hervorgetreten und kam mir forsch entgegen. Ihre Augen waren vom Weinen gerötet. Sie

breitete die Arme aus und umarmte mich. Drückte ihr Gesicht an meine Wange. Zuerst wußte ich nicht, wie ich reagieren sollte, doch sie hielt mich so lange, daß ich mich genötigt sah, etwas zu tun. Also schlang ich die Arme um sie und erwiderte die Umarmung. So blieben wir eine Zeitlang, und ich spürte die Last meines Lebens von mir gleiten.

Schließlich löste sie sich von mir und nahm meine Hände in ihre. »Du hast so viel durchgemacht, nicht wahr? Es tut mir so leid.« Sie drehte sich um, und auf ein Winken ihrer Hand tauchten zwei Stühle aus makellosem, glänzendem roten Holz auf. Sie führte mich zu ihnen und sagte mit beinahe tadelnder Stimme: »Also. Was machst du hier?«

Sie bedeutete mir, mich zu setzen, aber ich sagte: »Du bist der Tod?« Sie blieb stehen, lächelte. Nickte, ein Funkeln der Belustigung über meine Verwirrung in den Augen. Ich sagte: »Ich hatte dich mir ...«

»Böser vorgestellt? Bedrohlicher? Ich versichere dir, daß ich das manchmal auch bin.«

Ich wußte, daß die Passionen, wenn sie den Leuten erscheinen, unterschiedliche Gestalten annehmen – Gestalten, die für den Betrachter einen, wenn auch manchmal dunklen Sinn ergeben. Ich fragte sie, ob ihre Erscheinung auch so zu verstehen war.

»So ähnlich. Es ist sehr kompliziert.« Sie setzte sich. Sie bot mir den anderen Stuhl nicht an, sondern schien zufrieden damit zu sein, daß ich saß oder stand, ganz wie ich wollte. »Ich nehme an, daß du ...«

Ich fiel neben ihr auf die Knie und nahm ihre Hand in meine. Ich konnte nicht anders. »Du erinnerst mich an jemanden.«

Der Anflug von Frohsinn verschwand aus ihrem Gesicht und hinterließ eine Spur von Trauer. »Ich werde jemandem ähnlich sehen, den du im Leben verloren hast. Ich bin der Tod.«

»Ich habe nie jemanden gekannt, der so aussah wie

du. Deine Augen... Sie erinnern mich an die Augen meiner Frau. Du hast etwas an dir...«

Sie betrachtete ihre Arme, als seien sie ein neues Schmuckstück oder Gewand, das sie zum erstenmal angelegt hatte. »Ich sehe für dich wie eine junge Frau aus? Ungefähr im Alter deiner Söhne? Dann könnte ich die Tochter sein, die du hättest haben können.«

»Ich hätte eine Tochter haben können?«

Sie zuckte die Achseln, drückte meine Hand. »Vielleicht mit Releana, wenn sich die Dinge besser entwickelt hätten...« Ihre Stimme verlor sich. Offenbar wollte sie nicht darüber reden, was hätte sein können.

Der Gedanke, eine Tochter zu haben, erfüllte mich sowohl mit Trauer als auch Erregung. Trauer, weil ich sie nicht hatte, Erregung, weil diese Frau einen so zuversichtlichen und selbstbewußten Eindruck machte. Nach einem Augenblick des Nachdenkens verwirrte mich das, und ich sagte: »Ich kann mir meine Söhne nicht so selbstbewußt vorstellen, wie du es bist. Ich glaube nicht, daß ich der Vater hätte sein können, um dich großzuziehen.«

Sie zögerte einen Augenblick, dann entschloß sie sich zum Reden. »Wahrscheinlich hast du recht. Ich bin eine Person, die du im Leben verloren hast. Jemand, der Teil deines Lebens hätte sein können und doch nicht sein konnte. Ich bin die verpaßte Gelegenheit deines Lebens.«

Trauer einer Art, wie ich sie noch nie zuvor erlebt hatte, überfiel mich. Ich hatte immer meine Vergangenheit bedauert. Aber die Möglichkeit einer verpaßten Zukunft war mir nie in den Sinn gekommen. Als ich ihr bezauberndes Gesicht betrachtete, dachte ich, wie wundervoll es gewesen wäre, solch eine Person in der Welt zurückzulassen. Daß die Leute meiner gedachten, indem sie von ihr sprachen, die so stark und zuversichtlich war. Und nicht Lieder über die Schnitte dichteten, die ich meinen Söhnen zugefügt hatte. Ich senkte den Kopf, und die Tränen rannen mir über die Wangen.

»Schhhh, schhhh«, machte sie tröstend. Sie legte mir die Hände auf die Schultern, zog mich an sich und tätschelte mich. »Es ist ja alles gut. Es ist ja alles gut.«

»Nichts ist gut«, sagte ich. »Alles, aber auch wirklich alles ist schiefgegangen.«

»Aber jetzt bist du tot. Jetzt kann nichts mehr schiefgehen.« Sie sagte das so, als seien die Worte mehr ein Trost für sie als für mich.

Ich löste mich von ihr. Immer noch auf den Knien, sagte ich: »Deshalb bin ich hergekommen. Ich muß in das Reich der Lebenden zurückkehren. Da gibt es noch ein paar Dinge ... ich weiß nicht. Die ich beenden muß. Um die ich mich kümmern muß.«

Sie lächelte wissend, plötzlich voller uralter, verspielter Weisheit. »Jeder muß noch Dinge beenden oder sich um Dinge kümmern. Das Leben ist seinem Wesen nach unvollständig. Und das biete ich an. Vollendung.«

Ich wußte nicht ganz, was sie meinte, beschloß aber, die Frage nicht weiterzuverfolgen. »Ja«, sagte ich so taktvoll wie möglich. »Ja, weißt du, ich möchte eben diese Unvollständigkeit zurückhaben.«

Sie lehnte sich zurück. Betrachtete mich ausgiebig. Stand auf. »Das glaube ich nicht.« Sie trat hinter ihren Schreibtisch und hob die Hand. Augenblicklich erschien ein Stapel von Tafeln auf dem Tisch. Darunter befanden sich auch Tafeln, die ich beschrieben hatte. Doch die Worte, die sie vorlas, waren nicht die Worte, die ich geschrieben hatte. Sie überflog den Text und las nur einzelne Passagen. »Von der Mutter verraten. Der Vater ein starker Trinker. Dein Mentor hat dich während der Initiation als Diebesadept gefoltert ...«

»Was du vorliest, ist nicht das, was auf der Tafel steht.«

»Es ist das, was ich deinen Worten entnehmen kann.

Wenn du deine kurze Geschichte schreibst, überlagerst du die Worte mit Gedanken und Erinnerungen.«

»Warum müssen wir immer wieder dasselbe schreiben?«

Sie musterte mich mit einem Anflug von Ungeduld. »Jedesmal, wenn ihr eure Geschichte schreibt, legt ihr etwas anderes hinein. Indem ihr euch immer wieder darauf konzentriert, könnt ihr euch an immer mehr Dinge erinnern.«

Ich erkannte, daß mir die Tafeln egal waren, und kam wieder auf mein Bedürfnis zu sprechen, zu den Lebenden zurückzukehren.

»Nein«, sagte sie. »Du bist tot. Du gehörst jetzt mir und wirst bis ans Ende der Zeit deine Geschichte schreiben. Oder so lange, bis ich euch Wesen durchschaut habe.«

»Was für Wesen?« fragte ich.

»Euch alle. Euch Wesen. Euch lebendige Wesen.«

»Was willst du wissen?« In einem Augenblick absoluter Torheit glaubte ich, wenn sie mir die Frage einfach und direkt stellte, würde ich sie beantworten und mich auf den Weg zu den Lebenden machen können.

Sie legte die Fingerspitzen auf den Schreibtisch und starrte mich an. Dann sagte sie: »Warum lassen sich manche Leute von keinem wie auch immer gearteten Unglück unterkriegen, während andere wiederum daran zerbrechen und zugrunde gehen?«

»Was?«

Sie wiederholte die Frage.

»Ich habe keine Ahnung«, gab ich ungläubig zurück. »Was hat das mit all den Leuten zu tun, die immer wieder ihre Geschichte schreiben müssen?«

»Ich verstehe die Leute nicht. Ich will sie aber verstehen.«

So verzaubert war ich von ihrer sterblichen Hülle gewesen, daß ich vergessen hatte, wer sie in Wirklichkeit war: der Tod. Ihre Erwähnung der ›Leute‹ rief mir diese Tatsache wieder ins Gedächtnis. »Tötest du uns deshalb? Um uns zu verstehen?«

Sie starrte auf den Tisch. »Ich habe das mit euch Sterblichen schon zuvor erlebt. Ihr begreift niemals. Wir sollten auch nicht so tun, als ob du es könntest. Aber ich habe eine besondere Vorliebe für dich, J'role. Du hast in deinem Leben so viel Schreckliches mitgemacht und dich trotzdem nicht unterkriegen lassen. Ich werde mich so klar wie möglich ausdrücken. Wenn es keinen Abschluß im Leben gibt, keinen Tod, hat das Leben keine Bedeutung, und wenn ein Leben keine Bedeutung hat, kann ich aus ihm nichts lernen. Es ist nicht nur so, daß die Sterblichkeit auch allen eine Perspektive gibt – das Gefühl, daß euer Leben wichtig ist. Nein, nur dann, wenn jemand tot ist, kann eine Lebensgeschichte erzählt werden. Bis dahin besteht immer die Möglichkeit, daß der Bogen der Erzählung eine dramatische Wendung nimmt. Was zuvor nur eine unbedeutende Einzelheit war, kann plötzlich eine hervorragende Bedeutung annehmen. Was einmal der Hauptantrieb in einem Leben war, kann plötzlich zur Bedeutungslosigkeit verblassen. Nur im Tod kann ein Leben richtig studiert werden.«

Ich wich mehrere Schritte von dem Tisch zurück. »Wir sterben nur, weil du uns verstehen willst?«

»Ja«, seufzte sie. »Das Universum hat euch alle geschaffen, und jetzt will ich euch verstehen. Die Passionen haben keinen Sinn dafür, aber so ist es nun mal. Wenn es nach ihnen ginge, würdet ihr alle ewig leben.«

»Was wäre daran falsch?«

Sie sah mich verwirrt an. Lächelte. »Falsch? Ich habe nicht gesagt, daß es falsch wäre. Es wäre nur etwas, das ich nicht will.«

»Du verursachst den Lebenden all das Leid nur aus *Neugier*? Du bringst die Leute um, läßt Waisen, Witwen...«

Sie straffte sich. »Ich glaube nicht, daß *du* mich dafür tadeln darfst, daß ich Leid verursache, J'role.«

»Nein. Vermutlich nicht. Also sterben wir und schreiben dann unsere Geschichte, bis du alles gelernt hast, was du über uns lernen willst ...«

»Ich höre niemals auf zu lernen. Ich könnte die Geschichte jeder einzelnen Person immer wieder lesen. Es findet sich immer etwas.«

Ich hieb mit der Hand auf den Tisch. »Ich will aber nicht für immer und ewig dieselbe Geschichte schreiben. Ich muß zurück. Du *mußt* mich einfach freigeben. Ich habe in der Vergangenheit gelebt – in den Leiden meiner Kindheit –, *und das mein Leben lang!* Ich muß ... Ich muß erwachsen werden. In der Welt leben und nicht im Gefängnis der Leiden längst vergangener Jahre.«

Sie setzte sich wieder, sichtlich erregt. »Daran hättest du denken sollen, bevor du dich in die glühende Lava gestürzt und damit dein Leben weggeworfen hast.«

»Das war ein Versehen!« sagte ich und griff mir an die Stirn. In meinem Kopf drehte sich alles. Ich war überwältigt vom Wahnsinn der Worte, der Vorstellungen. »Ich will es rückgängig machen.«

»So ist der Tod nicht. *Ich* bin nicht so.«

»Bitte«, sagte ich sehr leise. »Es sind schon Leute zurückgekommen. Ich weiß, daß es vorkommt. Ein Mann, den ich getötet habe, ist zurückgekommen. Bitte. Ich will tun, was du gesagt hast. Meine Geschichte ändern. Ich will nicht mehr in der alten Geschichte gefangen sein.«

»Diese Leute, jene, die zurückkehren, haben andere, denen etwas an ihnen liegt«, sagte sie kategorisch. »Die sich anstrengen, damit ein Wunder geschieht.«

»Ich habe niemanden«, sagte ich mit zusammengebissenen Zähnen. »Niemand wird mich vermissen.«

Ihre Züge wurden weicher. »Ich weiß, J'role. Aber hier hast du einen Platz. Mir liegt etwas an dir. Wirklich.«

In diesem Augenblick wußte ich, daß das stimmte. Meine Geschichte, mein Leid, bedeutete ihr etwas. Und nicht nur deshalb, weil ich ein interessantes Studienobjekt war. Ihr lag einfach deshalb etwas an den Leuten, weil wir ihr alle etwas bedeuteten. Ich hatte ihren Drang nach Verständnis zuerst für eine Art Trockenübung gehalten, aber jetzt erkannte ich, daß sie tatsächlich voller Mitgefühl und Anteilnahme war. Ich spürte, wie meine Entschlossenheit ins Wanken geriet. Wenn ich ins Reich der Lebenden zurückkehrte, riskierte ich ein erneutes Versagen. Wenn ich bei ihr blieb, war ich in Sicherheit. Meine Erinnerungen würden schmerzlich sein, aber ich würde sie zumindest kennen. Darin lag ein gewisser Trost.

Doch was war mit Neden? »Es gibt jemanden, den ich retten muß.«

»Das können andere tun. Dein Leben ist vorbei.«

»*Ich* muß es tun.«

»Du kannst es nicht.«

»Und Kyrethe. Sie ist allein... ich...«

»Ich weiß. Sie wird dort sterben. Oder auch nicht. Das braucht nicht mehr deine Sorge zu sein.«

Sie sprach die Wahrheit, und diese Wahrheit traf mich wie ein Hammerschlag. Das brauchte nicht mehr meine Sorge zu sein. Ich mußte gar nichts mehr tun. Brauchte mich um nichts mehr zu kümmern. Und doch tat ich es. Ich wollte zu ihnen zurück. Um ihnen zu helfen.

Sie studierte mein Gesicht. »Du bist nicht bereit, dich damit abzufinden, nicht wahr?«

»Nein. Ich kann nicht. Ich meine – ich kann schon. Ich will nur nicht. Ich *ziehe es vor*, nicht zu wollen.«

Darüber mußte sie lächeln. »Interessant. Warum hast du dir dann das Leben genommen?«

»Das sagte ich doch. Ein Versehen.«

»Ein dramatisches Versehen.«

»Ich bin eine dramatische Person.«

Sie lachte. »Ich gebe die Toten nicht so leicht her. Ich will euch alle ganz nahe bei mir haben. Aber manchmal, wenn mir jemand helfen kann, euch zu verstehen, gebe ich ihm eine zweite Chance im Leben.«

»Ja«, flehte ich.

»Dann sag mir: Warum halten manche Leute in der Not aus, während andere untergehen? Warum hast du dich dem Willen der Theraner gebeugt und hat deine Frau ihr ganzes Wesen der Flucht verschrieben? Warum hast du sechzig Jahre lang überlebt, trotz all der schrecklichen Dinge, die dir angetan worden sind, und trotz all der Schuldgefühle, die du wegen der schrecklichen Dinge hattest, welche du anderen angetan hast, nur um eines Tages aus einem absonderlichen Impuls heraus aus dem Leben zu treten?«

Die Fragen waren so gewaltig, daß ich vor ihnen buchstäblich zurückwich. In meinem Verstand herrschte eine einzige große Leere. Ich konnte mir um nichts in der Welt vorstellen, wie ich Antworten auf diese Fragen finden sollte.

»Ich weiß nicht...«, begann ich, bevor mir klar wurde, daß mir die Wahrheit im Augenblick keinen guten Dienst leisten würde. »Ich brauche Zeit.«

»Zeit hast du im Überfluß«, sagte der Tod. Und damit war die Frau, die meine Tochter hätte sein können, verschwunden.

Sie nahm den Tisch, die Stühle und die mächtigen Urnen mit den Feuern mit. Sie nahm alles mit außer der Dunkelheit. Das abrupte Verschwinden erschreckte mich fürchterlich, und eine Zeitlang stand ich einfach da und wartete auf eine neue Überraschung. Doch als nichts geschah, setzte ich mich auf den Boden und machte mich auf die Suche nach den Antworten auf die Fragen des Todes.

Ich fand keine.

Ich dachte an die beiden Zwerge – der eine fröhlich, der andere griesgrämig. Der fröhliche Zwerg hatte sich von seinem Elend befreit, als er den Hammer gehoben hatte. Warum?

Ich dachte an meine Mutter, die versucht hatte, jeden zu vervollkommnen, weil sie selbst nicht vollkommen war. Sie opferte mich ihren Ängsten vor dem Dämon, anstatt die Bestie selbst zu bekämpfen. Warum?

Ich dachte an Releana, die vielleicht ein paarmal die Hoffnung verloren hat, als wir dich und Torran gesucht haben, aber in ihrer Beharrlichkeit niemals nachließ. Warum?

Kyrethe im Turm, nach all den Jahren immer noch am Leben, hatte ihre Geschichte in den Stein der Mauern geritzt. Und wartete darauf, daß ihr Leben eine Wendung erfuhr. Warum?

Woran liegt es, wenn zwei Personen mit fast demselben Hintergrund mit ähnlichen Umständen – leidvollen, harten Umständen – konfrontiert werden und einer mit diesen Umständen fertig wird und der andere im Elend versinkt?

Theorien gingen mir durch den Kopf, eine nach der anderen.

Die Passionen geben uns unerwartete Eingebungen. Doch wir rufen die Passionen an. Sie können uns nichts geben, was nicht bereits in uns steckt.

Manche Seelen sind ganz einfach anders als andere. Aber das erklärt nicht, was anders an diesen Seelen ist, und das fand ich auch nicht heraus.

Manche Tage sind schlimmer als andere. Aber Depressionen dauern manchmal jahrelang. Warum enden manche und andere nicht?

Ich hatte keine Ahnung.

Ich wartete lange Zeit in der Dunkelheit und dachte und dachte, bis ich nicht mehr denken konnte. Warum halten manche Leute aus und lassen sich andere überwältigen? Ich weiß es bis heute nicht.

Schließlich kehrte der Tod zurück, und ich war froh, weil deprimiert, und wollte nur noch mein Schicksal besiegeln.

»Was kannst du mir über Sterbliche und meine Fragen sagen?« begann sie.

»Ich habe nichts hinzuzufügen. Es ist mir ebenso ein Rätsel wie dir.«

»Seltsam, daß die Sterblichen das immer sagen. Ich bin der Tod und ganz anders als ihr Sterblichen. Mir ist klar, daß ihr für mich nur schwer zu verstehen seid.« Sie lächelte. »Aber daß ihr euch selbst immer noch ein Rätsel seid. Trotz eures Handels und aller Städte, die ihr gebaut habt, und eurer Magie – ihr wißt immer noch nicht, wer ihr seid.«

»Würdest du mich bitte gehen lassen?«

»Warum willst du mich verlassen?«

Sie stellte die Frage mit derart aufrichtiger Anteilnahme, daß ich zuerst nicht wußte, was ich darauf antworten sollte. Auf der anderen Seite konnte ich aber auch den Gedanken nicht ertragen, meine Geschichte immer wieder schreiben zu müssen. Das sagte ich ihr auch.

»Aber es ist *deine* Geschichte«, konterte der Tod. »Ergötze dich daran.«

»Wirklich, das kann ich nicht. Ich habe sie gelebt. Wenn ich bis zum Ende der Zeit etwas schreiben soll, dann muß es etwas anderes sein.«

»Nein, J'role. Das ist das Leben, das du dir ausgesucht hast. Und das ist auch die Geschichte, die du schreiben wirst.«

Ich hielt es für sinnlos, ihr entgegenzuhalten, daß mir ein Teil meines Lebens von meinen Eltern aufgezwungen worden war. Ich fühlte mich verloren. Dann fiel mir ein, was ich von Mordoms Plan mitbekommen hatte. Ich fragte: »Stimmt es, daß du befreit wirst, wenn genug Blut in den Ländern vergossen wird, die an dein Meer grenzen?«

»Ich habe so etwas gehört, aber ich weiß es nicht sicher.«

»Aber es könnte stimmen.«

»Ja. Es könnte stimmen.«

»Und wenn du eines Tages befreit wirst?«

»Werde ich öfter Leute zu mir holen. Wiedererweckungen werden unmöglich sein. Ich werde immer mehr Geschichten sammeln und diese Geschichten hier aufbewahren.«

Diese Worte beunruhigten mich, aber ich machte meinen Vorschlag trotzdem. »Der Mann, den ich zuvor erwähnt habe, der von den Toten auferweckt wurde, Mordom...« Sie lächelte reumütig, nickte. »Er hat einen Plan, um einen Krieg in Barsaive zu verhindern. Er hat vor, den Konflikt zwischen Thera und Throal auf friedlichem Weg zu lösen, und zwar durch Verrat und Täuschung.« Der Tod war interessiert und beugte sich vor. »Wenn ich ihn aufhalte, würde der Konflikt weiterbestehen und höchstwahrscheinlich zu offenen Feindseligkeiten führen.«

Sie dachte einen Augenblick nach, ging dann um ihren Schreibtisch herum und setzte sich. »J'role, das sieht dir gar nicht ähnlich. Dein Hang zur Gewalt kommt ziemlich unerwartet. Du willst mir helfen freizukommen? Das setzt ein Akzeptieren der Tatsache voraus, daß du bald für die Verkürzung unzähliger Leben verantwortlich sein könntest.«

»Nur wenn der Konflikt tatsächlich zu Gewaltausbrüchen führt.«

»Was, wenn man die Sterblichen kennt, sehr wahrscheinlich der Fall sein wird.«

»Dieses Risiko nehme ich auf mich.« Ich überraschte mich selbst, als ich das sagte. In die Ecke gedrängt, war ich gewillt zu versuchen, Mordoms Plan auch auf die Gefahr hin zu vereiteln, daß der Tod freikam.

»Keine Schuldgefühle?«

»Ich tue das nicht nur für mich. Ich will nicht, daß Mordom seinen Plan ausführt. Ich will nicht, daß er dem Jungen etwas antut. Ich will nicht, daß er über Throal herrscht.«

»Aber natürlich tust du es für dich. Du bittest mich, *dich* gehen zu lassen. Meine Frage an dich lautet, warum sollte ich? Jemand anders könnte diesen Mordom aufhalten. Oder unzählige andere Dinge könnten schiefgehen. Warum sollte ich dich freilassen, um dieser Situation zu begegnen?«

»Weil«, sagte ich langsam, während die Antwort in meinem Kopf Gestalt annahm, als ich die Worte formulierte, »wenn du mich mit so einem festen Ziel vor Augen gehen läßt und ich dann zurückkehre, was ich eines Tages zweifellos tun werde, die Geschichte, die ich dann schreibe, sehr wohl etwas über das Wesen deiner Fragen enthüllen könnte. Ich bin zweifellos schon sehr tief gesunken. Wenn ich versage und nicht über meinen Schatten springen kann, werden wir etwas über die Macht des Versagens erfahren. Doch wenn ich Erfolg habe, läßt sich daraus gewiß eine Erkenntnis ziehen, warum manche Leute einfach nicht aufgeben.«

Ein schüchternes, zufriedenes Lächeln bildete sich auf ihrem reizenden Gesicht. »Du bist sehr gut. Ich wünsche dir alles Gute, und ich hoffe, durch deine Handlungen wird reichlich Blut in Barsaive fließen.« Sie winkte mit der Hand. Alle meine Tafeln verschwanden vom Tisch außer einer. Sie nahm sie und gab sie mir. »Zerstöre sie, und du bist frei.«
»Wo werde ich sein nach der ...«
»Wiederbelebung?«
»Ja.«
»Zeitlich und räumlich irgendwo in der Nähe der Stelle in Zeit und Raum, an der du gestorben bist. Es läßt sich nicht genau sagen. Sterbliche, die Tote aufwecken, rufen die betreffende Person zu sich. Aber wenn du die Tafel zerstörst, zerstörst du damit auch die Geschichte. Das Ende existiert nicht mehr.«
»Minuten vom Zeitpunkt meines Todes? Wochen?«
»Alles ist möglich. In der näheren Umgebung.«
»Ich könnte direkt über dem Todesmeer auftauchen und sofort wieder sterben.«
Sie lächelte. Ich wußte sofort, daß sie ebenfalls an diese Möglichkeit gedacht hatte. »Aber dann hättest du es zumindest versucht.«
»Das würde die Geschichte verändern, nicht wahr?«
»O ja.«
Ich hob das Tafel. Der Tod musterte mich mit traurigem Blick. Ich wollte sie nicht enttäuschen. Ich wollte mich nicht enttäuschen. Was, wenn ich wieder in mein Leben trat und alles beim alten blieb? Was, wenn alles noch schlimmer wurde? Angst untergrub meine Entschlossenheit. Ich hatte mein Leben bereits ruiniert. Was ließ mich glauben, ich könnte es jetzt besser machen?

Ich begegnete dem Blick des Todes. Sie liebte mich. Das konnte ich jetzt ganz deutlich erkennen. Für sie war ich eine faszinierende Person mit einem faszinierenden Leben. Sie liebte alle Leute. Sie wies mich nicht ab angesichts all der anderen, die gelebt hatten und dann gestorben waren. Plötzlich wußte ich, was auch geschah, mein Leben, meine Geschichte, war wichtig. Ich war wichtig. Der Tod, erkannte ich, sah mich mit den Augen an, die ich mir bei meiner Mutter gewünscht hätte. Sie hatte mir etwas gegeben, was mir meine Mutter niemals gegeben hatte: Ein Selbstwertgefühl.

Ich warf meine Lebensgeschichte auf den Boden.

7

Durch geschmolzenes Gestein. Feurige Flüssigkeit trieb um mich, verbrannte mich mit ihrer unerhörten Hitze. Sie schmolz mein Fleisch, verbrannte eine Schicht nach der anderen. Alles, was mir an Schmerzen gefallen hatte, umhüllte mich jetzt, erfreute mich. Mit den Jahren hatte ich mich damit eingerichtet, und sie erinnerten mich daran, daß ich lebte. Sie waren das, was ich kannte.

Doch rasch wurden Hitze und Schmerzen selbst für mich zu stark. Nicht mehr kontrollierbar, nicht wie die Wunden, die ich mir selbst zufügte, oder die Bisse, um die ich Releana gebeten hatte, da ich wußte, sie würde eine gewisse Grenze nicht überschreiten. Die Hitze drang tiefer als mein Fleisch und direkt in das Zentrum meines Seins. Der Ursprung meines Lebens, meine Seele, wurde von einem schrecklichen Gluthauch versengt. Die glühende Lava ergoß sich in mich. Mir war nie klar gewesen, daß die Schmerzen des Fleisches *nichts* gegen die Schmerzen der Seele sind. Die Qual meines Lebens durchströmte mich, nicht als der dumpfe Schmerz, der mich jeden Tag beim Aufwachen begrüßte, auch nicht als die nagende Sehnsucht nach etwas Besserem, einem Glück, das jetzt verloren war, das ich aber noch aus glücklicheren Tagen kannte. Ich erinnerte mich an folgendes:

Ein Junge, ich, sechs Jahre alt. Ich saß in meinem Zimmer im Kaer auf dem Boden. Vor mir ein Haufen Holzklötze, die mein Vater von seinem Vater bekommen hatte und zuvor von Generation zu Generation weitergegeben worden waren. Das Licht spielte sanft auf meiner Haut, Licht von leuchtendem, warmem weißen Moos. Meine Konzentration war ganz auf die

Klötze gerichtet. Ich baute eine Stadt – oder das, was ich mir nach den Erzählungen meines Vaters unter einer Stadt vorstellte. Mauern darum. Hohe Gebäude. Straßen. Meine kleinen Hände, die sich mit den großen Klötzen immer noch etwas ungeschickt anstellten, schoben sie vorsichtig hin und her. Entwarfen irgendwie, ohne Übung, achteten auf die Balance. Auf den Maßstab. Ich wußte, wann etwas richtig aussah. Veränderte, wenn etwas nicht stimmte. Die Aufgabe des Bauens nahm mein Denken vollkommen in Anspruch. Zeit verging, ohne daß ich es bemerkte. Wir wußten, wir würden das Kaer bald verlassen. Vielleicht schon, wenn ich noch ein Kind war. Damals träumte ich davon, beim Wiederaufbau der Welt zu helfen. Ich würde Städte bauen. Das Glück anderer entwerfen. Aus meinen Träumen und den Träumen anderer würden Türme entstehen. Die Wirklichkeit würde aus Träumen gebildet werden. Und überlagert wurde alles von einer ungetrübten Freude. Bauen um der Liebe zum Bauen willen.

Ich hatte mich seit vielen, vielen Jahren nicht mehr an diesen Augenblick erinnert, in dem alles gestimmt hatte. Ich lebte, war ich selbst, und das hatte gereicht.

Das Gefühl, Jahrzehnte meines Lebens an Leid und Elend verloren zu haben, überfiel mich plötzlich mit ungehemmter Wucht. Ich schrie, und glühende Lava gurgelte durch meine Kehle. Ich weinte – blutige Tränen rannen meine Wangen hinunter. Alles, woran ich mich gewöhnt hatte, die Kompromisse, einer nach dem anderen, in denen ich mich damit abfand, daß das Leben eine einzige endlose Enttäuschung war, so daß ich das ganze Ausmaß meines Elends nicht mehr spürte, stand mir plötzlich klar und deutlich vor Augen. Alle meine Annahmen, meine erbärmlichen Gewohnheiten, wurden fortgeschwemmt. Mein Leid wurde mir nur allzu bewußt, und es schien unmöglich zu sein, so weiterzuleben wie bisher.

Ich wußte, daß ich das Leiden beenden mußte. Es war alles vorbei. Ich wußte nicht, wie ich es anstellen sollte, aber das Leiden mußte abgestellt werden. Zurechtzukommen würde nicht mehr reichen. Auch der Tod würde nicht mehr reichen. Ich mußte geheilt werden. Ich wollte das Versprechen des Lebens beim Wort nehmen und *leben*.

Ich durchbrach die Oberfläche der glühenden Lava. Das grelle Tageslicht blendete mich. Und plötzlich war ich wieder lebendig.

Ich stand am Ende der Treppe und las Kyrethes Geschichte, die Worte, die sie in die Wand geritzt hatte:

> *Soll ich mir das Leben nehmen?*
> *Ich war zwanzig, als ich herkam.*
> *Wie alt bin ich jetzt?*
> *Warum lebe ich immer noch?*
> *Wie viele Jahre noch?*

Alles war ruhig. Obwohl einen Augenblick zuvor noch die Sonne geschienen hatte, war jetzt Nacht. Das rote Licht des Todesmeers fiel durch die Fenster und wurde von den Glasphiolen auf den Regalen reflektiert. Ich preßte die Finger gegen meine Brust. Ich konnte nicht glauben, daß ich wahrhaftig lebte, daß ich wieder aus Fleisch und Blut und Knochen bestand. Ich lächelte, und eine sonderbare Leichtigkeit überkam mich. Zum erstenmal seit undenklichen Zeiten fühlte ich mich wirklich frei.

Das Baby, Lochost, die Passion der Freiheit, tauchte lächelnd neben mir auf. Eine Umkehrung des Normalen: ein Baby, das einen Erwachsenen stolz anlächelte. »Ich hätte nicht geglaubt, dich je wiederzusehen.« Seine Stimme war dünn wie die jedes Kindes.

Ich streckte die Hände aus, und das schwebende Baby ließ sich von mir willig auf die Arme nehmen. Es war warm und anschmiegsam. Ich dachte an dich und Torran und erkannte, daß ich euch nie mit solcher Hingabe gehalten hatte. Freiheit resultiert nicht aus der Flucht vor der Umarmung anderer Leute Leben.

Ich weinte für einen Augenblick, nur für einen Augenblick, und seine kleinen Hände schlangen sich um meinen Nacken. Seine Finger krümmten sich ein wenig. Die Erleichterung überkam mich in pochenden Wellen. Dann sagte das Baby: »J'role. Du mußt dich beeilen.« Es dauerte eine Zeitlang, bis ich die Worte registrierte. Als ich es fragend ansah, sagte es: »Wenn du deine Freiheit behalten willst, mußt du dich jetzt aufhalten.«

»Ich muß mich aufhalten?«

Das Baby nickte.

Ich sah mich in dem Raum um. Irgend etwas daran kam mir vertraut vor. Nicht nur der Ort. Auch die Zeit.

Ich begriff.

Ich ließ das Kind in der Luft schweben, auf dessen kleinem, glattem Gesicht sich uralte Besorgnis widerspiegelte, und rannte die Stufen herunter.

8

Ich saß auf der Bettkante. Kyrethes Bettkante. Mit dem Rücken zu mir. Meine Finger streichelten Kyrethes graue Haare. Dies war keine Passion wie Raggok, der vor mir erschienen war, als ich Selbstmord begangen hatte. Dies war wirklich ich. Es überstieg mein Begriffsvermögen. »Es ist sehr kompliziert«, hatte der Tod gesagt, und das war es tatsächlich.

Die Szenerie war genauso wie – wann? In meiner Erinnerung vor einiger Zeit, in der Nacht, bevor ich mir das Leben genommen hatte. Aber auch *jetzt*. Es geschah jetzt. Ich stand wie betäubt am Fuß der Treppe, völlig verblüfft von dem Anblick, der sich mir bot. Das rote Licht der Lava umschmeichelte die zerknitterten weißen Laken des Bettes und den Baldachin. Kyrethe schlief friedlich, ahnte nicht, was ich tat. Es war seltsam – seltsamer, als ich es je ausdrücken kann –, mit anzusehen, wie sich die Ereignisse wiederholten. Ich kannte die Situation. Ich hatte sie bereits erlebt. Doch jetzt stand ich außerhalb. Ich war aus mir selbst herausgeschlüpft.

»Hör auf!« schrie ich mich an. Kyrethe rührte sich natürlich nicht, da sie taub war und nichts hören konnte.

Mein Doppelgänger fuhr herum und stellte erschreckt fest, daß ich am Fuß der Treppe stand. Ich – er – erhob sich. Legte den Kopf ein wenig schief. Betrachtete mich mit leicht geöffnetem Mund.

Und ich betrachtete ihn. Sein Gesicht schockierte mich. So finster und verdreht. So viel Zorn. Ein in Granit gemeißeltes Stirnrunzeln. Sah ich wirklich so aus? War mir das wirklich niemals aufgefallen?

»Wer bist du?« fragte er.

»Du«, erwiderte ich.

Er trat auf mich zu. »Bist du eine Passion?« Als er mir einen Schritt entgegen kam, bildete sich ein Schatten an der Wand hinter ihm und sickerte in das Zimmer hinein. Er atmete rasch. Ich erinnerte mich, in der Nacht, in der ich über Kyrethe hergefallen war, rasch geatmet zu haben.

»Ich bin du«, antwortete ich.

»Nein. Das bist du nicht. Du hast ein idiotisches Grinsen auf dem Gesicht.«

Ich wußte genau, daß ich nicht lächelte, faßte mir aber dennoch an den Mund, um mich davon zu überzeugen. Nein. Ich lächelte nicht. Was sah er in mir? Ich sagte: »Ich bin du, und du mußt mit diesem Irrsinn aufhören.«

»Ich weiß nicht, wer du bist – welche Passion –, aber ich kehre dir den Rücken. Ich tue nichts Unrechtes. Ich berühre sie nur.« Er ging wieder zum Bett. Setzte sich auf den Rand. Nahm behutsam ihre Hand. Küßte sie sanft.

»Laß sie in Ruhe«, sagte ich entschlossen.

»Laß *du mich* in Ruhe«, antwortete er. »Ich will dich nicht bei mir haben.« Der Schatten hatte sich bis zu ihm vorgearbeitet. Er war so tief und dunkel wie der tote Himmel in einer wolkenverhangenen Nacht. Er war so greifbar, daß ich nicht glauben konnte, seine Existenz jemals angezweifelt zu haben.

Vorsichtig trat ich ein paar Schritte vorwärts und sagte: »Ich bin keine Passion. Aber du kannst das Ding neben dir spüren. Du mußt. Das ist die Passion, die dich jetzt regiert.«

Er erstarrte, da er sich des Schemens neben sich bewußt war und doch auch wieder nicht. Das wußte ich, weil er ich war und ich mich im Laufe meines Lebens mehr und mehr an das Ding neben mir gewöhnt hatte.

»Geh weg«, sagte er zu mir, nahm Kyrethes Hand und zog sich ihre Fingernägel über das Gesicht.

Meine Abscheu vor mir selbst in der Nacht, in der ich Kyrethe überfiel, hatte mich überwältigt. Hatte zum Selbstmord geführt. Doch als ich die Geschehnisse tatsächlich stattfinden sah, war ich so bestürzt, daß mir der Atem stockte. Das war ich! Zum erstenmal befand sich kein Vorhang des Leids zwischen meinem Handeln und meinem Denken. Meine Hände fingen an zu zittern. Kyrethe war so hilflos. Sie hatte keine Macht. Was hatte ich mir nur dabei gedacht? Mein Handeln enthielt keinerlei sexuelle Komponente. Es ging mir nur um Macht. Um mißbräuchliche, feige Macht. Die Perversität meines Handelns stand mir klar vor Augen – vielleicht zum erstenmal wirklich vollständig.

»Hör auf!« schrie ich.

Er beachtete mich nicht. »Geh weg.« Er fuhr mit der Zunge über ihr Handgelenk.

Ich packte ihn und zerrte ihn vom Bett. Wir stürzten zu Boden, und der rot beleuchtete Stein sandte eine Schmerzwelle durch Rücken und rechten Ellbogen. Er landete oben, wirbelte herum, knallte mir die rechte Faust unter das Kinn. Meine Lippe rammte meine Zähne, und Blut bespritzte meine Haut und lief mir in den Mund.

Der Schatten umwirbelte mein anderes Selbst und kam hinter ihm zur Ruhe. Nahm Gestalt an. Die Gestalt eines großen Mannes mit einem Widderkopf. Blutige Wunden bedeckten seine Haut. Raggok. Die Passion legte die Hände auf mein anderes Selbst. Augenblicklich sah ich Wahnsinn in meinen Augen aufflackern. Ich hatte ihn noch nie zuvor gesehen, nur erlebt. Aber ich erkannte ihn sofort wieder. Derselbe Wahnsinn hatte mich meinen Vater töten lassen. Meine Söhne verstümmeln lassen. Vor Releanas sanfter Berührung fliehen lassen.

»Tu es nicht...«, begann ich, aber ich – er – war von der Passion der Bitterkeit besessen. Ich sah ganz deutlich, wie sehr er mich haßte. Er riß die Fäuste hoch und ließ sie auf meine Brust heruntersausen.

Ich versuchte mich herumzuwerfen, doch Raggok winkte mit der Hand. Plötzlich kamen mir wieder die Erinnerungen an die Berührung meiner Mutter zu Bewußtsein, an ihre Fingerspitzen auf meiner Brust, als sie mir den Dämon in den Kopf gesetzt hatte. Ich erstarrte. War unfähig mich zu rühren. Die Fäuste trafen mich. Ein scharfes Knacken in der Gegend meiner Rippen. Die Schmerzen schnitten durch meinen Körper wie ein Rasiermesser. Die Luft wurde mir aus den Lungen gepreßt, ein Geräusch wie Wind, der durch die Bäume rauscht, und ich stellte fest, daß ich nicht mehr atmen konnte.

Mein anderes Selbst hob erneut die Fäuste. Zwischen den schmerzlichen Erinnerungen vom Verrat meiner Mutter und meinen schmerzenden Rippen hin und her gerissen, konnte ich mich kaum bewegen. *Wie sehr ich es mir wünschte.* Zum erstenmal in meinem Leben sah ich dem Tod ins Angesicht und betrachtete ihn nicht einfach als etwas Alltägliches. Der Tod, so wurde mir klar, hatte die ganze Zeit auf mich gewartet, weil ich darauf gewartet hatte, daß er – sie – mich zu sich nahm. Ich hatte den Tod in der Hoffnung riskiert, zu verlieren und endlich vom Leben befreit zu werden, ohne als Feigling betrachtet zu werden. Doch jetzt, jetzt wollte ich leben. Ich besaß etwas, von dem ich nie gedacht hatte, es noch einmal zu besitzen – Hoffnung. Und die schreckliche Vorstellung, sie so rasch wieder zu verlieren, trieb mich dazu, mich zu wehren.

Das Kind erschien über meinem Kopf, verkehrt herum und lächelnd. Es beugte sich vor und küßte meine Stirn. Seine Berührung befreite mich von den lähmenden Erinnerungen. Ein Lufthauch kreiste durch meine angeschlagene Brust, und ich stellte fest, daß ich genügend Energie besaß, um mich zur Seite zu werfen. Mein anderes Selbst rammte mir die Fäuste in die rechte Schulter. Schmerzhaft, aber nicht tödlich.

Ich riß die linke Hand hoch und wehrte einen weiteren Hieb ab. Wir waren beide alte Männer und in vielerlei Hinsicht des Lebens überdrüssig, doch der Ausbruch von Gewalt stachelte uns an. Ich glitt unter ihm weg, rappelte mich auf. Drehte mich um. »Wir müssen das nicht tun«, sagte ich. Der Gedanke, mich selbst anzugreifen, ähnelte dem Blick über die Reling eines Luftschiffs, wenn der Erdboden tief unten liegt.

Doch mein anderes Selbst brauchte mir nicht zu glauben. Konnte es wahrscheinlich gar nicht. Er wußte nicht, was ich wußte. In seinem Gesicht stand diese Wut. Er trug seinen Haß in sich und ließ ihn auf die Welt los. Er griff mich an.

Die Schläge wechselten hin und her. Ich schlug nach ihm, er duckte sich. Er schlug nach mir, ich parierte. Wir strauchelten. Wir fielen.

Es ist merkwürdig, gegen sich selbst zu kämpfen. Ich kannte alle meine Tricks. Ich spielte ein endloses Spiel gegen mich selbst, wobei ich die ganze Zeit glaubte, Fortschritte zu machen. Doch die ganze Zeit über war meine Denkweise – wenn du so willst – meinem Kopf bekannt. Immer wenn ich dachte, ich hätte mich überlistet, einen neuen Angriffsplan entwickelt, der zum Erfolg führen würde, konterte ich – das heißt, er – und brachte mich auf den Boden der Tatsachen zurück.

Die beiden Passionen schwebten am Rande des Konflikts. Immer wieder bohrten sich schmerzliche Erinnerungen in meine Gedanken, und jedesmal befreite mich Lochost davon. Je länger der Kampf dauerte, desto weniger machten sich die quälenden Gedanken bemerkbar. Gegen den Schaden, den ich an mir selbst verursachen konnte, ließ sich jedoch wenig machen.

Nach einer Weile war klar, daß ich – er – die Absicht hatte, mich umzubringen, wenn er die Möglichkeit bekam. Und warum auch nicht? Würde er nicht ohnehin bald Selbstmord begehen?

Nachdem er mir einen heftigen Tritt versetzt hatte, der mich auf das Bett taumeln ließ, warf ich einen raschen Blick auf Kyrethe. Mein Aufprall ließ das Bett erbeben, doch sie bewegte sich nur kurz und schlief weiter. Als ich sie ansah, fiel mir wieder ein, was der fröhliche Zwerg darüber gesagt hatte, wie er den Körper seiner Frau betrachtete. Sie war für ihn kein Lustobjekt mehr, kein Ding, mit dem man etwas tun konnte. Ihr Fleisch und Blut verkörperte ihre Geschichte. Wenn er sie berührte, tat er es, weil er ihre Geschichte kannte, weil er ihre Geschichte liebte und sie lesen wollte. Zu ihr beitragen wollte. Ich kannte Kyrethes furchtbare Geschichte. Ich konnte sie mir jetzt nicht mehr als etwas zu Eroberndes vorstellen, sondern als Person, mit der ich kommunizieren wollte – vielleicht über den Körper, aber auch auf viele andere Arten.

Doch wenn ich den Kampf nicht überlebte, würde sie meinem anderen Selbst ausgeliefert sein. Er näherte sich mir vorsichtig, und ich sprang vom Bett, führte ihn weg von ihr.

Blut tropfte aus meiner gespaltenen Lippe. Ich konnte spüren, wo sich die Haut in meinem Gesicht und auf meiner Brust von seinen Schlägen dunkelrot verfärbt hatte. Das Denken fiel mir schwer, und ich bewegte mich mit vorsichtigen Schritten. Ebenso wie er. Wir waren zwei zerschlagene alte Männer.

Er sprang mich an, zielte mit der Faust auf meine Brust. Ich hatte damit gerechnet und duckte mich. Packte seinen Arm. Drehte ihn auf den Rücken. Er schrie vor Schmerzen auf. Aber ich wußte nicht, wie ich den Kampf sonst beenden sollte. Offenbar blieb mir keine andere Wahl, als mich erneut zu töten.

Er ließ sich auf die Knie sinken. Versuchte sich umzudrehen. Ich rammte ihm das Knie ins Gesicht. Er fiel nach hinten, während ihm das Blut aus der gebrochenen Nase spritzte. Da ich wußte, daß er nur einen Augenblick Zeit brauchte, um sich zu sammeln und aus seiner Lage zu befreien, ließ ich mich auf ihn fallen und trieb ihm das Knie in den Bauch. Er keuchte. Ich packte seinen Kopf und schlug ihn auf den Boden. Das scharfe Knacken seines Schädels auf dem harten Stein. Seine Hände tasteten nach meinem Hals, fanden ihn. Sein Griff war seltsam stark. Ich schlug seinen Kopf erneut auf den Boden, und er fuhr fort, mich zu würgen.

Ich verstärkte meine Bemühungen, und sein Griff wurde schwächer. Doch ich war bereits kurz davor, ohnmächtig zu werden. Ich fragte mich kurz, ob dies meine Ende war, noch einmal Selbstmord zu begehen und damit mich selbst und alle Möglichkeiten meines Lebens für immer auszulöschen.

Dann nahm ich aus dem Augenwinkel wahr, daß Raggok und Lochost völlig reglos waren. Es war, als seien sie in Zeit und Raum erstarrt, so wie andere Sterbliche erstarren, wenn ihnen die Passionen als bestimmte Individuen erscheinen. Doch diesmal waren die Passionen erstarrt. Meine Begegnung mit mir selbst überstieg den Rahmen der Passionen. Was geschah, wenn wir uns dem Augenblick des Todes näherten, blieb uns und uns ganz allein zu entdecken überlassen.

Ich hatte nicht mehr die Kraft, seinen Kopf auf den Boden zu schlagen, also richtete ich meine Aufmerksamkeit auf seine Kehle. Weil ich auf ihm lag, war ich im Vorteil. Ich brauchte mich nur über ihn zu beugen und auf seine Kehle zu drücken. Er stieß gurgelnde Laute aus.

Er sah jetzt verängstigt aus. Der Wahnsinn war verschwunden, und ich sah einen einsamen alten Mann, dessen Haut faltig war und dessen Leben ihn verließ. Er wußte, daß er dem Tode nah war, und auch, was das bedeutete. Alle Hoffnungen begraben, alle Gelegenheiten verpaßt. All das, womit ich im Reich der Toten konfrontiert worden war, kam ihm jetzt zu Bewußtsein.

Eine wilde Freude ergriff Besitz von mir. Ich legte meine Hände um seinen Hals und drückte fester zu. Ich wollte, daß er STARB! Plötzlich wußte ich, was für ein schreckliches Ungeheuer er war, dieses Ding, das mein Leben vor meinem neuen Ich gewesen war. Ein sonderbares Selbstvertrauen schlich sich in mein Denken. Ein merkwürdiges Wissen davon, was recht und was unrecht war. Unerschütterlich. Ich war recht, er war unrecht. Seine Hände erschlafften und rutschten von meinem Hals. Seine Augenlider flatterten. Die neue Gewißheit entzückte mich. Ich hatte alle Zweifel verloren, ihn zu töten.

Dunkelheit breitete sich von den Rändern meines Blickfelds aus. Ich ignorierte sie.

Je näher er dem Tod kam, desto stärker wurde mein neues, zweifelsfreies Selbst. Nichts konnte mich je erschüttern. Nichts konnte mich je über eine andere Person nachdenken lassen. Ich hatte Jahre damit verbracht, mir über das Leid Gedanken zu machen, das ich anderen angetan hatte. Was war mit meinem eigenen Leid?

Die Dunkelheit legte sich um mich. Verfestigte sich.

Das Gesicht unter mir lief blau an. Ich lachte. Ein schreckliches Lachen, das den letzten Funken Mitgefühl in mir ersterben ließ. Aber ich hörte es. Und ich betrachtete den alten Mann. Die Falten in seinem Gesicht, ihre Klarheit, erschreckten mich.

Ich war dabei, mir wiederum das Leben zu nehmen.

Mein Griff lockerte sich. Sein Mund stand offen, die Zunge hing ihm aus dem Hals. Ein flacher, kaum hörbarer Atemzug. Meine alten, verrunzelten Finger berührten seine alte, verrunzelte Haut. Ich wollte mich nicht mehr umbringen. Ich erinnerte mich noch an den letzten Blick des Todes.

Wert.

Wenn ich etwas wert war, war dann nicht auch mein altes Selbst etwas wert? Hatte er nicht sechzig Jahre lang versucht, mehr zu erreichen? Er hatte versagt und es doch immer wieder versucht. Hatte vielen Leuten weh getan und es dennoch weiter versucht. Andere beurteilten ihn hart. Wollten seinen Tod. Doch er war ich. Wenn ich ihm nicht die Hand reichen konnte, wer dann? Und wer war ich dann letzten Endes?

Ich beugte mich vor. Rieb meine Wange an seiner. Sein Leid wurde mein Leid. Unsere Körper verschmolzen. Endlich verließ mich aller Haß, und ich legte mich neben ihn und umarmte ihn. Drückte ihn an mich. Auch mein Körper enthielt eine Geschichte und ich hieß sie willkommen. Vergangenheit und Gegenwart wurden eins, bereit, sich auf die Zukunft einzulassen. Die Leiden meines Lebens vermischten sich mit Hoffnungen auf Glück und erzeugten die Möglichkeit des Mitgefühls. Das Böse in meiner Vergangenheit gesellte sich zu meinem Verlangen, was mir gestattete – ich selbst zu werden.

Ich öffnete die Augen. Mein anderes Selbst war verschwunden. Ich war nur noch ich. Der Schatten war ebenfalls verschwunden. Auch das Kind. Oder vielmehr waren sie unsichtbar. Sowohl Verbitterung als auch Hoffnung hatten in mir eine behagliche Heimstatt gefunden. Der Kampf hatte mich erschöpft, und ich konnte nicht aufstehen. Der Boden war kalt, aber eine Unterlage, und das reichte. Ich schloß die Augen und schlief ein.

Kyrethe weckte mich, als sie über mich stolperte.
 Sie stieß einen überraschten Ruf aus und stürzte nach vorn. Kyrethe fragte, ob ich der Mann von unten sei. Ein instinktives Unbehagen ergriff von mir Besitz, da ich mich schrecklich für das schämte, was ich ihr angetan hatte. Wie konnte ich mich ihr da offenbaren?
 Dann fiel es mir wieder ein: Ich hatte es ja gar nicht getan. Oder zumindest wußte sie nicht, daß ich es getan hatte. Für sie war es nicht geschehen. Ich lächelte, und ich bin sicher, daß mein Gesicht unter der Belastung knackte, zum erstenmal seit so vielen Jahren so breit und herzhaft zu lachen. Plötzlich war das Universum nicht mehr gegen mich und ich nicht mehr gegen das Universum. Ich stand auf und ging rasch zu der Stelle, wo sie hockte und einen möglichen Angriff erwartete. Ich berührte ihre Hand, gerade so fest, daß sie mich trotz ihres fehlenden Tastsinns zur Kenntnis nahm. Sie zog ihre Hand rasch weg, um sie gleich darauf vorsichtig wieder auszustrecken. Sie nahm meine Hand in ihre und drückte sie fest. Dann nahm ich ihre andere Hand und legte sie auf mein Gesicht, so daß sie sich davon überzeugen konnte, daß ich es war.

Mit derselben Unbeholfenheit wie am Tag zuvor (im Totenreich mochten, nach allem, was ich wußte, Jahre verstrichen sein, aber für Kyrethe war nur eine Nacht vergangen) drückte sie mir die Fingerspitzen ins Gesicht. Ihr Bedürfnis, jede Kurve und Linie in meinem Gesicht auszuforschen, belustigte mich, und ich lachte. Als ihre Fingerspitzen mein Lächeln fanden und die Form meiner Lippen nachzogen, lächelte sie ebenfalls.

Hinter ihr fiel Licht von einem klaren blauen Himmel durch die Fenster und umhüllte die Laken mit reiner Klarheit. Der Himmel, das wenige, das ich durch die rechteckigen Fenster von ihm erkennen konnte, fesselte mich. Ich glaube nicht, den Himmel jemals so blau gesehen zu haben. Dann wurde mir klar, daß ich ihn nie wirklich betrachtet, seine Farbe nie richtig zur Kenntnis genommen hatte. Eine sonderbare Leichtigkeit durchströmte meine Brust, und ich empfand Dankbarkeit dem Universum gegenüber, daß es sich die Zeit genommen hatte, Farben für uns zu erschaffen, damit wir uns daran erfreuen konnten.

Kyrethe und ich standen auf. Hand in Hand. Ihr Griff so fest, daß er schmerzte. Ich beließ es dabei, weil es die einzige Möglichkeit war, sich über mich und meine Anwesenheit zu orientieren.

Der Himmel erregte erneut meine Aufmerksamkeit. Ich dachte zurück an den Tag, als ich die Stadt aufgebaut hatte. Ich dachte: »Was werde ich heute aufbauen?«

Als ich die wunderschöne Frau ansah, deren Hände ich in meinen hielt, wußte ich, daß ich heute eine Freundschaft aufbauen wollte. Ich führte sie zum Bett und setzte sie auf die Kante. »Ich brauche mein Wasser«, sagte sie mit ihrer angespannten und unbeholfenen Stimme. Ich antwortete, indem ich ihren Finger nahm und ihn fest gegen meine Brust stieß. Dann nahm ich ihre Hand in meine, als reiche ich ihr den Becher, und hob ihre Hand an ihre Lippen. Dann zeigte ich noch einmal mit ihrer Hand auf mich.

Sie lächelte. »Vielen Dank.«

Ich ging nach unten, um das Wasser zu holen.

Dort, am Springbrunnen, sah ich die Statue ihres Vaters anmaßend dastehen, die Quelle der kostbaren Substanz, die das Leben seiner Tochter erhielt. Ich haßte ihn. Dann dachte ich an meine eigenen Untaten und brachte meine innere Stimme zum verstummen.

Als ich mit dem Becher zurückkehrte, lag auf Kyrethes Miene ein Ausdruck der Furcht, vermischt mit Ungeduld. Vielleicht konnte sie sich nicht dazu durchringen, wirklich zu glauben, daß ich zurückkommen würde. Oder wartete auf den Angriff, den sie richtigerweise für möglich hielt. Als ich ihre Hand nahm, um ihr den Becher zu geben, erschrak sie erneut und fing wieder an zu zittern. Doch erneut entspannte sie sich einen Augenblick später. Sie nahm einen tiefen Schluck und fragte dann: »Du fühlst dich jetzt besser?«

Ihre unbeholfen klingenden Worte machten mich nicht verlegen wie noch am Tag zuvor. Jetzt hörte ich aus ihnen Hoffnung und Stärke heraus. Durchhaltevermögen. Ich hob ihre Hand an meinen Kopf und nickte. Sie lachte.

»Hast du schon getrunken?« fragte sie und hielt mir den Becher hin. Ich nahm ihn und trank. Die klare Flüssigkeit schmeckte noch besser als am Tag zuvor.

Wunderbare Dinge waren im Leben möglich, wenngleich alles das Gegenteil zu beweisen schien.

Ich lächelte. Ich hob ihre Hand an meinen Mund, und sie lächelte ebenfalls.

Was wollte ich aufbauen? Eine Freundschaft.

Tage vergingen. Ich wollte mich auf die Suche nach Neden machen, aber es gab keine Möglichkeit, die Insel zu verlassen. Ich rief Lochost um Hilfe an, aber die Passionen erscheinen nicht einfach, wenn man sie darum bittet. Sie sind ganz einfach dann anwesend, wenn ihre Leidenschaft regiert. Anstatt mich darüber zu grämen, was ich nicht tun konnte, tat ich, was ich konnte: Ich behandelte Kyrethe gut.

Jeden Morgen und Abend brachte ich ihr Wasser. Tagelang schrak sie zusammen, wenn ich sie berührte. Nach einer Woche ertrug sie meine Ankunft mit stoischer Ruhe. Doch eine weitere Woche verging, bevor sie meine Berührung gelassen hinnehmen und sich sogar darüber freuen konnte.

Als dieser Zustand schließlich erreicht war, beschloß ich, ihr ein Geschenk zu machen. Das einzige, was mir einfiel – und ich wartete viele Tage, bevor ich es für angemessen hielt, ihr dieses Geschenk tatsächlich zu machen –, war eine Massage ihrer Hände. Gegen Mittag nahm ich ihre Finger und rieb sie zwischen meinen eigenen Fingern. Sie schrak zusammen und entzog mir ihre Hand.

Ich war enttäuscht. Sogar wütend. Aber ich ließ es mir durch den Kopf gehen und erinnerte mich daran, daß sie sehr gute Gründe hatte, einem Fremden zu mißtrauen, der intimeren Kontakt zu ihr wollte. Sie hielt die Hand, die ich hatte massieren wollen, in ihrer anderen. Dann sah sie auf, ungefähr in meine Richtung, besorgt. Ich hob ihre Hand an mein Gesicht. Lächelte. Sie seufzte und lächelte ebenfalls.

Tage später streckte sie mir unerwartet die Hand entgegen, nachdem sie ihren morgendlichen Becher Wasser getrunken hatte. Ich nahm sie, und sie wartete. Lächelte schüchtern. Ich verstand. Ich massierte ihre Finger. Obwohl sie kein Gefühl mehr hatte, erkannten ihre Muskeln noch, wenn sie bewegt wurden. Es war eine einfache Handlung. Ich bearbeitete jeden Finger einzeln, dann den Handrücken. Den Ballen. Dann umschloß ich die ganze Hand mit meinen Händen. Schließlich wiederholte ich die ganze Prozedur mit ihrer anderen Hand. Kurz vor dem Ende seufzte sie. Ihre Zufriedenheit ließ sie aus sich selbst heraustreten und machte sie meine Anwesenheit vergessen.

Dies wiederholte sich eine Woche lang, bis sie mir nach einer weiteren Massage anbot, meine Hände zu massieren. Ihre Berührung war grob, weil sie mich nur durch hartes Drücken spüren konnte. Doch sie tat es mit Hingabe. Und du weißt ja, daß ich schon immer etwas für die rauhere Gangart übrig gehabt habe. Ihre Massage brachte mich jedoch nicht auf abseitige Gedanken. Ich dachte nicht an Blut. Sie fühlte sich ganz einfach nur gut an.

Nach einer weiteren Woche nahmen wir die Arme hinzu, und einige Zeit später lagen wir abwechselnd auf dem Bett und kneteten uns gegenseitig unsere alten Muskeln. Daß wir beide nach so vielen Jahren der Einsamkeit Gelegenheit hatten, uns gemeinsam zu entspannen ...

Ich war so lange auf der Flucht gewesen. Hatte gestohlen. War von Söldnern aufgebrachter Kaufleute verfolgt worden. Von den Soldaten König Varulus' für die Verbrechen gegen meine Söhne gejagt worden. Jetzt bäuchlings auf dem Bett zu liegen, während Kyrethe mit ihrem hageren Körper rittlings auf mir saß und meine Schultern bearbeitete und ich nirgendwohin fliehen und vor nichts davonlaufen mußte. Die Geduld wurde mir aufgezwungen, und die Geduld wurde meine Freundin.

Wieviel Zeit verstrichen war, weiß ich nicht. Die Tage verwischten sich zu einem Zustand gleichmütiger Zufriedenheit. Wolken trieben träge über einen perfekten blauen Himmel. Eines Tages hockte ich wieder über ihr und massierte ihre Schultern. Und etwas Außergewöhnliches geschah: Ich wollte sie berühren. Ich wollte ihr nicht weh tun oder mich von ihr kratzen oder beißen lassen. Sondern einfach – teilhaben. An ihrer Geschichte, an der Erzählung, die in ihren Körper eingebettet war. Die Geschichte mit meinen Fingern lesen.

Ich strich ihr zärtlich über das Gesicht, wobei ich vorübergehend ihren Zustand vergaß. Sie reagierte nicht. Kein Lächeln. Kein Seufzen. Nicht einmal ein überraschter Schock. Sie konnte nicht fühlen. Und mit diesem Ausbleiben jeglicher Reaktion erstarb der Impuls in mir. Wenn sie meine Berührung nicht spüren konnte, war es nicht richtig, sie zu berühren. Berühren war nichts, was eine Person tun konnte. Beide berührten sich. Ohne Gegenseitigkeit bei der Berührung war eine Person Herr über die andere. Ich hatte in meinem Leben lange genug unter der Sklaverei gelitten und auch lange genug Personen beherrscht, die keine Macht besaßen.

Ich wußte nicht, was ich tun sollte, ob ich sie weiterhin massieren sollte. Ich wollte mehr. Wollte mich ganz geben. Schließlich fielen mir die Worte in ihrer Geschichte ein, in denen sie erzählte, wie ihre Mutter sie immer gehalten hatte. Wenn ich sie nicht liebevoll berühren konnte, würde ich sie eben liebevoll festhalten. Ich erhob mich und glitt neben sie. Sie richtete sich beunruhigt auf, rechnete mit Schwierigkeiten. Nicht von meiner Seite. Sie streckte die Hand nach mir aus. Aber sie wußte nicht, warum ich mit der Massage aufgehört hatte.

Ich setzte mich mit dem Rücken vor das Kopfbrett und zog sie an mich. Das erschreckte sie, und dann *hatte* sie Angst vor mir. Aber als ich keinerlei Druck oder Zwang ausübte, ließ sie langsam und zögernd den Kopf an meine Brust sinken. Ich wartete, bis sie sich mit der Situation vertraut gemacht hatte und sich einigermaßen wohlfühlte. Ihre Hand war gegen meine Brust gestemmt, als sei sie bereit, mich jeden Augenblick zurückzustoßen.

Ich legte meine Hand auf ihre, gerade so schwer, daß sie wußte, sie war da. Nichts Dramatisches. Besonderes Gespür, spontane Entwicklungen, fanden nur in Geschichten statt. Hier bei unseren verkrüppelten Leben war eine langsamere Gangart erforderlich. Schließlich ließ sie sich ganz gegen mich sinken. Nach einem Augenblick der Spannung seufzte sie. Behaglich. Mit den Worten ihrer Geschichte vor Augen, umarmte ich sie. Gerade so fest, daß sie wußte, ich hatte die Arme um sie gelegt. Ihr Vater mochte ihr den Tastsinn genommen und ihn eingekerkert haben, aber um diesen Kerker bot ich eine Belagerung aus Zuneigung an. Sie seufzte wieder und schmiegte sich an mich.

Seltsam. Ich fühlte mich seltsam. Gut, aber seltsam. Anders. Keine Hektik. Kein Bedürfnis, der Zuneigung zu entkommen oder sie zu beweisen. Einfach nur bei jemandem zu sein. Etwas Einfaches anzubieten und etwas Einfaches zu erhalten. Und doch so... so... Ich nehme an, es läßt sich nicht mit Worten beschreiben, was ein Grund dafür ist, daß wir einen Teil unserer Geschichten über die Berührung mitteilen.

So ruhten wir lange. Schliefen ein. Als wir erwachten, hielten wir uns immer noch in den Armen. Ich holte einen Becher der Flüssigkeit aus dem Springbrunnen. Wir tranken. Dann zog sie mich an sich, und wir hielten einander wieder umschlungen. Draußen leuchteten die Sterne hell und klar über dem rotglühenden Meer. Ich erinnerte mich an alle meine Sternenkarten, an meine Versuche, Ereignisse in meinem Leben mit Sternbildern in Übereinstimmung zu bringen. Niemals hatte ich mir Umstände in meinem Leben vorgestellt, die so sonderbar und zugleich so sanft und freundlich waren.

Nach einer Weile stellte ich fest, daß ich zappelig wurde. Doch Kyrethe schien ganz zufrieden zu sein, nur dazuliegen und mich festzuhalten. Gedanken an meine Mutter kehrten zurück und versetzten mich in Panik. Ließen mich Kyrethe fester umschlingen. Sie schmiegte sich einfach nur noch mehr an mich. Ich entspannte mich wieder. Eine lächerlich offensichtliche Erkenntnis schoß mir durch den Kopf – Kyrethe war nicht meine Mutter. Würde es auch nie sein.

Ich entspannte mich.

Tage vergingen. Massagen und Umarmungen. Kyrethe wollte tanzen. Tänze aus ihrer Kindheit, intim und eng umschlungen. Ich war darauf nicht vorbereitet. Seitdem mich Garlthik vor vielen Jahren als Dieb initiiert hatte, war Bewegung für mich eine sehr private Sache. Etwas Heimliches und Lautloses. Ihr Tanz – zu einem Lied, daß sie so unmelodisch vor sich hin summte, daß ich vor Belustigung über ihre Ernsthaftigkeit lachen mußte – ließ uns zusammen tanzen. Nah beieinander.

Langsam. Mit Behutsamkeit und Respekt vor dem anderen. Ich brauchte einige Zeit, bis ich zurechtkam. Ich entfernte mich immer wieder von ihr, war verlegen. Sie hatte viel Geduld. Lehrte mich zu warten. Hand in die Hand. Die andere Hand um die Hüfte. Jede Berührung war wichtig.

Tanzen. Massagen. Umarmungen. Ich küßte sie nicht, weil ich mir nicht von ihren Lippen nehmen wollte, was diese weder geben noch empfangen konnten.

Eines Nachts weckte sie mich mit abrupten Bewegungen. Ich versuchte, sie zu beruhigen, doch sie wehrte meine Arme ab und setzte sich auf. Im Licht der Sterne sah ich, wie sie ihr Gesicht berührte. Ein Lächeln erschien auf ihrem Gesicht, das jedoch rasch wieder verschwand, als ihr Tränen in die Augen traten. Sie berührte die Tränen, zerrieb die Feuchtigkeit zwischen den Fingern. Lächelte wieder. Legte sich die Fingerspitzen auf die Lippen. Ich hatte kaum Zeit gehabt, mir zusammenzureimen, was eigentlich los war, als sie blind die Hände nach mir ausstreckte, mein Gesicht fand und es wie so oft zuvor betastete. Erforschte. Doch diesmal war ihre Berührung zart. Sie konnte fühlen.

Ihr Atem wurde lauter, angestrengter, als ihr Körper von Schluchzern geschüttelt wurde. Sie lachte, während ihr die Tränen über das Gesicht liefen. »Ich kann fühlen!« rief sie. »Ich kann fühlen!« Ich lachte und weinte ebenfalls, und obwohl ich in meinem Leben schon Zeuge vieler merkwürdiger Ereignisse war, hatte ich doch noch niemals etwas so Wunderbares erlebt. Wir umarmten uns, während sich unsere Tränen auf unseren Wangen vermischten und noch mehr Tränen flossen, als mir klar wurde, wie wundervoll es war, daß sie meine Tränen fühlen konnte.

Unsere Gesichter waren naß und glitschig von unseren Tränen, und wir lachten und lösten uns voneinander. Immer wieder sagte sie mir, sie könne fühlen. Sie berührte noch einmal mein Gesicht, dann den Stoff meiner zerlumpten Kleidung. »Zerrissen!« rief sie fröhlich. Sie griff nach den Bettlaken, knüllte sie zusammen. Preßte ihr Gesicht gegen den Stoff. Sie stolperte aus dem Bett, immer noch blind, doch zu aufgeregt, um einen Gedanken an achtsame Bewegungen zu verschwenden. Sie erstarrte auf dem glatten Steinboden, lächelte, genoß das Gefühl an den Fußsohlen, aus dem Bett zu steigen. Ein Gefühl, das sie unendlich lange nicht mehr empfunden hatte. Dann scharrte sie mit den Füßen, glitt förmlich über den Boden, drehte sich im Kreis. Dann ließ sie sich zu Boden sinken und drückte das Gesicht gegen den Stein.

Eine Brise wehte warm und trocken durch das Fenster. Augenblicklich wurde sie darauf aufmerksam und stand auf. Sie trat ans Fenster. Ich war wie der Blitz aus dem Bett und hielt sie am Ellbogen, um zu verhindern, daß sie in ihrer Hast aus dem Fenster fiel. »Luft! Ich kann die Luft spüren. Ein Windstoß!« Wir erreichten das Fenster. Die Brise fing sich in ihrem Haar, zerzauste es. Sie lächelte so glücklich – keinen Tag älter als sechs, da sie sich plötzlich der Schönheit der Welt bewußt wurde. Sie breitete lachend die Arme aus, dann wandte sie sich an mich. »Bring mich nach draußen! Bring mich nach draußen!«

Und das tat ich. Vorsichtig führte ich sie über die rauhen Steine. »Es tut weh!« sagte sie glücklich, da wir barfüßig waren und die Steine ein wenig stachen. »Es ist wunderbar! Und die Luft! Überall ist Luft!«

Wir erreichten den Gipfel eines kleinen Hügels, und sie breitete die Arme aus. Und lachte und lachte und lachte, während sie sich in ihren Wahrnehmungen verlor und verzückt im Kreis drehte. Noch nie in meinem Leben hatte ich jemanden gesehen, der so wunderschön war. Ich hatte gedacht, Schönheit sei etwas Äußerliches. Das ist nicht der Fall. Schönheit ist die Fähigkeit, mehr Schönheit wahrzunehmen.

Eine neue Erregung erfaßte sie, und sie streckte blind die Arme nach mir aus. Unsere Hände trafen sich, und sie zog mich an sich. Leise, wie ein Kind mit einem wichtigen Geheimnis, sagte sie: »Ich kann fühlen.« Das Lachen war jetzt verklungen, und die Bedeutungsschwere dieses Wunders erfüllte ihre Stimme. Ich berührte ihre Lippen mit meinen Fingern. Sie preßte ihre Finger gegen meine Lippen. Behutsam berührten wir gegenseitig unsere Gesichter, erforschten die Wangen, die Stirn. Den Bogen der Ohren. Unsere Hände glitten in den Nacken des anderen. Wir zogen einander in die Arme.

Wir küßten uns.

Die Luft um uns, die vom Meer erwärmt wurde, wirbelte in sanften Brisen. Schweiß bildete sich auf unserer Haut. Kyrethes Atem beschleunigte sich. Sie küßte meinen Hals. Ich zog sie noch näher an mich. Ihre Hände machten sich an meiner Kleidung zu schaffen, und mit unerwarteter Energie riß sie mein Hemd auf.

Die Zeit der Geduld war zu Ende.

Ich hob sie auf und nahm sie in die Arme. Die ganze Zeit, während ich sie trug, küßte sie meine Brust. Preßte ihre Zunge gegen meine Haut und kostete meinen Schweiß. Ließ ihre Fingerspitzen sanft über meinen Rücken gleiten. Ich spürte die Passion Astandar um uns, die unsere hemmungslose Hingabe an die Lust unterstützte. Ohne die Schritte unseres Weges überhaupt wahrzunehmen, erreichten wir das Bett. Unsere Kleider lagen auf dem Boden. Ich küßte ihre Schultern. Sie streichelte meinen Kopf. Wir beide seufzten – keuchten – vor Wonne. Es war eine Lust, sie zu berühren. Zu entdecken. Sie schien es ebenfalls zu genießen, mich zu erforschen. Jeder fand jede Stelle, die den anderen vor Entzücken über das Berühren und Berührtwerden auflachen, aufstöhnen ließ.

Vor Energie überströmend, doch ohne uns zu beeilen, erfreuten wir einander stundenlang. Als ich schließlich in sie eindrang, erfaßte uns der Akt vollkommen, und unsere Geschichten verflochten sich miteinander, verbanden sich zu einer einzigen Erzählung.

Die Zeit verging. Sanfte Stöße. Streicheln und Lecken. Lachen, Seufzen, Stöhnen. Sie fing an zu kichern. Ihr Gelächter, als sich ihr Bauch an meinem schüttelte, war ansteckend. Wir lachten und lachten, und unser Gelächter verwandelte sich in ekstatische Schreie, während unsere Körper wild zuckten und sich unsere Arme und Beine auf der Suche nach Sicherheit und Geborgenheit umeinander schlangen. Unsere Körper erstarrten. Astendar war irgendwo bei uns, hielt sich diskret im Hintergrund, das wußte ich. Der Augenblick wurde durch die Anwesenheit der Passion ausgedehnt, und die Welt draußen zählte für diesen Augenblick nicht. Wir hatten uns, verkrüppelt wie wir beide waren, getroffen, miteinander verbunden. Einander mitgeteilt.

Lange Seufzer, als wir wieder atmeten, als die Zeit wieder in Gang gesetzt wurde. Wir lösten uns nicht voneinander, sondern blieben ineinander verschlungen liegen, Haut an Haut. Zufrieden. Schweißig und naß. Wir küßten uns. Wieder und wieder. Lange Zeit, bis uns der Schlaf übermannte – nun, mich zumindest. Und vielleicht zum erstenmal seit meiner Kindheit schlief ich gut.

Sie weckte mich mit ihrer Berührung. Versuchte mich in Form zu bringen. »Laß es uns noch einmal tun«, sagte sie, als sie bemerkte, daß ich wach war. Sie lächelte schüchtern, biß sich auf die Lippe. Ich hatte meine Zweifel in dieser Hinsicht, so bald nach den Aktivitäten der vergangenen Nacht. Aber wir ließen uns Zeit, übereilten nichts. Und nach mehreren Stunden lagen wir uns wieder in den Armen.

Sie sagte: »Du hältst mich, wie meine Mutter es immer getan hat.«

Eine warme Freude breitete sich in meiner Brust aus, da ich wußte, wieviel ihr ihre Mutter bedeutete. Dann kam mir plötzlich eine Idee. Ich zog sie näher an mich und sprach die Worte, die vor vielen Jahren ihre Mutter zu ihr gesagt hatte:

»Du bist meine Liebe. Du bist mir wichtig, weil du du bist. Ich liebe alles an dir, das Gute und das Schlechte, weil du ohne das nicht die wärst, die ich liebe.«

Sie antwortete nicht. Aber mir wurde klar, daß ich die Worte rein mechanisch dahergesagt hatte. Jetzt, nach meiner Begegnung mit dem Tod, erkannte ich auch ihre Macht. Ich wiederholte die Worte, und diesmal dachte ich daran, wieviel es mir bedeuten würde, wenn jemand diese Worte zu mir sagen würde. Sie hob verwirrt den Kopf, ließ ihn dann wieder sinken. Wiederum sprach ich die Worte. Und wieder hob sie den Kopf, als lausche die dem Summen eines Insekts, das man nicht sehen kann.

Ich erhob mich und setzte mich ihr gegenüber. »Was ist los?« fragte sie. Ich nahm ihre Hand. Sah ihr ins Gesicht. »Du bist meine Liebe. Du bist mir wichtig, weil du du bist. Ich liebe alles an dir, das Gute und das Schlechte, weil du ohne das nicht die wärst, die ich liebe.«

Sie sah sich um, sicher, daß diesmal etwas geschehen war.

»Ich heiße J'role. Du, Kyrethe, bist meine Liebe. Du bist mir wichtig, weil du du bist. Ich liebe alles an dir, das Gute und das Schlechte, weil du ohne das nicht die wärst, die ich liebe.«

Zögernd sagte sie: »J'role?«

Ich wiederholte die Worte immer wieder. So oft, daß meine Stimme heiser wurde und krächzte. Doch mit jeder Wiederholung konnte Kyrethe ein wenig besser hören. Bis sich schließlich ein fassungsloses Lächeln auf ihrem Gesicht ausbreitete und sie sich erhob, auf dem Bett herumsprang und unablässig rief: »Ich kann hören! Ich kann hören!« Beinahe augenblicklich ließ sie sich auf die Knie sinken und nahm mein Gesicht in die Hände. »Du bist J'role? J'role. J'role. J'role. J'role. J'role. J'role. J'role. J'role. J'role. J'role. J'role. J'role. J'role.« Sie sprach meinen Namen auf unzählige verschiedene Arten aus, um zu erfahren, wie sich ihre Stimme anhörte. Schließlich sah sie enttäuscht zu Boden. »Ich kann nicht mehr sprechen. Ich höre mich furchtbar an.«

»Du hörst dich wie du an«, erwiderte ich. »Und das ist mehr als genug für mich.« Sie lächelte, und ich ebenfalls. Offenbar fühlte ich mich um so besser, je mehr ich ihr gab. Ich fühlte mich mehr und mehr wie ich selbst.

»Erzähl mir...«, verlangte sie, ungeduldig wie ein kleines Kind. »Alles.«

»Worüber?«

»Über dich. Die Welt. Laß mich wieder Worte hören.«

Und so erzählte ich ihr meine Geschichte, wie sie mir ihre Geschichte auf den Wänden des Turms erzählt hatte. Wir redeten stundenlang über uns und unser Leben, kleideten die Geschichten jetzt in Worte, die in unser Fleisch eingebunden waren. Bis weit in die Nacht hinein. Schließlich sanken wir einander gähnend und lachend in die Arme und ergaben uns dem Schlaf.

Später in der Nacht erwachte ich und fragte mich, wie ich ihr das Augenlicht wiedergeben konnte. Das Geheimnis der Aufhebung des Fluchs schien darin zu liegen, Kyrethe nacherleben zu lassen, wie es war, von ihrer Mutter geliebt zu werden. Doch wie sollte ich ihr ihre Mutter zeigen? Ich würde nie erfahren, wie sie ausgesehen hatte. Mir stand keine Magie zur Verfügung, um eine entsprechende Illusion zu erschaffen, selbst wenn ich gewußt hätte, wie sie ausgesehen hatte. Ich fühlte mich, als ließe ich Kyrethe jetzt doch noch im Stich. Lange Zeit starrte ich hinaus auf die Sterne.

Am nächsten Tag weckte sie mich wiederum. Kein Liebemachen diesmal. Weitere Gespräche. Und wir redeten Stunden um Stunden. Irgendwann sagte sie: »Weißt du, die Ursache für unsere Liebe ist eigentlich unser Leid.«

»Das klingt sehr traurig«, erwiderte ich und meinte es auch so.

»Überhaupt nicht. Tatsächlich ist die Freude nur um so größer. Denn aus unserer gemeinsamen Trauer erwuchs dieses unerwartete Glück. Wer hätte das gedacht?«

Und ihre Worte machten mich unsagbar glücklich.

Ich erzählte ihr von ihrem Bruder und Neden und meinem Bestreben, den Jungen zu retten. Das machte sie sehr schweigsam. Ich wußte nicht, worüber sie nachdachte, aber ich hielt sie einfach nur in den Armen und ließ sie nachdenken. Schließlich sagte ich:

»Kyrethe, ich glaube, ich bin derjenige, der den Fluch deines Vaters aufgehoben hat.« Ich erklärte ihr, wie ich sie gehalten und die Worte ihrer Mutter wiederholt hatte. Und sie lächelte und berührte meine Lippen mit den Fingern. Dann sagte ich: »Aber ich weiß nicht, wie ich dir das Augenlicht wiedergeben kann. Ich kann dir deine Mutter nicht zeigen. Ich weiß nicht, wie sie aussieht.«

Sie sagte: »Ich brauche meine Mutter nicht zu sehen. Denn sie ist du.«

Die Trübung in ihren Augen verschwand. Ein neuer Ausdruck erschien auf ihrem Gesicht, und sie richtete den Blick auf mich. Sie keuchte und sah mich plötzlich sehenden Auges an. Ein breites Lächeln erschien auf ihrem Gesicht.

Doch ich fühlte mich sofort unbehaglich, und mir wurde klar, wie es mir gefallen hatte, mich in ihrer Dunkelheit verstecken zu können. »Und – kann ich vor deinem Blick bestehen?« fragte ich trübsinnig.

Sie nahm mein Gesicht in die Hände. »Bist du immer noch so dumm«, sagte sie leise, »daß du nicht weißt, daß die Liebe und Freundlichkeit, die du gibst, in gleicher Form zu dir zurückkommt?«

Sie hielt mich fest, und jetzt weinte *ich*, denn ich hatte es wirklich nicht gewußt. Hatte mich tatsächlich mit jedem Muskel meines Körpers gegen Verrat und Leid gewappnet, da ich niemals Liebe erwartet hatte. Das Bild der Sternenfestung kam mir wieder in den Sinn, meine Trutzburg gegen Leid und Schmerz. Sie war nicht nur eine Zuflucht, erkannte ich jetzt, sondern eine Art zu leben, die ich angenommen hatte. Ich hatte die Art und Weise, wie mich meine Mutter behandelt hatte, als normal betrachtet. Mir hatte jede Vergleichsmöglichkeit gefehlt, da ich nur ein kleiner Junge gewesen war. Leben war Leiden. Anstatt von der Voraussetzung auszugehen, daß mir meine Mutter etwas Schreckliches antat, hatte ich angenommen, daß ich etwas Falsches getan hatte. Daß ich verdiente, was sie mir angetan hatte. Ich hatte mein ganzes Leben damit verbracht, für andere Leiden zu ersinnen, weil meine Mutter Leid für mich ersonnen hatte. Nicht nur Leid zu verursachen. Ich mußte die Handlungsweise meiner Mutter rechtfertigen, mußte sie zur Wahrheit erheben – zur Art und Weise, wie das Universum tatsächlich funktionierte. Zuzugeben, daß Liebe existieren konnte, hätte bedeutet, daß meine Mutter etwas Falsches getan hatte. So einen Schluß zieht man nicht so leicht.

Also zog ich Kyrethe an mich und ließ meiner Bestürzung über die Handlungsweise meiner Mutter endlich freien Lauf. Sechs Jahrzehnte waren vergangen, und ich war endlich bereit, loszulassen und der Welt ehrlich und nicht in dem Versuch gegenüberzutreten, meine Mutter zu schützen.

Kyrethe und ich waren, wie mir jetzt klar wurde, verändert. Frei.

Ein kühler, befriedigender Wind rauschte durch den Raum und peitschte die Laken um uns mit ungeheurer Kraft. Direkt an Kyrethes großen Händen vorbei griffen mächtige Babyhände mit kurzen Stummelfingern nach uns. Hielten uns fest, einen in jeder Hand, und plötzlich flogen wir. Ein Wunder der Passionen.

Das Todesmeer rauschte so rasch unter uns vorbei, daß ich nur einen verschwommenen roten Wirbel wahrnahm. Ich sah zu Kyrethe auf der Fläche von Lochosts Hand. Ihr Körper verriet Angst, und sie klammerte sich am Daumen der Passion fest. Doch in ihrem Gesicht stand ein wildes Lächeln der Erregung. Sie konnte nicht glauben, daß sie flog – befreit nicht nur aus ihrem sinnlichen Gefängnis, sondern auch von der Insel. Sie lachte laut auf.

Ich drehte mich zu Lochost um. Das Gesicht des Kindes erinnerte mich nicht mehr an mich selbst. Statt dessen veränderten sich seine Züge ständig und wechselten in rascher Folge zwischen Angehörigen aller Rassen – so rasch, daß ich mich abwenden mußte, wenn ich nicht wollte, daß mir schwindlig wurde. Aber ich hörte ihn lachen, das Gelächter einer viel zu großen Freude über die Möglichkeit des Lebens. Ich wußte, ich würde platzen, wenn ich versuchte, alle Hoffnung der Passion in mich aufzunehmen.

Plötzlich standen wir an der Küste des Todesmeers. Lochost war verschwunden. Das Land um uns war öde – felsig und ausgedörrt. Doch wir waren weit weg von der Insel und in Sicherheit. Wir zwei sahen zuerst einander an und dann hinaus aufs Meer. Was konnten wir sagen? Es gibt Ereignisse, die uns überraschen, scheinbar unausweichliches Verderben von uns abwenden. Wenn solche Ereignisse tatsächlich stattfinden, müssen wir tief durchatmen und unserer stummen Dankbarkeit Ausdruck verleihen. Unsere gemeinsame Passion für die Freiheit – die wir auch auslebten – hatte ein Wunder bewirkt. Daß unsere Gefühle manchmal unsere mächtigste Kraftquelle sind, ist vielleicht das größte Geschenk des Universums überhaupt.

Ich hielt Kyrethe meine Hand hin. Sie nahm sie. Schweigend wandten wir uns ab und entfernten uns vom Todesmeer. Ein Junge mußte gerettet werden. Ein zerbrochener Junge mußte gefunden und geheilt werden.

TEIL VIER

DAS VERDORBENE HERZ

1

Lochost hatte uns irgendwo an der Nordküste des Todesmeers abgesetzt. Wir konnten erkennen, daß sich das Scharlachmeer weiter im Nordwesten befand, so daß wir nur in westlicher Richtung marschieren mußten, um die Brachen zu erreichen. In der Unterhaltung, die ich an Bord des Luftschiffs belauscht hatte, war unter anderem auch geäußert worden, daß man Neden dorthin bringen wollte, also würden wir uns ebenfalls dorthin auf den Weg machen.

Wir redeten in diesen Stunden nicht viel. Ohne die magische Flüssigkeit der Insel würden wir Nahrung brauchen. Wir mußten uns beeilen, um aus der ausgedörrten Einöde in der unmittelbaren Umgebung des Todesmeers herauszukommen, und das würde unseren alten Beinen einiges abverlangen. Also marschierten wir zügig bis zum frühen Abend, als wir einen Dschungel erreichten. Der zunächst spärliche Baumbewuchs wurde rasch dichter. Bald fanden wir alle Früchte, die wir brauchten, um unsere Kräfte aufzufrischen. Ein breiter Bach versorgte uns mit Wasser. Wir ließen uns unter einem Baum nieder und trafen alle erforderlichen Vorkehrungen, um uns dort für den Rest unserer Reise auszuruhen.

Ich zündete ein Feuer an, und wir saßen beisammen und starrten hinein. Das Feuer schuf eine Hütte aus Licht, die in die Dunkelheit um uns hineingetanzt war. Vor dem Hintergrund des hellen Scheins konnten wir nichts außerhalb des Flammenkreises erkennen. Ich fühlte mich sicher und geborgen.

Als Kyrethe das Wort ergriff, geschah dies mit mehr Bedacht als zuvor. Sie wollte ihre Aussprache verbessern. Der Erfolg ihrer Bemühungen war nicht zu überhören. »Ich werde ihn töten.«

Ich lachte, da ich ihre Bemerkung zunächst für einen grimmigen Witz hielt. Sie starrte mich an, als sei ich verrückt geworden. »Deinen Bruder? Mordom?«

»Ja. Du weißt, was er mir angetan hat.«

»Er hat den Mord eures Vaters an eurer Mutter akzeptiert.«

»Ich glaube, ich habe nicht alles aufgeschrieben. Es war so schwierig, den Stein zu zerkratzen. Er hat noch mehr getan. Mein Vater starb, bevor ich auf die Insel gebracht wurde. Beim Begräbnis ließen sie mich sein Gesicht berühren. Es war leblos. Doch ich erkannte die Form. Ich fing an, ihn zu kratzen, und die Leute zerrten mich weg. Es war Mordom, der die Insel bauen ließ. Wahrscheinlich hat er einem Questor des Upandal einen entsprechenden Auftrag erteilt. Einem mächtigen. Auf Thera gibt es viele davon.«

»Warum hat er dir das angetan?«

»Ich bin sicher, er wußte nicht, was er mit mir anfangen sollte. Die Taten meines Vaters hatten Argwohn hervorgerufen, aber es gab nichts Greifbares. Der Ruf der Familie hatte gelitten. Deshalb kam Mordom den Wünschen meines Vaters nach. Ansonsten hätten sich seine Aufstiegschancen in der theranischen Hierarchie zu sehr verschlechtert.«

»Als ich ihm vor Jahren begegnete, kam er mir nicht wie ein theranischer Beamter vor. Auch jetzt noch nicht.«

»Vielleicht ist er auch keiner. Unser System politischer Belohnungen und Bestrafungen reagiert ziemlich hart auf jede Form des Versagens. Der verzweifelte Plan, von dem du mir erzählt hast, zeigt, daß er wohl zu beweisen versucht, daß er noch einmal einen Platz in der Hierarchie verdient hat.«

»Und dafür mußte er dich für den Rest deines Lebens ins Exil schicken?«

»Bei uns gibt es so etwas wie Sippenhaft. Wenn die Verbrechen meines Vaters jemals ans Licht gekommen wären...«

»Warum hat er dich dann nicht getötet?«

Sie hielt inne. Leise sagte sie: »Ich glaube, dazu konnte er sich nicht überwinden.«

»Aber du kannst es?«

»Du versuchst doch nicht etwa, ihn zu verteidigen?«

Ich streckte abwehrend die Hände aus. »Ich habe dem Tod praktisch gesagt, ich würde ihn persönlich zu ihr zurückschicken. Es ist nur so... Ich habe dir doch von meiner Familiensituation erzählt... Mittlerweile glaube ich, wenn man es vermeiden kann, noch mehr Leid über sein Leben zu bringen, sollte man das auch tun. Ich will dir nicht vorschreiben, was du tun sollst. Ich schlage nur vor, daß du es dir gut überlegst.«

Sie funkelte mich mit zusammengekniffenen Augen an. Betrachtete mich von oben bis unten. Dann legte sie ihre Hand in die meine. »Na schön. Es ist ein guter Rat. Aber ich will trotzdem seinen Tod.«

»Ausgezeichnet«, sagte ich, während ich mich auf dem Boden ausstreckte. »Ich werde da sein und dir den Rücken freihalten.«

Sie blieb sitzen, und einen Augenblick lang fühlte ich mich schlecht. Ein Teil von mir wünschte, sie würde sich neben mich legen. Es wäre gut gewesen, ihre Wärme zu spüren. Doch die Dinge hatten sich geändert. Die Einsamkeit der Insel war eine ideale Umgebung für Liebe und Romantik gewesen. Letzten Endes gab es dort nichts anderes zu tun. Doch die Verwicklungen der normalen Welt machten die Dinge – kompliziert. Ihr Gerede von Rache hatte gewiß keinen von uns in Schmusestimmung gebracht. Was, wenn ich genauer darüber nachdachte, auch ganz gut so war.

Lächelnd drehte ich mich auf die Seite und schlief ein.

Ein Tiger weckte mich. Seine Ausdünstung drang mir in die Nase, und ich schlug die Augen auf. Die grünen Augen der Bestie starrten in meine. Nur eine Elle entfernt. »Zurück!« rief Kyrethe, und ich wäre ihrem Befehl beinahe gefolgt. Doch sie redete mit dem Tiger, der auch ein paar Schritte zurückwich. Sie kam belustigt auf mich zu. »Tut mir leid«, sagte sie und setzte sich neben mich. Die Furcht mußte mir immer noch deutlich anzumerken sein, denn sie sagte, »Ach, komm schon, es tut mir leid«, und tippte mir auf die Nase. Ihre angelegentliche, fast kindische Einstellung in dieser Sache verwirrte mich. Der Tiger saß ein paar Ellen entfernt ruhig da. Die Zähne gebleckt. Als er gähnte, erkannte ich, daß er mir mit einem einzigen Biß den Kopf abreißen konnte.

»Du kennst diesen Tiger?«

»Nicht sehr gut. Wir sind uns erst heute nacht begegnet. Aber ich denke, daß wir uns mit der Zeit aneinander gewöhnen.«

Ich musterte sie verblüfft. »Du bist eine Tiermeisteradeptin?«

Sie lachte. »Sehr gut erkannt.«

Während ich mich aufrichtete, sagte ich: »Tut mir leid. Den größten Teil meines Lebens habe ich mich entweder in der Wildnis versteckt – was bedeutet, daß ich niemanden zu Gesicht bekommen habe – oder mit Leuten in Städten gearbeitet. Mir sind noch nicht viele Leute mit deinen Talenten untergekommen.« Außerdem fiel mir auf, daß ich in ihr eine völlig hilflose Frau sah. Je mehr sie sagte und tat, desto klarer wurde mir, daß sie eine hilflose Frau *gewesen war*. Sie war längst keine mehr.

»Ich dachte, wir könnten etwas Hilfe gebrauchen. Sie und ich werden uns unterwegs besser kennenlernen. Außerdem kann sie uns helfen, Mordom aufzuspüren.«

»Nach allem, was ich von deiner Berufung weiß –

ich weiß nicht, wie ich es ausdrücken soll. Allein zu sein, ohne jede Möglichkeit, einem Tier zu begegnen...«

Ihre Augen wurden so kalt wie am Tag zuvor, als sie davon gesprochen hatte, Mordom zu töten. »Es war sehr schwierig. Ein Teil dessen, was ich war, fehlte meinem Leben plötzlich.« Sie erhob sich abrupt. »Wir machen uns jetzt besser auf den Weg.«

Wir besprachen in Ruhe unsere Möglichkeiten. Zwei Arten des Vorgehens standen zur Auswahl: Erstens konnten wir versuchen, mit der throalischen Regierung Kontakt aufzunehmen. Der Regierung standen mit Sicherheit die Mittel zur Verfügung, um Mordoms Einzelunternehmen Herr zu werden. Doch Throal war weit weg, und ich hatte den Verdacht, daß Zeit von entscheidender Bedeutung war. Auf dem Luftschiff hatte Mordom durchblicken lassen, daß es viele Wochen dauern würde, seinen Plan zu verwirklichen. Seitdem waren viele Wochen vergangen, und wenn überhaupt noch Zeit war, dann gewiß nur noch sehr wenig. Ich wußte immer noch nicht, was Mordom mit Neden vorhatte, aber ich konnte mir vorstellen, daß eine Sache, die es erforderlich machte, den Jungen in Stücke zu schneiden und ein paar Monate an ihm zu arbeiten, alptraumhafte Ausmaße haben mußte.

Außerdem waren da noch meine ungesetzlichen Handlungen und die Versuche des Königreichs Throal, meiner habhaft zu werden. ich wurde für Verbrechen gesucht, die von der Verstümmelung meiner Söhne bis zum Diebstahl reichten. In das Königreich zu marschieren und zu verkünden, was Mordom vorhatte, würde mich nur den Leuten ausliefern, die mich tot sehen wollten.

Die zweite Möglichkeit bestand darin, allein vorzugehen. Wir befanden uns bereits in der Nähe der Brachen, also dort, wohin Mordom unterwegs gewesen war. Wenn er monatelange Vorbereitungen treffen mußte, waren die Brachen der perfekte Ort, um dort seine Zelte aufzuschlagen, ohne befürchten zu müssen, gestört zu werden. Aus Zeitgründen wollte ich mich direkt auf die Suche nach Mordom machen und erst nach Nedens Rettung mit Throal Kontakt aufnehmen. Dies war die Möglichkeit, für die ich eintrat.

Kyrethe dachte nicht lange darüber nach. Sie hatte weder ein besonderes Interesse an Neden noch an Throal, sondern wollte nur ihren Bruder finden und mit ihm abrechnen.

»Natürlich kannst du gerne mit mir kommen. Du kennst das Land viel besser als ich. Ich könnte deine Hilfe gebrauchen.«

»Ich glaube auch, unsere beste Möglichkeit ist die, sofort nach Mordom zu suchen.«

»Unsere einzige Möglichkeit.«

»Wie auch immer, laß uns aufbrechen.«

Wir machten uns auf den Weg. Der Tiger, ein Weibchen, das sie wegen seiner Augenfarbe Jade nannte, lief neben Kyrethe. Kyrethe tätschelte Jade unterwegs, und das gewaltige Tier rannte manchmal ein Stück voraus und dann wieder zurück zu uns, offensichtlich erfreut über Kyrethes Gesellschaft. Ich war ein wenig eifersüchtig, aber zufrieden, daß Kyrethe so glücklich war. Ich hielt mich ein paar Ellen hinter den beiden, und sei es auch nur, weil Jade mich immer noch nervös machte.

Tagelanges Wandern.

Wir erreichten ein kleines Dorf. Kyrethe wartete mit Jade im Dschungel. Sie begründete dies damit, daß der Tiger in Gegenwart vieler Leute möglicherweise zu gereizt sei. Mir war jedoch klar, daß ihr ebenfalls nichts daran lag, von einem Haufen Neugieriger umringt zu werden. Tiermeister sind von Natur aus ein zurückgezogenes Völkchen, und ihre Zeit auf der Insel hatte diese Neigung wahrscheinlich noch verstärkt. Ich erzählte ein paar Geschichten und verdiente uns damit Proviant und Waffen. Als wir am nächsten Tag weiterzogen, trug ich ein Schwert an der Hüfte und sie einen Dolch. Außerdem hatten wir einen Vorrat getrockneter Früchte für die Brachen.

Nach einigen Tagen veränderte sich das Land. Der Boden war zwar immer noch mit Gras bewachsen, aber vor uns sahen wir bereits die braune, tote Region der Brachen. Die Brachen waren ein Überbleibsel aus der Zeit der Plage. Aus unerfindlichen Gründen hatten sich die Brachen nie erholt.

Ich hatte sie noch nie betreten. War ich einmal in ihre Nähe gekommen, hatten sie mich zu sehr daran erinnert, wie die Erde in meiner Jugend ausgesehen hatte, als die Leute nach einem jahrhundertelangen Leben in Kaers und Zitadellen wieder an die Oberfläche gekommen waren. Manche Dinge heilen nicht so gut, wie wir es gerne hätten. Das Ackerland. Die Seele.

Einen Tag später drangen wir in einen Landstrich vor, der bar jeglichen Lebens war. Jedenfalls hatte es den Anschein. Das offensichtliche Leben war verschwunden. Doch wenn man genau achtgab, konnte man große, stark gepanzerte Insekten herumfliegen und sich dann in der braunen Erde eingraben sehen. Vögel tauchten plötzlich hinter Hügeln auf, stiegen steil in den Himmel, stießen dann wieder auf den Boden herab und gerieten außer Sicht. Die Vegetation bestand aus ein paar verkrüppelten Bäumen und einem häßlichen Strauch hier und da. Doch nichts machte einen so dauerhaften Eindruck, als gehöre es wirklich hierher.

Und tatsächlich war auch nichts von Dauer. Als wir durch eine ausgetrocknete Wasserrinne wanderten, sah ich, wie die Seitenwände der Rinne ihre Position veränderten. *Die Richtung, in die wir wanderten, veränderte sich, weil sich das Land bewegte.* Das war der

Schrecken der Brachen. Sie waren nicht nur ausgedehnt – etwa vierhundert mal siebenhundert Meilen –, sondern man konnte sich auch nicht auf Orientierungspunkte in der Landschaft verlassen. Das Land bewegte sich langsam, aber stetig. Jade bewegte sich jetzt wachsamer. Ihre Schritte waren nicht mehr sicher, und es hatte den Anschein, als fühle sie sich an diesem Ort durch ihre Tatzen und ihre Körpermasse nicht mehr ausreichend geschützt.

Wir hatten beschlossen, daß sich Kyrethe in den Brachen Jades Geruchssinn ausleihen würde. Diese Fähigkeit kam mir mehr als merkwürdig vor. Doch Tiermeisteradepten waren dazu in der Lage, und es würde uns gewiß helfen. Jade war Kyrethe jetzt treu ergeben und hatte ein paar elementare Befehle gelernt. Ich erfuhr jedoch, daß auch ein Tiermeister nicht in unserem Sinn mit den Tieren reden kann, weil sie keine Sprache besitzen.

Jade und Kyrethe standen einander gegenüber, und Kyrethe berührte einfach die Nase des Tigers.

Als sich Kyrethe aus ihrer geduckten Haltung aufrichtete, machte sie einen bestürzten Eindruck. »Diese Gegend ist schrecklich«, sagte sie. Ich konnte nur nicken. Es war offensichtlich, daß sie die Natur dieses Landes auf eine Weise erfaßt hatte, die mir verschlossen war. Jade wirkte ebenfalls unschlüssig und schien sich jetzt ganz nach Kyrethe zu richten. Kyrethe hob die Nase, schnüffelte – tatsächlich ein überaus komischer Anblick – und sagte: »Nichts. Wenn hier Leute sind, kann ich sie noch nicht riechen.«

»Es könnte Tage, sogar Wochen dauern, ihn zu finden.«

»Dann laß uns weitergehen.« Und weg war sie. Ob ich da war oder nicht, sie würde weitergehen. Während wir durch unbeständige Rinnen und über trügerische Felsen trotteten, kehrte meine Eifersucht zurück. Seltsamerweise war ich nicht auf jemand anders eifersüchtig, sondern auf sie. Sie war sich selbst genug. Das Gefühl hielt sich, bis ich mich an ihre Vergangenheit erinnerte. Sie hatte sich gegen ihren Vater und ihren Bruder aufgelehnt. Und furchtbare Qualen und Strafen auf sich genommen, um zu dem zu stehen, was sie für wahr und richtig hielt. Natürlich war sie sich selbst genug. Die Tatsache, daß sie ihr Exil überlebt hatte, bewies dies zweifelsfrei. Wenn sie sich nicht selbst genug gewesen wäre, hätte sie nicht überlebt, und ich wäre ihr niemals begegnet, hätte niemals mit ihr gelacht und sie niemals geliebt. Daß wir nicht mehr auf einer verlassenen Insel gefangen waren, wo es nichts Besseres zu tun gab, hatte sie nicht verändert. Es bedeutete nicht, daß sie mich aus ihrem Herzen verdrängt hatte. Doch die Umstände waren anders. Die Rangfolge – zuvor ich, jetzt ihr Bruder – hatte sich verändert. Ich konnte das entweder hinnehmen oder mich in verbitterte Einsamkeit flüchten.

Die verbitterte Einsamkeit kannte ich nur allzugut. Hinnahme schien eine Herangehensweise voller neuer Möglichkeiten zu sein, und so beschloß ich, es damit zu versuchen.

Wir verbrachten in der Tat Tage mit der Suche. Zweimal wurden wir von Dämonen angegriffen, die auf Beute lauerten. Die Kämpfe waren rasch vorbei – wir gewannen beide. Doch die Unwesen – Ungeheuer mit Tentakeln und silbernen Zähnen – fügten mir einige Wunden zu.

Die trockene Erde schien mir irgendwie die Feuchtigkeit aus dem Körper zu saugen. Das Land bewegte sich mit der Sonne, die gnadenlos auf uns herabschien, und es gab keine Hoffnung, ein schattiges Fleckchen zu finden. Die Gegend war heißer als jede andere in Barsaive, die ich kannte. Mehr und mehr breitete sich eine schreckliche Gereiztheit in mir aus. Zuerst dachte ich, dies hänge mit der bedrückenden Umgebung zusammen. Doch je mehr ich darüber nachdenke, desto eher glaube ich, daß das Land selbst Gift für die Seele bereithielt.

Zu Beginn unserer zweiten Woche in den Brachen, als wir unsere Nahrung bereits einteilten und uns fragten, ob wir umkehren und unsere Vorräte auffrischen sollten, gab es schließlich einen Hinweis auf Nedens Aufenthaltsort.

Kyrethe hob die Hand. Jade und ich blieben stehen. »Jemand ist in der Nähe. Bergbewohner. Zwerge.« Sie sprach leise und deutete nach Westen. Jetzt hob ich die Hand und bedeutete ihr zu warten. Hinkend ging ich in die Richtung, in die sie zeigte. Ich arbeitete mich die Seitenwand einer Wasserrinne hinauf, wobei ich die letzten paar Ellen kriechend zurücklegte. Der Boden unter meinen Fingern fühlte sich warm an. Es roch nach kürzlich verendeten Tieren.

Mehrere hundert Schritte entfernt bewegte sich eine Gruppe von Zwergen, etwa ein Dutzend, die von ein paar Menschen und Elfen begleitet wurden. Hatte König Varulus von Mordoms Plan erfahren – waren dies seine Leute, die zu Nedens Rettung hier waren? Die Zwerge trugen zwar eine Rüstung, aber sie trugen nicht das rotgoldene Banner Throals. Vielleicht hatte sich die Gruppe nur verirrt und war rein zufällig in meine Geschichte gestolpert.

Die Mühe, die ich mir gerade gemacht hatte, eine Erklärung dafür zu finden, warum die Zwerge von Throal sein mochten, aber nicht so aussahen, überraschte mich. Noch vor einem Jahr hätte ich mich wie ein Besessener in die Aufgabe gestürzt, einen kleinen Jungen aus den Händen eines bösen Magiers zu retten. Endlich Erlösung! Mich mit einem einzigen kühnen Streich beweisen zu können und ein Kind zu retten. Welches Beweises hätte es noch bedurft, um mich als würdig zu erweisen, wieder ein Mitglied meines Volkes zu werden? Liebe zu verdienen und einen Platz zu haben.

Doch nun, seit meinem Tod, verlor das Bedürfnis, etwas zu beweisen, rasch an Bedeutung. Wenn throali-

sche Krieger in der Nähe waren, konnten sie die Lage bewältigen. Ich hatte andere Dinge, um die ich mich kümmern mußte. Meine Jungen wiedersehen. Meine Frau. Oder ein neues Leben mit Kyrethe beginnen. Wer konnte das wissen? Doch nur etwas zu unternehmen, um meine Vergangenheit zu bewältigen – wie war so etwas überhaupt möglich?

Immer noch grübelnd, kehrte ich zu Kyrethe zurück. Natürlich würde sie Mordom auf den Fersen bleiben, mochte kommen, was da wollte. Wiederum mußte ich daran denken, wie einfach und direkt die Dinge im Turm gewesen waren. Was ich einst als Gefängnis betrachtet hatte, kam mir im nachhinein wie der Ort vor, an dem ich so frei wie nie zuvor in meinem ganzen Leben gewesen war. Die Welt verlangte soviel Aufmerksamkeit. Die Fäden anderer Leben woben sich in das Muster meines Lebens, ob ich es wollte oder nicht. Es schien kein Entkommen zu geben.

Nein, es gab eine Möglichkeit. Ich konnte mich wieder in mein Haus im Dschungel zurückziehen. Wiederum allen Leuten den Rücken kehren. Die Einsamkeit suchen, die ich so sorgsam um mich errichtet hatte. Und aufs neue Kameradschaft mit nichts und niemandem als den Sternen am Himmel schließen.

Ich lächelte über den Gedanken. Das war jetzt nicht mehr möglich. Das Universum hatte mich durch Kyrethes Anwesenheit aus meiner Einsamkeit herausgerissen, und es gab kein Zurück. Auf den Punkt gebracht, gefiel es mir einfach zu sehr, lebendig zu sein, um zu meiner früheren Einsamkeit zurückzukehren. Ich wollte mich mit anderen Leuten auseinandersetzen, und zwar aus keinem anderen Grund als dem, es zu tun.

Und da wurde mir auch klar, warum ich Neden immer noch retten wollte. Nicht um mir das Wohlwollen meiner Mitmenschen zu sichern, ein Motiv, das sich letzten Endes auf Eitelkeit gründete. Sondern weil ich teilhaben wollte. Einander begegnen, miteinander kämpfen, einander helfen, miteinander lachen und weinen. Das war es, was wir taten.

Nein, das Bild ist ein wenig schief. Es hatte nichts damit zu tun, daß wir alle Fäden sind, die einen gigantischen Teppich des Lebens bilden. Wir sind alle Sterne am Himmel, die auf die Erde gespiegelt werden. Doch anstatt ein statisches Muster zu bilden, das ich für mich so verzweifelt zu errichten versucht hatte, sind wir in ständiger Bewegung. Nichts ist gewiß, auf nichts ist Verlaß. Unsere gemeinsamen Handlungen schaffen ein Durcheinander. Entweder heißt man dieses Durcheinander willkommen, oder man versteckt sich vor der Wahrheit hinter einem ausgeklügelten Lügennetz. Wie viele Jahre hatte ich mit dem Studium der Sterne verbracht? Und wieviel mehr hatte ich über mich selbst und mein Schicksal gelernt, indem ich mich einfach in das Durcheinander geworfen hatte?

Ich erzählte Kyrethe, was ich gesehen hatte. Wir kamen überein, der Gruppe zu folgen und festzustellen, ob sie etwas mit Mordom zu tun hatte. Vielleicht führten uns die Zwerge direkt zu ihm. Wenn nicht, wenn sie die Brachen verließen, mußten wir uns einen neuen Plan ausdenken. Immer noch unter Ausnutzung von Kyrethes geborgtem Geruchssinn folgten wir der Gruppe in einiger Entfernung. In den nächsten beiden Tagen verloren wir ihre Spur häufig, wenn sich die Windrichtung änderte, aber im großen und ganzen gelang es uns, den Zwergen auf den Fersen zu bleiben.

Am zweiten Tag schlugen sie ein großes Lager mit Zelten auf, die das Banner Throals zeigten. Da sich auf diese Weise bestätigt hatte, daß sie aus Throal stammten, hielt ich es für ungefährlich, sich ihnen zu nähern. Doch Kyrethe sagte: »Hast du mir nicht erzählt, dieser König von Throal habe seinen Sohn fortgeschickt, weil diesem in seinem eigenen Reich Gefahr droht?« Als ich nickte, sagte sie: »Was bringt dich dann auf den Gedanken, jemand aus Throal müsse dein Verbündeter sein?«

So hatte ich mir das noch nicht überlegt, obwohl ich es hätte tun sollen. Mir ging auf, daß Kyrethe, die eine Theranerin war, immer noch die Neigung ihres Volkes besaß, die politischen Zusammenhänge und Auswirkungen jeder Situation ebenso leicht zu durchschauen, wie die meisten von uns atmen. Obwohl sie vierzig Jahre lang weit weg von solchen Intrigen gelebt hatte, waren ihre Instinkte so gut ausgeprägt, daß sie selbst dann noch mögliche Probleme witterte, wenn sie von einer Situation aus dritter Hand erfuhr. Ich sagte ihr, ich müsse es so oder so herausfinden. Sie pflichtete mir bei, daß wir mehr Informationen brauchten.

In dieser Nacht schlichen sich Kyrethe, Jade und ich lautlos an ihr Lager an, das wir wegen des orange lodernden Lagerfeuers nicht verfehlen konnten. Schließlich waren wir so nah, daß ich ihr Stimmengemurmel hören konnte. Ein lachend hervorgebrachter Ausruf. Wachposten hielten am Rande des Lagers ein wachsames Auge auf die Umgebung. Und am Lagerfeuer saßen drei Zwerge, die sich leise unterhielten.

»Ich werde mir Jades Gehör ausborgen und mich näher anschleichen«, sagte Kyrethe.

»Ich habe die Fähigkeiten, näher heranzukommen«, sagte ich. »Es wäre sinnvoller, wenn ich das übernehmen würde.«

»Du müßtest aber noch näher heran als ich.«

Da hatte sie recht, und ich erklärte mich einverstanden, hier zu warten. Sie meditierte ein paar Sekunden und legte dann eine Hand auf Jades riesigen Kopf. Zärtlich kraulte sie dem Tiger das Fell und berührte dann sein Ohr. Der Tiger schnurrte zufrieden.

Als sich Kyrethe zum Gehen wandte, berührte ich ihre Hand. Wir hatten in den letzten Tagen kaum Freundlichkeiten oder gar Zärtlichkeiten ausgetauscht. Die Brachen hatten uns schweigsam und reizbar gemacht. »Kyrethe«, sagte ich, »ich wollte dir nur sagen, daß du von allen Frauen, die mir je begegnet sind, die besessenste bist.« Ich hatte eigentlich etwas dem Anlaß entsprechend Bedeutungsvolles und Sentimentales sagen wollen. Aber ich glaube, daß ich mit der Wahrheit viel besser fuhr. Sie lächelte über meine Worte, unterdrückte ein Lachen. Sie streckte die Hand aus und nahm meine. Ihre alte, faltige Haut fühlte sich wunderbar an. Eine Frau, die zu kennen sich lohnte. Sie sagte: »Und du bist der verwirrteste Mann in meinem Leben. Aber ich will dir eines sagen. Alle Männer, die ich kannte, wußten ganz genau, was sie tun wollten, wie sie leben wollten. Sie wußten, was richtig war, und sie taten es. Ein ausnehmend theranisches Wesensmerkmal. Und ich will dir auch sagen, daß ich das immer ganz wunderbar fand. In der Zeit meines Exils hatte ich jedoch genug Zeit, um darüber nachzudenken. Eine Spur Unsicherheit bei meinem Vater oder Mordom hätte mir das Leben sehr viel leichter gemacht. Danke, daß du mir die andere Seite des Lebens gezeigt hast.« Sie zog mich an sich. Wir küßten uns. Leidenschaftlich. Schließlich wälzte sich Jade auf den Rücken und versuchte die Aufmerksamkeit ihrer Herrin von mir abzulenken, indem sie ihren Kopf gegen meinen preßte. Kyrethe lachte leise, und dann waren ihre Gedanken wieder bei ihrem Vorhaben. Mit den vorsichtigen Bewegungen eines Raubtiers näherte sie sich kriechend dem Lager. Jade lag neben mir und beobachtete sie hechelnd vor Ungeduld.

Die ersten hundert Ellen konnte ich sie noch deutlich erkennen. Dann verschmolz ihre graue Kleidung mit dem Erdboden, und sie verschwand aus meinem Blickfeld.

Das Lager war jedoch klar und deutlich zu erkennen. Etwa fünfzehn Minuten nach Kyrethes Aufbruch sah ich einen der Wachposten neugierig ungefähr dorthin blicken, wo Kyrethe sich jetzt befinden mußte.

Hatte er etwas gehört? Er verließ den Lichtkreis des Lagerfeuers, um nachzusehen. Ich setzte mich in Bewegung. Ob diese Leute Throal treu ergeben waren oder nicht, Kyrethe befand sich in höchster Gefahr, wenn sie entdeckt wurde. Sie war unverkennbar theranischer Abstammung, und das konnte ihren sofortigen Tod bewirken.

Die Wunde in meinem Bein brannte immer noch ein wenig, als ich loslief. Ich konnte den Wachposten zum Schweigen bringen, ohne einen Laut zu verursachen. Ich mußte ihn nur schnell genug erreichen.

Dann erregte ein Tumult im Lager meine Aufmerksamkeit. Eine weitere Reisegesellschaft näherte sich von der anderen Seite des Lagers. An ihrer Spitze – Mordom. Ich konnte sein hageres Gesicht und seine zugenähten Augen gerade noch erkennen. Er hatte die Augenhand gehoben, so daß er sehen konnte. Jade richtete sich auf und leckte sich die Lippen. Der Wächter ging wieder zurück auf seinen Posten und bereitete sich auf die Ankunft von Mordoms Gruppe vor. Ich entspannte mich.

Ich sah, wie sich Mordom und die anderen begrüßten. Kleine Klappstühle wurden um das Lagerfeuer aufgestellt. Eine große Gruppe von Zwergen, Menschen, Elfen – und natürlich Mordom – versammelte sich. Die Unterhaltung wurde leise geführt, und ich konnte nichts verstehen.

Aber im Augenblick war mir auch nur an Kyrethes Rückkehr gelegen. Mordom war offenbar von dort gekommen, wo er Neden gefangenhielt. Nach allem, was ich von den Talenten eines Tiermeisteradepten wußte, würde Kyrethe in der Lage sein, Mordoms Spur zu Neden zurückzuverfolgen. Da Mordom aus dem Weg war, würden wir uns nur mit den Wachen auseinanderzusetzen haben, die er bei dem Jungen zurückgelassen haben würde. Es war tatsächlich möglich, ihn zu retten!

Mehr als eine halbe Stunde später war meine Geduld erschöpft. Ich starrte angestrengt in die Dunkelheit, wartete auf Kyrethes Rückkehr. Was hielt sie so lange auf? Die Ablenkung war vorbei, die Wachen waren wieder auf der Hut. Sie konnte ihr Glück nicht noch länger auf die Probe stellen.

Dann sah ich sie auf einem leicht ansteigenden Hang ganz dicht am Lager. Sie kroch immer noch vorwärts, schlängelte sich von Schatten zu Schatten, um so dicht wie möglich heranzukommen. Doch sie war schon viel näher als nötig, um die Wortführer am Lagerfeuer zu belauschen. Dann sah ich etwas in ihrer Hand im Sternenschein glitzern. Die Leute im Lager konnten sie nicht sehen, da sie gerade durch eine flache Rinne kroch. Ich wußte jedoch ganz genau, um was es sich handelte, und war zu Tode erschrocken. Mir wurde schlagartig klar, daß ich innerhalb von Sekunden sowohl Neden als auch Kyrethe verlieren konnte. Sie hatte ihren Dolch gezogen, und es bestand kein Zweifel, daß sie beabsichtigte, ihren Bruder *jetzt* zu töten.

3

»Bleib«, bat ich Jade. Kyrethe hatte dem Tiger diesen Befehl beigebracht, und ich hoffte, er würde gehorchen, obwohl nur ich es war, der ihm diese Anweisung gab. Dann huschte ich durch die Schatten, jagte durch flache Rinnen und duckte mich hinter niedrige Erhebungen, die mich vom Lager trennten. Ich bewegte mich viel schneller, als mir lieb war. Mußte in meiner Hast fast aufrecht laufen. Aber Schnelligkeit war von entscheidender Bedeutung.

Nach wenigen Augenblicken sah ich Kyrethe dicht vor mir kriechen. So langsam – und dann richtete sie sich auf Hände und Knie auf. Sie war zu nah, um mit vorsichtigem Kriechen noch viel weiter zu kommen. Ihr blieb nichts anderes mehr übrig, als aufzuspringen und zum Lagerfeuer zu stürmen. Ich rannte jetzt mit voller Kraft, und bei jedem Schritt schoß mir ein stechender Schmerz durch mein Bein. Ich erreichte sie in dem Augenblick, als sie sich gerade aufrichtete und losrennen wollte. Ich warf mich auf sie und hielt ihr den Mund zu. Wir stürzten zu Boden. Ich landete auf dem Rücken, ihr Rücken auf meinem Bauch, und versuchte sie festzuhalten. Ich schlang die Beine um sie, während ich ihr mit einer Hand den Mund zuhielt und sie mit dem anderen Arm umklammerte.

Sie wehrte sich heftig, wodurch sich die Schmerzen in meinem Bein noch verstärkten. Doch uns erwartete der Tod, wenn ich nachgab und sie losließ. Wir waren nur ein paar Schritte vom äußeren Rand des Lagers entfernt.

»Ruhig. Ich bin es. J'role. Hör auf.«

Sie hielt inne. Dann kämpfte sie mit noch größerer

Wut und Energie als zuvor gegen mich an, um sich zu befreien.

»Hör auf. Bitte. Hör zu. Mordom wird sterben. Du kannst deinen Bruder töten, ich helfe dir.« Sie stieß ein gedämpftes Gurgeln aus. »Also gut. Du kannst ihn persönlich töten. Aber bitte. Bitte. Ich flehe dich an. Wir können jetzt zu Neden gehen. Die Bewachung wird nur schwach sein. Wir können Mordoms Spur zurückverfolgen. Bitte. Bitte. Hilf mir, den Jungen zu retten. Der Tod kann warten. Der Tod lauert überall. Den Jungen retten – das ist es, was wir jetzt tun müssen.«

Sie hörte auf, sich zu wehren. Ich wartete, während ich mich fragte, ob es eine List war. Dann erkannte ich, daß ich es nie erfahren würde, wenn ich sie nicht losließ, also tat ich es. Ohne ein Wort wälzte sie sich von mir herunter und blieb schwer atmend auf dem Bauch liegen. Ihr Zorn war greifbar. Aber sie rannte nicht los, um Mordom zu töten.

»Wir kriegen ihn«, flüsterte ich.

»Still«, sagte sie. Sie lauschte jetzt der Unterhaltung. Mordom und die Zwerge waren entsetzlich nahe. Ich hob den Kopf über den Rand der Rinne und erkannte Mordom im Licht des Lagerfeuers ganz klar.

»Er ist tot?« fragte er gerade.

»So lautet die Nachricht aus Kratas«, sagte ein Zwerg, der das Zeichen Throals auf der Schulter trug. Die Verräter mußten bis zu den höchsten Stellen vorgedrungen sein, denn der Mann war ein General der throalischen Armee. »Vistrosh hat mir versichert, daß seine Agenten König Varulus vor drei Wochen ins Jenseits befördert haben.«

»Aus Kratas?« wunderte sich Mordom. »Ist das nicht die Stadt, in der Garlthik Einauge herrscht?«

»Das spielt keine Rolle«, sagte der General. »Vistrosh und Garlthik sind erbitterte Rivalen um die Kontrolle über die Stadt. Er ist sehr fähig. Wenn er sagt, der König ist tot, dann ist der König tot.«

Mordom war nicht zufrieden. »Wenn Garlthik auch nur in der Nähe der Informationsquelle ist...« Mordoms Stimme verlor sich, suchte nach den richtigen Worten. »Er hat dieses... hassenswerte Talent, sich in Dinge einzumischen, die ihn nichts angehen. Sich Informationen zu beschaffen, die er von Rechts wegen nicht besitzen dürfte, und auch noch das schlimmste Pech zu seinem Vorteil zu nutzen.«

»Mordom«, sagte der General bestimmt. »Garlthik hat versucht, seine Leute bei uns einzuschleusen. Wir haben sie alle getötet.«

»Noch schlechtere Nachrichten.«

»Das reicht aber. Ich habe Euch gesagt, daß es nunmehr vollbracht ist. Wie kommt Ihr mit Eurer Arbeit voran?«

»Hoffentlich ist es wirklich vollbracht. Wenn unser Plan funktionieren soll...«

Der General hob die Hand. Sein Gesicht, das im Feuerschein ohnehin rötlich glänzte, wurde noch roter. »Wir haben die Eskorte des Prinzen verraten. Wir haben das Versteck des Königs verraten. Also. Der Verstand des Prinzen. Wie kommt Ihr voran?«

»Ich bin fast fertig. Das Gift entfaltet bereits seine Wirkung.«

»Können wir ihn jetzt mitnehmen?«

Mordom schüttelte den Kopf. »Er ist nicht bei Bewußtsein. Ein Koma. Noch ein paar Tage, dann benimmt er sich wieder so wie ein normaler Junge seines Alters.«

»Kann ich ihn sehen?«

»Das halte ich für keine gute Idee. Er ist... Wie ich schon sagte, es gibt Risiken. Im Augenblick ist er dem Tode nahe...«

»Aber er wird leben?«

»O ja. Bergschattens Anweisungen waren – unglaublich, wirklich. Wir haben ihn bald so weit. Aber Ihr müßt euch noch gedulden.«

»Varulus hat unser Königreich für ganz Barsaive geöffnet und unser Land vergiftet. Er hat die Verantwortung übernommen, Thera zu bekämpfen, und versucht, dem ganzen Land Gerechtigkeit zu bringen. Unsere Hilfsmittel sind so gut wie erschöpft. Wir haben nicht mehr viel Zeit.«

»Und bald werdet Ihr einen Erben haben, der alles tut, was Ihr ihm sagt. Wenn Ihr nach Throal zurückkehrt, den Jungen nach einer waghalsigen Rettungsaktion sicher in Eurer Obhut, könnt Ihr alles wieder ins rechte Lot bringen.«

»Und Thera und Throal können wieder die Verbündeten werden, die sie einmal waren.«

»O ja«, sagte Mordom lächelnd, »mit Sicherheit.«

Ich zupfte an Kyrethes Gewand. Sie seufzte, nickte. Vorsichtig krochen wir zu Jade zurück.

»Wir müssen ihn jetzt finden. Das ist unsere Chance.«

»J'rolè. Hast du gehört, was mein Bruder gesagt hat? Der Junge ist dem Tode nahe. Was sollen wir tun, wenn wir ihn finden?«

»Irgendwas. Aber du hast deinen Bruder auch sagen hören, daß Neden bald eine Marionette in den Händen der Verräter sein wird.«

Sie hielt inne, sah mich an, musterte mich prüfend. »Das ist dir wichtig, nicht wahr?«

Mit einiger Verblüffung nahm ich zur Kenntnis, daß dies tatsächlich der Fall war. Ich nickte. »Warum wunderst du dich darüber?«

»Nach allem, was du mir von dir erzählt hast – irgendwie ergibt das überhaupt keinen Sinn.« Dann wanderte ihr Blick in weite Ferne, und schließlich lächelte sie. »Auf eine andere Art schon. Wenn dies alles vorbei ist, wenn dein Junge gerettet und mein Bruder tot ist, würde ich ganz gerne hier in deinem Land bleiben. Diese Gegend hat etwas Interessantes an sich. Etwas, das ich in Thera nicht sehen kann.«

Es war mir nie in den Sinn gekommen, daß sie nach Hause zurückkehren könnte. Das sagte ich jedoch nicht. Sechzig Jahre hatten mir ein wenig Takt beigebracht. Aber ich war glücklich zu erfahren, daß sie in eine Richtung steuerte, in die ich ebenfalls steuerte, wenn auch noch unklar war, wie diese Richtung letzten Endes aussehen würde.

Wir schlugen einen großen Bogen um das Lager und fanden schließlich Mordoms Fährte. Aufgrund der Natur der Brachen hatte sich die Spur verändert. Doch dank der großen Anzahl von Leuten, die mit Mordom unterwegs waren, sowie Kyrethes Talent im Fährtensuchen gelang es uns, die Spur aufzunehmen. Bald waren wir unterwegs zu Mordoms Versteck.

Während einer Rast fragte Kyrethe: »Wer ist dieser Bergschatten, den Mordom erwähnt hat?«

Als Mordom den Namen erwähnte, hatte er eine Saite in mir angeschlagen, aber ich hatte ihn nicht unterbringen können. Es wollte mir immer noch nicht einfallen, als Kyrethe mich danach fragte.

Nachdem wir weitere zwanzig Minuten marschiert waren, bemerkte ich einen Wächter auf einem großen Hügel vor uns. Er saß auf dem Boden und hatte kein Feuer angezündet. Ich führte unsere Gruppe in die Deckung einer Anhöhe und sagte, ich würde ein wenig kundschaften gehen und mich der Wachen annehmen. Kyrethe erwiderte, sie würde mit Jade weiter der Spur folgen und sich um jeden kümmern, der den Wachen Rückendeckung gab. Zuerst wollte ich sie von ihrem Vorhaben abbringen. Um sie keiner Gefahr auszusetzen. Und dann wurde mir klar, daß Kyrethe kein Mensch war, der sich keiner Gefahr aussetzte. Es ängstigte mich vielleicht, weil mir sehr viel an ihr lag, aber so war sie nun einmal. Wir trennten uns.

Es war nicht leicht, auf den Hügel zu gelangen, weil der Wächter eine sehr vorteilhafte Stellung bezogen hatte. Dann, als ich näher herankam, sah ich, daß dort zwei Posten saßen, nicht einer. Ein Zwerg und ein Troll. Die beiden starrten auf das zerklüftete Land. Das Licht der Sterne färbte die tote Erde silbrig.

Die Überraschung half mir nur bei meinem ersten Angriff, also würde der Troll mein erstes Opfer werden. Ich wartete auf den richtigen Moment. Wenn man es mit dem Tod zu tun hat, ist Geduld eine Tugend, die gar nicht hoch genug eingeschätzt werden kann. Schließlich erhob sich der Zwerg, um sich zu strecken. Beim Aufstehen drehte er sich von mir weg. In diesem Augenblick eilte ich mit gezogenem Schwert vorwärts. Sie hörten nur das leise Scharren rascher Schritte auf weichem Erdboden, dann grub sich mein Schwert tief in den Nacken des Trolls. Er stieß ein spitzes, verzerrtes Krächzen aus.

Der Zwerg war gut. Keine Panik. Er hatte seine Axt bereits gezogen, als ich zu ihm herumwirbelte. Ich versuchte mein Schwert aus dem Nacken des Trolls zu ziehen, um seinen Hieb zu parieren, doch es steckte in seinen dicken Muskeln fest. »Alarm!« rief der Zwerg, während seine Axt durch die Luft pfiff. Ich sprang zur Seite, um mir Raum zum Manövrieren zu verschaffen.

Wir tanzten in wilder Jagd über den Hügel. Ich beschränkte mich auf das Ausweichen, während er unablässig lachte und mit seiner Axt nach mir hieb. Zweimal gelang es mir, mich in die Nähe meines Schwerts zu manövrieren, und zweimal vertrieb er mich wieder. Beim dritten Versuch konnte ich es aus dem Nacken des Trolls herausziehen. Da stürmte er auf mich los, denn mein Schwert war seiner Axt im Kampf eindeutig überlegen. Ich riß mein Schwert in einer Finte hoch, womit ich ihn nach rechts drängte, wirbelte dann herum und traf ihn am Arm. Er schrie auf und ging zu Boden. Ein weiterer Hieb zerschmetterte seinen Schädel, und er blieb reglos liegen.

Doch sein Alarmruf war nicht ungehört verhallt. Vom Fuß des Hügels hörte ich schweres Atmen und die aufgeregten Rufe weiterer Wächter. Ich rannte zum Hang und sah zwei Menschen und einen weiteren Troll den Hügel heraufstürmen. *Jetzt* erfüllte mich Panik. Keine Überraschung. Der Gegner war in der Überzahl und ich ein wenig außer Atem.

Ich hatte jedoch meine Rückendeckung vergessen. Jades Brüllen zerriß die Nachtluft, so laut und so herrisch, als gehöre ihr die Nacht. In diesem Augenblick waren die drei Wächter und ich wahrscheinlich nur allzu bereit, sie ihr auch zu überlassen.

Sie fuhren herum, als ihnen plötzlich bewußt wurde, daß es eine größere Gefahr gab als einen alten Mann mit einem Schwert. Jade raste ihnen mit unglaublicher Geschwindigkeit entgegen, und die Eleganz und Leichtigkeit, mit der sie sich bewegte, war wegen ihrer Größe um so beeindruckender. Diesen Augenblick der Ablenkung nutzte ich aus, um den Hügel herunterzuspringen und einem der menschlichen Wächter mein Schwert in den Rücken zu bohren. Jade stieß sich mit einem gewaltigen Satz vom Boden ab und prallte gegen die Brust des Trolls. Er stieß einen fürchterlichen Schrei aus, als Jades Krallen seine Muskeln aufrissen und sich ihre Fänge tief in seine rechte Schulter bohrten. Der dritte Wächter hielt nach weiteren überraschenden Gefahren Ausschau, und dadurch war er momentan offen für einen Schwerthieb. Ich traf ihn am Arm. Mein Angriff ernüchterte ihn, und er ging auf mich los.

Hinter ihm, am Fuße des Hügels, sah ich einen weiteren menschlichen Wächter aus einem Höhleneingang auftauchen. Kyrethe, die sich in einer niedrigen Rinne versteckte, sprang daraus hervor und unternahm einen entschlossenen, wenngleich laienhaften Angriff auf den Rücken des Mannes. Er schrie auf und brach zusammen. Im Sternenschein glänzte ihr Dolch scharlachrot.

Neben mir gingen Jade und der Troll aufeinander

los. Der erste Angriff des Tigers hatte den Kampf jedoch mehr oder weniger bereits entschieden. Sehr bald konnte der Troll nicht einmal mehr schreien.

Der letzte Wächter und ich wechselten ein paar Finten und Paraden. Doch ich hatte den Vorteil der erhöhten Position, den ich behielt und dazu benutzte, ihn immer weiter den Hügel hinunterzutreiben. Schließlich stolperte er und fiel in seine eigene Klinge. Es bereitete mir keine Mühe, ihm den Gnadenstoß zu versetzen.

Kyrethe, Jade und ich sammelten uns am Fuße des Hügels. Dort erwartete uns ein großer Höhleneingang. Das Licht der Sterne beleuchtete nur die ersten paar Ellen, und dann wurde die Höhle von Dunkelheit verschluckt. Ich konnte jedoch sehen, daß der Höhlenboden steil nach unten abfiel.

»Ein Drache«, sagte ich.

»Was?«

»Ich erinnere mich jetzt. In einem Dorf östlich von hier habe ich mal davon gehört. In den Brachen soll ein Drache leben. Sein Name ist Bergschatten.«

Wir blieben stehen. Sahen einander nicht an. Nur in die Höhle. Und dann fingen wir gleichzeitig an zu lachen. »Das Verhängnis erwartet uns«, sagte ich.

»Schon wieder?« scherzte Kyrethe.

Unser Gelächter endete abrupt. Ein Augenblick nüchterner Reflexion. »Vielen Dank für deine Hilfe«, sagte ich.

»Abgesehen von der Tatsache, daß ich Mordoms Tod mehr als alles anderes will – einem unschuldigen Jungen zu helfen bewirkt, daß ich mich besser *fühle*.«

Wir hielten einander einen Moment lang bei den Händen und betraten dann mit Jade die Höhle. Die Wächter, die aus der Höhle gekommen waren, hatten Fackeln mitgebracht. Kyrethe hob eine vom Boden auf und trug sie, während ich vorausging und nach Fallen und Alarmvorrichtungen Ausschau hielt. Ich konnte nichts finden – Mordom hatte sich wahrscheinlich darauf verlassen, daß die Brachen selbst die Leute von seinem Schlupfwinkel fernhielt –, blieb aber dennoch auf der Hut. Die Höhle führte immer weiter in die Tiefe, bis sie sich schließlich zu einer großen Kaverne erweiterte. In Metallständern brannten Fackeln, die einen kleinen Teil der Kaverne erhellten. Die Wände waren unbearbeitet und bestanden aus uraltem Stein. Auf einer Seite stand etwa ein Dutzend Feldbetten. In einer Ecke stapelten sich mehrere Kisten mit Schriftrollen. Auf der anderen Seite befand sich ein improvisierter Laborbereich mit Tischen, die mit Büchern und Bechergläsern übersät waren.

»Wo ist der Drache?« flüsterte Kyrethe.

»Keine Ahnung«, erwiderte ich. Ich hatte noch nie zuvor einen Drachen gesehen, doch bereits von ihrer ungeheuren Größe gehört. Dennoch, die Kaverne war so groß, daß sie gut und gern mehrere Drachen beherbergen konnte. »Vielleicht ist er auf der Jagd oder so.«

Plötzlich klang Kyrethes Stimme tonlos. »J'role.«

Ich drehte mich um und sah sie auf eine Steinplatte deuten. Neden lag darauf, die Augen geschlossen. Sein Körper war wieder zusammengesetzt worden. Nicht einmal Narben waren zurückgeblieben. Doch er war von einem seltsamen Gitterwerk aus Glasröhren umgeben. Das eine Ende jeder Röhre war mit einem von vielen Bechergläsern verbunden, die merkwürdige Flüssigkeiten enthielten, welche scheußliches Licht in verschiedenen, noch scheußlicheren Farben abstrahlten. Jede Röhre ruhte auf einem eigenen Gestell. Manche Flüssigkeiten wurden durch Feuer erhitzt, andere kochten anscheinend aus eigenem Antrieb. Die anderen Enden der Röhren durchbohrten die Haut des Jungen, die blutige Striemen in der Umgebung dieser Stellen aufwies.

Ich ging rasch zu ihm. Sein Atem war flach, seine Hautfarbe blaßblau. Ich fragte mich, ob es ungefährlich war, die Röhren zu entfernen. Hielten ihn einige davon am Leben?

Kyrethe, deren Denken wahrscheinlich in die gleiche Richtung ging, fragte: »Glaubst du, wir sollten es wirklich versuchen?«

»Ich glaube, wir haben gar keine andere Wahl. Wenn sie ihr Werk beenden, ist der Schaden wahrscheinlich dauerhaft.« Mit dieser Bemerkung streckte ich die Hand nach der ersten Röhre aus, doch kurz bevor ich sie berührte, fiel mir ein, daß ich die Flüssigkeit in der Röhre verschütten würde, wenn ich sie einfach herauszog. Ich sah mich um und entdeckte ein wenig Lehm, der offenbar benutzt wurde, um die Röhren zu verschließen. Ich hob etwas davon auf.

»Was ist das alles?« fragte Kyrethe.

»Dein Bruder hat ein Talent für den Umgang mit

Dämonen. Eine besondere Nähe zu ihnen. Ich halte zumindest einen Teil dieses Zeugs für Gifte, Extrakte – irgendwas – von Dämonen, die er studiert hat. Der Rest hält Neden wahrscheinlich am Leben, während Bereiche seiner Seele und seines Verstandes systematisch verdorben werden.«

Sie schwieg einen Augenblick und sagte dann: »Ich kann nicht glauben, daß er mein Bruder ist.«

Ich starrte sie verblüfft an. Für einen Sekundenbruchteil verschwanden ihr Alter und ihre eiserne Entschlossenheit, und sie war plötzlich schrecklich naiv. Das ist gar nicht abwertend gemeint. Ich kenne zu viele Leute, die die Schrecken der Welt mit einem Achselzucken abtun. Kyrethes Fähigkeit, finstere Wahrheiten zu kennen und zu erkennen und sich trotzdem noch von ihnen entsetzen zu lassen, fand ich einfach wunderbar.

»Ich warte am Eingang. Vielleicht tauchen noch mehr Wachposten auf.«

»In Ordnung«, sagte ich, während ich meine Aufmerksamkeit wieder auf die Bechergläser und Röhren richtete. Ich streckte die Hand aus, um eine Röhre herauszuziehen. Ich hatte beschlossen, sie rasch eine nach der anderen zu entfernen, weil ich nicht wußte, mit welcher ich beginnen sollte. Wenn einige dieser Röhren Neden am Leben erhielten und ich zufällig diese Röhren zuerst herauszog, durfte ich mit den anderen offensichtlich nicht zu lange warten, da diese Nedens Geist auch weiterhin vergiften würden.

Ich berührte die erste Röhre. Vor meinen Augen blitzte es weiß auf. Ein hartes Summen fuhr durch meinen Arm und schleuderte mich zu Boden.

»J'role!«

Kyrethe stand neben mir, als ich die Augen öffnete. Ich wurde von einem derart starken Schwindelgefühl erfaßt, daß ich zunächst kein Wort herausbrachte. Sie fragte mich, was geschehen sei, und nach einigen Sekunden war mein Verstand wieder einigermaßen klar, und ich sagte es ihr. »Wir werden Hilfe brauchen«, sagte sie.

Ich stand auf und erwiderte. »Wir werden keine bekommen.« Der Schock hatte meine Widerspenstigkeit geweckt, und ich war entschlossener denn je, Neden zu befreien und mit ihm zu fliehen.

»Das ist starke theranische Magie. Es ist schwer, sie zu wirken, und ebenso schwer, sie zu brechen.«

»Ich bin auch nicht leicht zu brechen.«

Sie lächelte. »Schön und gut. Aber was wirst du tun?«

»Ich habe mein Leben lang gestohlen. Dabei habe ich ein paar Dinge gelernt. Dies ist nicht das erste Mal, daß ich magische Schutzvorrichtungen überwinden muß.«

Der Trick bestand darin, mächtige Magie anzuzapfen. Ich hatte seit langer Zeit nicht mehr meditiert, und darunter hatten meine Talente gelitten. Meine Intimität mit Kyrethe und meine Besorgnis um Neden hatten mich vom Brennpunkt meiner Diebesmagie fortgezogen. »Ich brauche Zeit zum Meditieren«, sagte ich.

»Wir haben keine Zeit.«

»Wir haben keine andere Wahl. Wir können diese Röhren nicht einfach zerschlagen. Dabei würden wir jede Ader in seinem Körper aufreißen.«

Sie nickte. »Ich gehe nach draußen. Mordom wird heute nacht wahrscheinlich bei den Zwergen bleiben – aber wir wissen es nicht mit Bestimmtheit.«

»Ja«, sagte ich. Aber ich löste mich bereits von ihr und ging in der Einsamkeit und Kraft meiner Disziplin auf. Sie verließ die Kaverne, und ich dachte an Einsamkeit. Konzentrierte mich darauf, mich nur auf mich selbst zu verlassen, mich niemandem anzuvertrauen. Auf diese Art und Weise gewinnt ein Diebesadept seine magischen Kräfte. Gewöhnlich dauerte es ungefähr eine halbe Stunde. Ich hatte es so oft in meinem Leben getan. Doch diesmal wußte ich von Anfang an, daß alles anders war. Ich konnte die Einsamkeit nicht finden. Obwohl ich wußte, daß die Befreiung Nedens von meinem Erfolg abhing, wollte ich mich nicht mehr darauf konzentrieren, allein zu sein. Ich hatte einfach genug von der Einsamkeit. Bei meiner ersten Begegnung mit Neden hatte ich mich aller möglichen Kniffe bedient, um mich dazu zu bringen, ihm zu helfen, indem ich mir zum Beispiel vorgestellt hatte, er könne ein anständiges Lösegeld erbringen. Doch als ich den Jungen auf der Steinplatte jetzt ansah, wollte ich ihn nur in die Arme nehmen. Ich wollte ihm helfen und gab auch zu, daß ich ihm helfen wollte.

Fünf Minuten vergingen. Zehn. Fünfzehn.

Ich konnte es nicht. Ich besaß meine Talente als Dieb immer noch. Aber ich fand einfach nicht die erforderliche Konzentration, um das Außergewöhnliche zu vollbringen – und nichts weniger war jetzt gefordert.

Ich machte mich daran, es noch einmal zu versuchen. Zehn Minuten vergingen. Ich konnte nur daran denken, daß ich versuchen wollte, mir mit Kyrethe ein neues Leben aufzubauen.

Es schien keinen Sinn zu haben, es weiter zu versuchen. Irgend etwas war mir entglitten. Derjenige, der ich einmal gewesen war, existierte nicht mehr. Selbst dann nicht, wenn ich dieser Jemand sein mußte.

Ich ging zu den Röhren. Ich konnte die Schmerzen vielleicht nicht vermeiden, aber vielleicht war ich in der Lage, sie zu ertragen und mich nicht von ihnen beirren zu lassen. Mich mit ihnen abzufinden. Sie nicht als Beweis für ein freudloses Universum zu genießen. Mich auch nicht in mich selbst in dem Versuch zurückzuziehen, mich davor zu verstecken. Mich ihnen einfach zu stellen. Sie als Teil des Lebens zu betrachten, wie unangenehm er auch sein mochte.

Ich wappnete mich innerlich und streckte die Hand aus.

»J'role!« rief Kyrethe, so daß ich erschrak.

»Was!«

Mein Zorn brachte sie aus der Fassung, und sie erstarrte für einen Augenblick. Dann erinnerte sie sich an das, was sie in Panik versetzt hatte, und rannte zu mir. »Luftschiffe sind im Anflug. Zwei.«

Erregung erfaßte mich. »Vielleicht sind es throalische Schiffe, die hinter den Verrätern her sind.«

»Oder vielleicht hat Mordom die Verräter seinerseits verraten und sie in einen Hinterhalt gelockt.«

»Deine Gedanken sind ziemlich sprunghaft und zynisch noch dazu.«

»Aber es wäre möglich.«

»Ja, das wäre es.«

Vom Höhleneingang hallte Mordoms Stimme zu uns herunter. »BEEILUNG!« rief er.

Ich sagte: »Wir haben die Leichen nicht versteckt.«

»Nein. Aber das habe ich während deiner Meditation nachgeholt.«

»Wir sollten uns besser selbst verstecken.«

Wir zogen uns in einen finsteren Teil der Kaverne zurück, der nicht vom Fackellicht erleuchtet war. Kyrethe rief Jade zu sich, und wir warteten gemeinsam.

Mordom tauchte mit mehreren seiner Handlanger auf. Blut lief ihm über die rechte Gesichtshälfte. Er machte einen gehetzten Eindruck, und seine hochtrabende Art wurde von Furcht überlagert. »Nehmt die Schriftrollen mit«, rief er einem seiner Männer zu. Er rannte zu Neden, vollführte eine Reihe komplizierter Gesten und entfernte dann die Röhren aus dem Körper des Jungen. Er ging dabei mit großer Vorsicht zu Werke und zog die Röhren in einer offenbar genau festgelegten Reihenfolge heraus. Ich war plötzlich sehr dankbar, daß ich es nicht versucht hatte.

»Jetzt können wir ihn erwischen«, sagte Kyrethe mit kaum verhohlener Mordlust in der Stimme.

Ich legte ihr eine Hand auf die Schulter. »Nur noch einen Augenblick. Bitte.«

Mordom beendete sein Werk und rief zwei seiner

Leute zu sich. Nur drei hatten ihn in die Kaverne begleitet. Vielleicht hatte er welche am Höhleneingang postiert, aber wir konnten wohl von der Voraussetzung ausgehen, daß sich die Anzahl seiner Helfer erheblich verringert hatte. Der Zwergengeneral kam in die Kaverne gerannt. »Wir brauchen jetzt Euren Drachen, Magier!«

Ohne aufzusehen, sagte Mordom: »Er ist weder mein noch Euer Drache, General. Ich glaube nicht, daß er sonderlich interessiert daran ist, uns in dieser Angelegenheit zu helfen. Er ist sehr eigen. Das Luftschiff ist draußen versteckt. Wir müssen nur den Prinz an Bord bringen und verschwinden.«

Die Erregung des Generals wurde dadurch nicht geringer. Er rannte zu Mordom und zerrte an dessen Gewand. »Sie könnten uns einholen!«

Mordom fuhr herum und schlug den Zwerg mit seiner augenlosen Hand. »Seid ihr so ein Feigling? Habt Ihr Angst, Euch vor Eurem Volk für Eure Verbrechen verantworten zu müssen? Ihr habt weder die Achtung Eures Volkes verdient noch seine Verachtung. Ihr seid ein Kriecher, der sich hinter der Kraft anderer verbirgt.«

Der Zwerg griff zu seinem Schwert. Als ziehe er ein Taschentuch, berührte Mordom wie unbeabsichtigt die Stirn des Generals. Bevor der Zwerg sein Schwert auch nur aus der Scheide ziehen konnte, schrie er gellend auf. Seine Haut löste sich von seinem Körper ab und enthüllte darunter liegende Muskeln und Fettpolster. Die abgelöste Haut drehte und wand sich und wickelte sich um den Körper des Zwergs, der auf die Knie fiel und die Hände vor das blutende Gesicht schlug. Mordom wandte sich wieder Neden zu. Die Aufmerksamkeit seiner Helfer war vom grauenhaften Schicksal des Zwergs gefesselt. Mordom schrie sie an, ihm bei Neden zu helfen.

»Das reicht«, sagte Kyrethe. »Jade«, befahl sie entschlossen,. »greif an!«

Als die Gruppe vor uns herumfuhr, schoß der Tiger vorwärts und sprang Mordom an, während dieser noch versuchte, einen Zauber vorzubereiten. Kyrethe stürmte ebenfalls vorwärts, und Mordoms Helfer zogen ihre Waffen. Ich war ebenso überrascht wie sie und folgte Kyrethe in die Schlacht.

Schwerter. Hiebe. Paraden. Stöße. Schreie und Krallen. Mit Jades Hilfe gelang es uns rasch, Mordoms Leute zu erledigen. Durch meine Wunden aus den Kämpfen gegen die Dämonen und auf dem Hügel war ich jedoch geschwächt und ging ebenfalls zu Boden. Mordoms Brust blutete stark, und er wankte zur Steinplatte, auf der Neden lag. Sein Atem ging rasselnd, und beim Ausatmen bildeten sich Blutblasen vor seinem Mund.

Er starrte uns an, mich, der ich auf dem Boden lag, und Kyrethe, die mit Jade an ihrer Seite ein paar Schritte entfernt stand. Ihr rechter Arm blutete, aber sie wirkte dennoch gefaßt, als sie ihrem Bruder gegenübertrat. Ich glaube nicht, daß er verstand, warum wir ihm nicht den Gnadenstoß versetzten. Dann, als er seine Schwester betrachtete, dämmerte das Erkennen in seinen Augen. Seine Lippen formten ihren Namen, doch kein Laut drang aus seinem Munde.

»Ja«, antwortete sie.

Er sah mich an, erinnerte sich, daß ich in der Nähe der Insel seiner Schwester über Bord des Luftschiffs gegangen war. »Wie hast du...?«

»Er hat etwas getan, an das du nie gedacht hast, Mordom. Er hat mich geliebt.«

Seine Stimme klang, als würden welke Blätter zertreten. »Es tut mir so leid.«

Das stimmte sie milder. Ich sah, wie ihre Schultern entspannt herabsanken. Ich blieb auf der Hut, erwartete Mordoms Reaktion. Doch der Angriff blieb aus. Er verlagerte lediglich sein Gewicht, so daß er sich noch stärker gegen die Steinplatte lehnte. Vielleicht war es auch das Gewicht seiner Erinnerungen, die er schon lange aus seinem Bewußtsein verdrängt hatte. Von draußen drangen Kampfgeräusche zu uns herein. Gebrüllte Befehle.

Ich rappelte mich auf. »Der Junge, Mordom. Wird der Junge wieder gesund?«

Er drehte sich zu Neden um. Betrachtete ihn. Lachte ein merkwürdiges kurzes Lachen. »Nein. Das heißt, er wird bestens geeignet sein für das, was ich mit ihm... Aber für das, was du meinst...« Er wandte sich wieder an seine Schwester. »Kyrethe. Ich... Ich bin so froh, daß es dir gelungen ist... Ich hielt es für unmöglich, Vaters Fluch aufzuheben.«

Sie starrte ihn nur an. »Ich will dich töten.«

Er sank noch mehr in sich zusammen. »Ja.« Hob seine Augenlose Hand vor das Gesicht. »Das kann ich verstehen.«

Sie sah mich an. »Aber ich glaube nicht, daß ich es tun werde. Blut an den Händen läßt sich so schwer abwaschen.«

Das Getrappel eiliger Schritte näherte sich. Als ich mich zum Eingang umdrehte, sah ich eine Horde Zwerge in die Kaverne stürmen. An ihrer Spitze – König Varulus! Sein Bart war weißer als bei unserer letzten Begegnung vor über vierzig Jahren, sein Gesicht faltiger. Doch er bewegte sich mit der Energie des Vaters, der seinen Sohn beschützen will. Seine Soldaten hatten uns rasch umzingelt. Ein paar untersuchten die Leichen. Wir waren alle verdächtig, und sie hielten ihre Waffen auf uns gerichtet.

Er eilte zu seinem Sohn. Rief seinen Namen. Versuchte ihn aufzuwecken. Wie im Traum sagte Mordom: »Ihr könnt ihn nicht... Er schläft nicht... Er ist jetzt nichts mehr. Es gibt nichts, was aufgeweckt werden könnte.« Dabei war seine Augenhand jedoch ständig auf seine Schwester gerichtet.

Viel fehlte nicht, und Varulus hätte sich auf Mordom gestürzt. »Weck ihn auf. Mach meinen Sohn wieder gesund.«

»Manche Dinge sind unmöglich. Ich kann ihm die Illusion von Leben einhauchen. Aber er wird nie wieder wirklich eines besitzen.«

»Ich glaube dir nicht. Ich weiß nicht, welcher Ehrgeiz dich antreibt, aber du wirst nichts von mir bekommen. Mach dein schmutziges Werk rückgängig oder stirb jetzt.«

»Mein Ehrgeiz«, sagte Mordom und seufzte dann tief. »Mein Ehrgeiz...« Die Stimme versagte ihm. Es war unglaublich, daß der Mann, der jetzt zusammengesunken vor mir hockte und dessen Persönlichkeit von Sekunde zu Sekunde weiter zusammenschrumpfte und von den Schrecken seiner eigenen Vergangenheit in Stücke gerissen wurde, derselbe war, der mich mein Leben lang in meinen Alpträumen heimgesucht hatte. Als er sich jetzt zu einem neuerlichen Sprechversuch aufraffte, war es offensichtlich, daß sich seine Gedanken vollständig von der augenblicklichen Situation abgewandt hatten. »Mein Ehrgeiz besteht darin, meines Vaters Werk zu vollenden. Meines Vaters Traum... Dafür zu sorgen, daß diesmal alles den gewünschten Verlauf nimmt. Daß es keine Fehlschläge mehr gibt.«

Varulus ignorierte ihn und wandte sich an Kyrethe.

»Ich bin Kyrethe. Bis vor kurzem noch Gefangene auf einer Insel im Todesmeer.«

»Es gibt keine Inseln im Todesmeer.«

»Es gibt viele Dinge, die Ihr nicht sehen könnt und die dennoch existieren.«

Er wandte sich an mich, über ihre scharfe Antwort

verärgert. »Und du? Kannst du meinem Sohn helfen?«

»Ich bin J'role.« Alle anwesenden Soldaten wichen einen halben Schritt zurück. Varulus, der von Releana wußte, daß der verrückte Clown, den er suchen ließ, derselbe Junge war, der ihm vor über vierzig Jahren in dem hängenden Garten begegnet war, betrachtete forschend mein Gesicht. Seine buschigen Augenbrauen hoben sich überrascht. »Tatsächlich. Ich habe wirklich gedacht, du seist schon vor Jahren gestorben und deine Legende das Werk vieler.«

»Ich bin weit herumgekommen. Ich habe eine Menge gestohlen.«

Er kam auf mich zu. »Hast du meinem Sohn das angetan?«

Mein Tonfall war jetzt ausdruckslos. Es bestand kaum Hoffnung, die Wahrheit erklären zu können, und meine ehemalige Einstellung des kühlen Sichabfindens mit einem schrecklichen Universum schlich sich wieder in mein Bewußtsein. »Nein. Ich wollte ihm helfen.« Ich dachte zurück an die Nacht, in der ich Nedens Schreie im Dschungel gehört hatte, als Mordom ihn verfolgte. Wie ich mir eingebildet hatte, der Junge sei ich. »Ich wollte ihm unbedingt helfen.«

Varulus fixierte mich mißtrauisch, schien sich aber mit meiner Antwort fürs erste zufriedenzugeben. Er wandte sich wieder an Mordom. »Es gibt also nichts, was du für ihn tun kannst. Wirklich?«

»Nein. Ich kann es nicht rückgängig machen.«

»Und du bist Mordom.«

»O ja.«

»Du verübst seit fünfzig Jahren Verbrechen im Lande Barsaive. Du hast meinen Sohn entführt und ihn mit deinem Plan vergiftet, Throal durch ihn zu regieren ...«

Mordom erwachte aus seiner Starre. »Woher wißt Ihr das? Alle meine Vorbereitungen ...«

Varulus lächelte. »Man hat mir aufgetragen, dich zu fragen, ob du mich wirklich für tot gehalten hast.«

»Garlthik«, seufzte Mordom.

»Er sagte mir, daß du es erraten würdest. Er wird sich freuen zu hören, daß du ihn nicht vergessen hast. Ich gebe mich nicht gerne mit seinesgleichen ab, aber er hat mir ein Angebot gemacht, das ich nicht ablehnen konnte, als ich hörte, daß er es auf *dich* abgesehen hatte.« Varulus gab mehreren Soldaten ein Zeichen. Plötzlich umringten sie Mordom und zwangen ihn zu Boden. Varulus hob sein Schwert und setzte Mordom die Spitze an den Hals. Ich trat vor, vermutlich aus einem durch Leid geübten Instinkt. Kyrethe legte mir eine Hand auf den Arm. Hielt mich zurück. »Du sollst eines wissen«, fuhr Varulus fort. »Ich weiß, daß du schon mehrfach gestorben bist. Daß du ein Netz unterhältst, das emsig daran arbeitet, dich zurückzubringen. Ich bin dabei, diese Leute aufzuspüren und unschädlich zu machen. Dies könnte dein endgültiger Tod sein.«

Varulus' Worte erinnerten mich an etwas. »König Varulus, ich bin ebenfalls gestorben und zurückgekommen.« Meine Worte überraschten die Zwerge. »Niemand hat mir dabei geholfen. Ich habe es allein geschafft.« Dies schien ihre Neugier zu befriedigen. Ich sagte: »Da ist noch etwas, das ich Mordom über das Totenreich fragen wollte.«

»Ist dir klar, wie unverschämt du bist?«

»Allerdings.«

Varulus erwog mein Ansinnen. »Frag ihn.«

»Als du dort warst, Mordom – mußtest du auch immer wieder deine Geschichte schreiben?«

Mordom sah mich an, als sei ich verrückt. »Im Totenreich ist man aller Sinne beraubt, sich jedoch ständig der wunderbaren Anblicke, der Nahrung, der Düfte und der Leute in seiner Umgebung bewußt. Ich habe einmal mit dem Tod gesprochen – er war plötzlich in meinen Gedanken und sagte mir, er wolle verstehen, warum wir Dinge erst zur Kenntnis nehmen, wenn wir kurz davor stehen, sie zu verlieren.«

Wie der Tod gesagt hatte: *Es ist sehr kompliziert.*

»Dann überantworte ich dich jetzt einer Strafe, die du mehr als verdient hast.« Mordom hob seine Augenhand und richtete sie auf Kyrethe. Er versuchte noch ein Wort des Abschieds oder der Entschuldigung zu formulieren, aber da hatte der König bereits zugestoßen. Kyrethe nahm meine Hand und drückte sie. Sah weg. Eine Blutfontäne spritzte aus Mordoms Hals. Ein jäher, aber kurzer Krampf durchzuckte ihn, dann war er tot.

König Varulus seufzte schwer, als sei er zufrieden mit einer gut ausgeführten Arbeit, aber ein wenig traurig über ihren Mangel an Bedeutung. Das Schwert glitt ihm aus den Fingern, und er richtete seine Aufmerksamkeit ganz auf Neden. Mit vorsichtigen Bewegungen streichelte er das Gesicht des Jungen. »Es muß etwas geben. Irgendwas.«

Ein Soldat sagte: »Eure Hoheit, wir könnten ihn nach Throal bringen. Unsere Gelehrten können ihn dort untersuchen.«

»Ja, ja«, sagte Varulus abwesend. Doch in seinem Herzen glaubte er nicht, daß irgend jemand seinen Sohn aus dem seelenlosen Zustand befreien konnte, den Mordom ihm auferlegt hatte.

Aus der Dunkelheit im hinteren Teil der Kaverne erscholl eine tiefe, feste Stimme. »Deine Bemühungen werden vergeblich sein.«

Wir alle wandten uns der Stimme zu. Ein leises Schaben hallte durch die Kaverne. Die Zwerge hoben die Schwerter.

Die Stimme sagte: »Aber ich kann helfen. Wenn jemand bereit ist, ein Risiko auf sich zu nehmen.«

Aus der tiefen Dunkelheit im hinteren Teil der riesigen Kaverne schob sich ein gewaltiger Drache. Sein

Kopf, der jetzt vom Fackellicht erfaßt wurde, schwebte sechzig Ellen über dem Boden. Seine Vordertatzen waren mit Krallen von der Größe langer Schwerter bewehrt. Er kam näher, und wir alle wichen zurück.

»Was ist das?« fragte König Varulus leise.

»Bergschatten, Eure Hoheit. Wenn jemand Neden helfen kann, dann er.«

Bergschattens Kopf, der auf einem langen Hals ruhte, schlängelte sich auf uns zu. Seine Flügel, feucht und unzählige Male zusammengefaltet, lagen am Körper an. Ein langer Schwanz zuckte träge hin und her. König Varulus eilte ihm mit gezogenem Schwert entgegen. »Du kannst meinem Sohn helfen?«

»Ich weiß, wie, aber ich kann es nicht selbst tun.« Die Stimme des Drachen klang distanziert – und das nicht nur aufgrund der Entfernung. Die Umstände schienen ihn eher zu amüsieren. Wie lange hatte er im Schatten gewartet? Mordom hatte nicht einmal den Versuch unternommen, ihm mitzuteilen, daß ein Angriff bevorstand. Lauerte er immer praktisch unsichtbar im Hintergrund, beobachtete und trug dann ganz nach Lust und Laune etwas zum Geschehen bei?

Wie ich als Dieb. Anwesend, doch nicht Anteil nehmend.

Varulus fuchtelte nicht unkontrolliert mit seinem Schwert herum. Er schrie auch nicht. In genau demselben Tonfall, mit dem er in all den Jahren politischer Unsicherheit in Throal sein Volk zusammengehalten hatte, sagte er: »Du wirst meinem Sohn helfen.« Die Worte beinhalteten eine leise und subtile Drohung: »Wenn nicht, wirst du sterben. Wenn nicht jetzt, dann später.«

»Ich werde ihm helfen. Meine Neugier ist geweckt«, sagte der Drache. Heißer Atem wallte aus seinen Nüstern. Ich schluckte, als mein Mund plötzlich wie ausgedörrt war.

»Dann mach schnell!« gebot Varulus.

»Nicht so eilig.« Der Drache lächelte, wobei er Reihen furchtbarer Zähne hinter den riesigen Wülsten seiner Lippen bleckte. »Ich weiß, wie, doch ein anderer wird die Arbeit leisten müssen.«

»Dann sag mir, was ich tun muß!«

Der Drache dachte nach. »Nein. Du nicht. Ich habe in euren Gedanken gelesen, und du bist der Vater des Kindes. Deine Interessen sind zu offensichtlich.«

Jetzt verlor der König die Geduld. »Was soll das heißen? Natürlich sind meine Interessen offensichtlich! Ja, ich bin sein Vater ...«

Ich hob die Hand. Plötzlich ergab alles einen Sinn. Drachenlegenden vermischten sich mit meiner Unterhaltung mit dem Tod. Obwohl wir unser Leben oft als völlig sinnlos betrachten, da es ihm scheinbar an Bedeutung und Schönheit mangelt, sind doch viele andere Wesen im Universum von uns fasziniert. Neugierig bis zum Punkt der Besessenheit. Eifersüchtig. »Ich glaube, Euer Hoheit, daß Bergschatten ganz eigene Beweggründe hat. Zuerst dafür, Mordom zu helfen, und jetzt dafür, Neden zu helfen.«

»Mit welchem Recht ...?« stammelte Varulus.

»Mit dem Recht seiner Macht!« sagte ich, meine Verbundenheit mit ihm dokumentierend, indem ich auf den Drachen zuging und ihm dann den Rücken zuwandte. »Er ist kein Namensgeber in unserer Bedeutung des Wortes, König Varulus. Er steht außerhalb unseres Lebens. Er versteht nicht, wie wir empfinden, wie wir leben.« Ich wußte nicht genau, warum ich diese Ansicht vertrat, aber am wichtigsten schien mir jetzt zu sein, die aufgeblasenen Selbstdarstellungen zu beenden, wenn wir Neden noch retten wollten.

Der Kopf des Drachen tauchte neben meinem auf, das langgestreckte Maul reichte weit an mir vorbei. Sein riesiges Auge, das linke, richtete sich auf mich, blaß und gelb, so groß wie mein Kopf. »Du begreifst Dinge, die den meisten Leuten ein Rätsel sind.«

»Ich weiß jetzt, daß unser Leben viel geringer ist als

die Ideale, für die wir eintreten. Aber in diesem zerbrechlichen, unbedeutenden Leben gibt es mehr, als wir normalerweise zur Kenntnis nehmen.«

»Ist das so?«

»Ich glaube schon. Ich wollte so viele Taten vollbringen, und seien sie noch so schrecklich, um aus meinem Leben etwas Erinnerungswürdiges zu machen. Doch jetzt ist mir klar, daß ich selbst, solange ich lebe, nichts davon habe. Wenn ich meine letzten Jahre gut verleben könnte, das wäre etwas. Das wäre ein Wunder.«

»Du bist derjenige.«

»Du tust so, als hättest du mich nicht schon längst ausgewählt.« Ich wußte, daß er es getan hatte. Die Dinge ordneten sich in meinem Kopf, fielen an die richtigen Stellen. Wenn sich in den wirbelnden Sternen des menschlichen Lebens irgendein Muster, ein Schema erkennen ließ, dann dieses: Der Tod, die großen Drachen – die Kräfte, die auf eine Weise dachten, die unser Begriffsvermögen überstiegen –, sie alle boten uns die Möglichkeit, Größe zu zeigen, wenn wir es am wenigsten erwarteten. Indem wir unser Leben dem Weltlichen verschrieben, öffneten wir uns für sie. Sie wählten uns aus, weil wir interessant waren.

»Ja, genau«, sagte der Drache. »Interessant. Du bist ein Dieb, ein Mörder, ein Kinderverstümmler, ein Vergewaltiger...« Mein Blick irrte unfreiwillig zu Kyrethe, während meine Wangen vor Scham brannten. Sie versteifte sich, aber natürlich entging ihr die volle Bedeutung der Worte des Drachen. Der Drache hielt inne und registrierte die Reaktionen aller Anwesenden. »Es hat etwas Interessantes an sich, daß du derjenige sein sollst, der Neden rettet. Du hast keine Bindungen zu dem Jungen, weder politische noch familiäre.«

»Nein«, sagte ich leise.

»Wenn ich dir sage, daß du bei seiner Rettung deine Seele aufs Spiel setzt. Nicht dein Leben, sondern jene

Lebensessenz, die normalerweise auch nach deinem Tod weiterlebt. Du bist trotzdem dazu bereit, nicht wahr?«

»Ja.«

»Genau«, sagte der Drache, als habe er gewußt, daß dieser Augenblick irgendwann kommen würde. »Genau.«

»Ich verlange, daß du mich versuchen läßt, Neden zu retten«, schrie Varulus. Seine Krieger stellten sich neben ihn. Ich war sicher, daß Neden sterben würde, während wir die Angelegenheit endlos beredeten oder die Waffen sprechen ließen.

»Ich glaube nicht, daß du mich besiegen kannst«, sagte der Drache gelangweilt. »Aber wenn doch, was würdest du damit gewinnen? Dein Sohn wird innerhalb einer Stunde sterben. Ich will sehen, wie sich dieser Dieb schlägt. Meine Neugier wird dann befriedigt sein.«

»Warum tust du das?« fragte Varulus.

Der Drache hielt inne, legte den Kopf ein wenig schief. »Ich weiß es selbst nicht genau. Nicht so genau, daß dich die Antwort zufriedenstellen würde. Aber dieser Dieb steht kurz davor, alles, was er ist, aufs Spiel zu setzen, um das Leben eines Jungen zu retten, den er nicht wirklich kennt. Ich will wissen, wie das ausgeht. Du nicht auch?«

Bergschatten wies mich an, mich neben ihm auf dem Boden auszustrecken. Neden wurde zu uns gebracht und neben mich gelegt. Der Drache sagte, ich solle Neden die Hand auf den Kopf legen. Dann umschloß er meinen Kopf mit einer seiner riesigen Vordertatzen. Als die furchtbaren Krallen über meinem Gesicht lagen, sagte er: »J'role, atme jetzt flach. Und entdecke, wer du wirklich bist.«

»Ich glaube nicht, daß ich das herausfinden will.«

Der Drache lachte gutgelaunt, ein tiefes, grollendes

Geräusch. »Das ist der Grund, warum ihr so seltsam seid. Bist du bereit?«

»Was soll ich tun?«

»Ich kann nur die Voraussetzungen schaffen. Was du tust, bleibt dir überlassen.«

Varulus trat vor. »Wenn mein Sohn stirbt...!«

»Aber was ist, wenn ich...?«

Die Kaverne verschwand.

7

Ich befand mich in der verlassenen Landschaft meiner Jugend. Der Boden war rissig, braun und endlos. Keine Bäume. Keine Vögel. Nichts. Ein seelenloser Wind strich mir über das Gesicht, legte sich dann. Die Sonne warf ein grelles, trockenes Licht. Ich drehte mich langsam im Kreis und lauschte nach irgendeinem Laut von Neden. Nichts. Als ich mich halb herumgedreht hatte, sah ich den *Breeton* mit starker Schlagseite nach Backbord zur Hälfte in der rissigen Erde begraben vor mir liegen.

Das Schiff war infolge der Meuterei der Besatzung vor vielen Jahren gesunken und lag immer noch auf dem Grund des Schlangenflusses. Aber gleichzeitig stand es auch eine Viertelmeile weit weg direkt vor mir. Ohne weiter darüber nachzudenken, ging ich darauf zu.

Je näher ich dem Schiff kam, desto höher ragte es vor mir auf. Das Holz war trocken und rauh. Der Anstrich verblichen. Überall lauerten Splitter und scharfe Kanten auf eine Unachtsamkeit. Ich rief nach Neden, erhielt jedoch keine Antwort. Ich umrundete das Schiff, bis ich auf die Türen zum Laderaum stieß. Die Türen hingen aus den Angeln, und es gelang mir hineinzukriechen.

Sonnenstrahlen fielen durch den lecken Rumpf. In dem grellen Licht wirbelten träge Staubwolken. Tanzende Sterne. Eine unbestimmte Furcht überfiel mich, obwohl ich spürte, daß niemand in der Nähe war. Es war die Vergangenheit, die Gefahr der Erinnerungen und alten Denkmuster, die mich heimsuchten, welche diese Furcht verursachte.

Ich wanderte langsam durch das Schiff, durch die

unteren Decks. Ich rechnete damit, jeden Augenblick Kapitän Patrochian zu begegnen, obwohl sie seit vielen Jahren tot war. Aber wer weiß?

Plötzlich legte sich das Schiff auf die Seite. Planken knarrten. Das Rauschen von Wasser. Ich schaute in die Richtung, aus der das Geräusch kam. Kein Wasser. Licht. Massiv und golden. Ein Schwarm Sterne, der gekommen war, um mich zu ertränken, schoß auf mich zu. Ich drehte mich um und wollte den steil ansteigenden Gang hinauflaufen.

Ich wollte es, konnte aber nicht. Ein Seil hielt mich fest. Ich sah mich um. Mein Vater ertrank in den Sternen, und das andere Ende des Seils war um seine Hüfte gebunden. Er hatte nicht die Kraft, vor den Sternen zu fliehen. Sein Körper war erschöpft, sein Geist zu sehr angeknackst. Wenn er keine Hilfe bekam, würde er sterben. Aber er zog mich zu sich herunter. Er war so schwach, schwach, schwach. Haß und Verachtung bildeten einen Klumpen in meinem Hals wie ein Stück verwestes Fleisch. Er war alles, was ich nicht sein durfte. Ich versuchte ihn hochzuziehen, aber in seiner Panik strampelte er sinnlos im Wasser herum und zog mich herunter.

Es gab nur eine Möglichkeit zu überleben. Ich glitt mit ausgestreckten Armen auf ihn zu. Umklammerte seinen Hals...

ER WAR SO SCHWACH!

Und dann ein Gedanke. Wenn er so viel schwächer war als ich, warum konnte ich ihn dann nicht retten? Wo war meine Kraft?

Der Impuls, ihn zu töten, war stark, aber ich zögerte. Ich wollte ihn aus meinem Leben entfernen, ihn aus jeder Faser meines Wesens austreiben. Ich konnte es noch einmal versuchen. Und alle Kraft finden, die ich mein Leben lang gesucht hatte.

Oder diesmal etwas anderes versuchen.

Die Sterne wirbelten um uns herum, badeten uns in

Licht. Ihre Bewegungen verursachten ein beständiges Flimmern vor meinen Augen. Meine Hände lösten sich vom Hals meines Vaters und fielen auf seine Schultern. Ich zog ihn an mich. Er weinte, und ich hielt ihn, gab ihm den Trost, den er so dringend brauchte, bevor er wieder stark sein konnte. Die Flut der Sterne um uns stieg.

Dann war er verschwunden. Die Sterne ebenfalls. Ein merkwürdiges Gefühl des Friedens erfüllte mich. Etwas war endlich begraben worden. Ich berührte mein Gesicht. Spürte meine eigene Haut, aber auch die alte Haut meines Vaters. Dann erinnerte ich mich an Neden. Ich war ihm ein Stück näher gekommen.

Das Schiff lag jetzt wieder völlig gerade. Schaukelte auf dem Wasser. Ich stand auf und eilte eine Treppe hinauf, die auf das Oberdeck führte. Das Schiff schwamm auf einem Fluß aus Sternen. Umgeben von tiefer, schwarzer Nacht ohne das Licht eines Mondes oder der Sterne. Das Schaufelrad drehte sich und trieb das Schiff zu einer Stadt, die so hell strahlte, daß ich sie nicht ansehen konnte. Ein kühler Wind setzte ein, und das Schiff fuhr Stunde um Stunde stetig weiter.

Meine Mutter erhob sich aus dem Sternenfluß. Hunderte von Ellen groß. Mir fiel ihre Geschichte im Totenreich wieder ein. Ihr Bedürfnis, jeden perfekt zu machen. Ich fühlte mich wieder wie ein Kind. Sie konnte mich beherrschen. Vernichten. Panik schnürte mir die Brust zu. Ich hatte nicht die Kraft, ihr noch einmal gegenüberzutreten. Schwer atmend lief ich vor ihr weg, rannte zum Schiffsheck. Wenn es sein mußte, würde ich über Bord springen, wenn ich die Reling erreichte.

Sie machte einen Schritt auf das Schiff zu. Die Bewegung ihrer Beine wühlte den Sternenfluß auf und versetzte das Schiff in wilde Schaukelbewegungen. Die Sterne erhoben sich in den Himmel, um dann wieder in die wogenden Fluten einzutauchen. Ich umklammerte die Reling und versuchte, das Gleichgewicht zu halten. Ich spürte, wie sich die Materie des Flußboots auflöste. Die Sterne des Flusses trübten sich. Ich verließ den Ort, an den mich Bergschatten geschickt hatte. Grenzenlose Erleichterung überkam mich. Es gab einige Dinge, denen ich mich nicht stellen wollte, nicht einmal, um Neden zu retten...

Neden.

Ich konnte ihn nicht seinem Schicksal überlassen. Der Schrecken, den ich bei der Berührung meiner Mutter empfunden hatte – welche Schrecken mochte er jetzt unter dem Einfluß von Mordoms Gift erleben. Ich drehte mich zu meiner Mutter um. Sie streckte die Hand nach mir aus. Die Struktur des Schiffes wurde wieder fester. Der Sternenfluß heller. Sie packte mich und hob mich vom Schiff auf. Ihr Gesicht war streng und lieblos. Sie war ein Ungeheuer, nicht wert zu leben. Die Dinge, die sie mir angetan hatte...

In ihren Augen spiegelten sich die blutigen und zerschnittenen Gesichter meiner Kinder.

Ich hatte ein Vater sein wollen, der seine Kinder nicht verwöhnte. Der ihnen nicht das Leid der Welt vorenthielt. Der ihnen alles über die Schrecknisse des Lebens beibrachte. Wer war ich, wenn nicht meine Mutter?

Meine Mutter schrumpfte, wurde immer kleiner. Bald standen wir wieder auf dem Schiffsdeck. Sie wurde immer jünger. Zu einem Baby. In meinen Armen. Ich wiegte sie. Wie war sie gehalten worden? Ich schaukelte sie in meinen Armen. Während das Schiff weitersegelte, schlief sie ein. Sie wurde immer kleiner, bis sie schließlich in meinem Bauch verschwand.

Ich spürte sie in mir, diese Person. Lebendig. Sie brauchte Liebe. So viel Liebe.

Neden.

Die Zitadelle der Sterne thronte auf dem Hügel vor

mir. Der Schiffsbug glitt knirschend auf einen Sandstrand, und ich stieg aus. Stolperte den Hügel hinauf. Dort war Parlainth. Alle Mauern und Gebäude wirkten lebendig im Glanz der Sterne. Explodierten förmlich in strahlendem Licht. Die Stärke der Magie ließ mich glauben, nichts könne ihr je etwas anhaben. Parlainth war für alle Zeiten sicher. Dann fiel mir wieder ein, daß es nicht sicher war. Es war den Dämonen zum Opfer gefallen.

Ich schritt durch das Stadttor. Auf den Straßen drängten sich die Leute. Niemand sah mich. Seltsamer noch, sie nahmen kaum Notiz voneinander. Sie schienen nicht einmal die Schönheit ihrer eigenen Stadt zu bemerken. Jeder schien eine Bürde der Furcht mit sich herumzutragen. Sie suchten den Himmel nach Anzeichen für einen Angriff ab. Sie beäugten mißtrauisch ihre Nachbarn, hielten nach verborgenen Hinweisen der Verderbtheit Ausschau. Ihre Gesichter waren Masken des Todes. Sie gehörten Leuten, die bereits begraben waren. Bereit, bis in alle Ewigkeit immer wieder dieselbe Geschichte zu schreiben.

Über einen großen Platz vor mir hallten Schmerzensschreie. Je näher ich kam, desto verkrampfter gingen die Leute an mir vorbei, geduckt, die Arme um sich geschlungen. Sie schienen zu glauben, sie könnten die Schreie einfach überhören, indem sie sich fest dagegen wappneten.

In der Mitte des Platzes schwebte Neden in der Luft. Alle machten einen großen Bogen um ihn, und so konnte ich ungehindert zu ihm gehen. Als ich näher kam, sah ich, daß sein Körper mit Sternen übersät war. Sie hielten ihn mitten in der Luft fest wie Nadeln, als sei er ein besonderes Exemplar in einer Schmetterlingssammlung. Die Sterne bewirkten, daß er von innen heraus leuchtete, und sie verursachten furchtbare, schwarz geränderte Löcher in seinem Körper, die immer wieder heilten, um gleich darauf erneut aufzubrechen.

Als er mich erblickte, brach er in Tränen aus und rief meinen Namen. »BITTE! J'role, hilf mir.« Ich wußte nicht, woher er die Kraft zu diesem Ausbruch nahm, aber seine Worte hallten über den Platz. Die anderen Leute schenkten uns keine Beachtung. Die strahlend weißen Gebäude aus Sternen standen stumm und wunderschön da, waren Neden aber keine Hilfe. Als ich ihn erreichte, senkte er die Stimme und flehte mich an, als könne ich ihn ebenso ignorieren, wie es die anderen taten. »Bitte. Bitte. Es tut so weh. So weh. Bitte.« Sein Gesicht war hager und schmerzverzerrt, die Sterne in seinem Schädel brannten sich immer wieder durch seine Haut. Wie sehr ich mir einmal gewünscht haben mochte, ihn vor dem entsetzlichen Leid zu bewahren, das ich als Kind erlebt hatte, spielte jetzt keine Rolle mehr. Er hatte all das bereits durchgemacht. Vielleicht sogar noch mehr.

Ich wußte nicht, was ich tun sollte. Ich sah mich nach Hilfe um. Vielleicht konnte mir einer der Stadtbewohner einen Hinweis geben. Doch sie blickten nur starr in den Himmel oder beäugten mich mißtrauisch und liefen einfach an mir vorbei. »J'role, bitte. Mach mich von den Sternen los.«

Ja. Die Sterne. Sie waren nicht so sehr in ihm, sondern er lag eher auf ihnen. Sie hielten ihn fest. Sie mußten das Mittel sein, mit dem er kontrolliert wurde. Ich mußte ihn nur von den Sternen herunterholen. Ich streckte die Hand nach ihm aus. Als ich mich seiner Haut näherte, spürte ich die schreckliche Hitze. Nicht einfach nur Hitze. Schmerz. Die Sterne strahlten Schmerz aus. Den Schmerz des Unerwarteten, der Enttäuschung und des Verrats. Den Schmerz des Lebens. Er brannte so heiß, daß ich mich voller Angst zurückzog, bevor ich seine Hand überhaupt berührte. Mein Vater, meine Mutter. Ich hatte sie umarmen können. Aber den Schmerz selbst? Mein ganzes Leben lang hatte ich versucht, mich davor zu verstecken.

»J'role? Bitte, es tut weh. So weh.«

Die verdorbenen Elfen des Blutwaldes hatten sich vor dem Schmerz der Dämonen zu schützen versucht und dabei ihre eigenen Körper gegen sich gewandt. Die Einwohner Parlainths hatten sich vor den Dämonen versteckt. Obwohl sie sich vollkommen von der Welt isoliert hatten, waren sie von den Dämonen gefunden und abgeschlachtet worden. Ich hatte versucht, meinen Söhnen beizubringen, stärker als der Schmerz zu sein. Sie hatten gelernt, daß sie furchtbare Schmerzen ertragen konnten, aber um welchen Preis? Ich hatte mich mein Leben lang versteckt und versucht, in Sicherheit zu leben. Doch was hatte es mir genützt?

Ich streckte die Hand aus. Der Schmerz der Sterne brannte sich durch meine Haut. Keine Bilder jetzt. Nur die Schrecknisse des Lebens. Die Gefahr, daß Dinge schiefgingen. Die Gefahr gebrochener Herzen. Alberner Tode. Haßerfüllter und später bedauerter Worte. Impulsiver Handlungen, die später zur Tragödie führten. *Ich wollte seine Hand nicht berühren.* Die bloße Berührung bedeutete bereits, daß ich mich an ihn band. Daß ich es mir zur Gewohnheit machte, mich an Leute zu binden. Das bedeutete weitere Komplikationen, weiteres Leid. Ich wollte wieder allein sein. Sicher.

Ich dachte, so sicher wie die Elfen? Wie die Bewohner Parlainths? Wie meine Mutter?

Ich nahm seine Hand. Der Schmerz fuhr durch meine Handfläche, schnitt durch meine Brust. Mein Atem beschleunigte sich. Ich fing an zu zittern. Ohne nachzudenken, nahm ich mit meiner freien Hand seinen anderen Arm. Ich schrie gequält auf, als sich der Akt der Anteilnahme seinem Höhepunkt näherte. Es kam mir so vor, als würde ich ihn niemals befreien. Taumelnd wich ich zurück, zog ihn weg von den Sternen. Vom Kontrollierten. Vom Bekannten.

Er schrie ebenfalls, und die Stadt hallte von unseren

Schmerzensschreien wider. Dann fiel er von den Sternen herunter. Ich stürzte, und er landete auf meiner Brust. Ich zog ihn verkrampft an mich, da ich mich kaum bewegen konnte.

Die Sterne auf den Gebäuden der Stadt lösten sich auf. Wie die Mauern eingestürzt waren, als die Dämonen angegriffen hatten. In der Einsamkeit, in der Ruhe der Schatten lag keine Sicherheit. Der Schmerz holt dich ein, wo du dich auch befinden magst. Die Frage ist, wirst du dich selbst mit anderen Leidenden verbinden, wenn es geschieht?

Die Stadt löste sich vor meinen Augen auf. Die Sterne, Tausende und aber Tausende, wirbelten immer schneller, stiegen dann in den Himmel auf und verteilten sich dort, wie es sich gehörte. An einem festen Ort hoch über uns Sterblichen. Ihre festen Bahnen und die daraus resultierende Sicherheit waren nichts für mich. Ich drückte Neden an mich. Ganz fest. Er schlang die Arme um mich. Und wir hatten es geschafft. Hatten uns gegen den Schmerz des Lebens verbunden, weil es das ist, was wir am besten dagegen tun.

Als ich aufsah, waren wir wieder in der Kaverne. Neden lag in meinen Armen und weinte. Sein Vater stand vor uns. »Schhh. Schhh«, machte ich. »Hier ist jemand, der dich sehen will.« Ich drehte ihn herum, und als er Varulus sah, rief er: »Vater!« Er sprang in seine Arme. Der alte Zwerg drückte seinen Sohn fest an die Brust. So liebevoll.

Kyrethe kniete sich neben mich. »Du hast geschrien. Geht es dir gut?«

Ich fühlte mich schwindlig. Hungrig. Unwohl. Lebendig, mit all jenen Unannehmlichkeiten, die Mißvergnügen und Elend mit sich bringen. Ich sagte: »Ja. Seltsam, aber ich denke schon.«

Nachdem sie sich gebührend begrüßt hatten, erklärte Neden seinem Vater, was damals im Dschungel geschehen war, wie ich ihm zu helfen versucht und ihm auch tatsächlich geholfen hatte. Sein Vater betrachtete mich mißtrauisch, beschloß dann aber, mich gehen zu lassen. Varulus versuchte Bergschatten für die Hilfe zu tadeln, die er Mordom hatte angedeihen lassen. Der Drache hörte ihm höflich zu.

Varulus erbot sich, uns in seinen Luftschiffen mit nach Norden zu nehmen, und wir nahmen dankend an. Während die Zwerge alles für die Abreise vorbereiteten, sagte Bergschatten zu mir: »Vielen Dank.«

»Wofür?« sagte ich lachend. »Ich bin es, der dir danken sollte. Du hast mir die Möglichkeit gegeben – Dinge abzuschließen.«

»Aber du hast alles, was du bist, aufs Spiel gesetzt und mir Wissen vermittelt.« Er machte einen traurigen Eindruck, und ich konnte mich des Gedankens nicht erwehren, daß Einsamkeit ein unter Drachen weitverbreitetes Wesensmerkmal sein mußte.

»Was habe ich schon riskiert? Du sagtest, ich würde...«

»Du warst in Nedens Verstand, obwohl du deine eigenen Vorstellungen mitgenommen hast. Du warst darin eingesperrt. Wenn du ihn nicht befreit hättest, wärst du für immer in seinem Verstand gefangen gewesen. Dein Körper wäre in ein Koma gefallen, und deine Persönlichkeit hätte sich mit der Zeit in der des Jungen aufgelöst. Wenn er gestorben wäre, hätte er dich mit ins Totenreich gezogen. Deine Identität hing davon ab, den Jungen zu befreien.«

Ich seufzte. Ein sonderbarer Gedanke.

»J'role. So wie du in Nedens Verstand warst, war ich auch in deinem. Ich kenne dein Leben jetzt. Da du nun erlebt hast, was du erlebt hast, bin ich neugierig... Hast du irgendein Interesse daran, Kontakt mit deiner Familie aufzunehmen?« Der Tonfall des Drachen war jetzt unbeschwerter als zuvor. Menschlicher.

»Darüber habe ich noch nicht nachgedacht.« Als ich es jetzt tat, ließ mich der Gedanke daran rasch verzagen. »Ich weiß wirklich nicht, was ich ihnen sagen sollte. Meine Jungen... Sie wissen nichts von mir, gar nichts.«

»Vielleicht solltest du es ihnen erzählen.«

»Ich habe mich vielen Gefahren ausgesetzt, Bergschatten. Aber an meine Familie heranzutreten...«

»Geschichten sollten erzählt werden. Die Wahrheit hilft.«

»Manchmal.«

»Nach allem, was ich gesehen habe, ist sie nicht immer angenehm. Aber sie hilft.«

»Ich glaube nicht, daß ich das kann.«

»Und wenn ich dir helfe?«

»Wie bitte?«

»Wenn ich deinen Söhnen den ersten Brief schreibe. Und dich ihnen vorstelle.«

»Das tätest du?«

»Zumindest bin ich neugierig, wie es ausgeht.«

»Also gut.«

Wir flogen mit den Zwergen zu meinem Haus zurück. Unterwegs dachte ich an Bergschattens Worte über die Wahrheit. Ich beschloß, Kyrethe von meinem Überfall auf sie zu erzählen – einem Überfall, den ich zwar nie beendet hatte, der aber trotzdem ein Teil von mir war. Ich mußte daran denken, wieviel ich Releana verheimlicht hatte, und das hatte bewirkt, daß ich mich immer vor ihrer Nähe gefürchtet hatte. Zwar würde ich mich jetzt nicht mehr so verhalten, aber ich wollte nicht, daß die Angst davor noch weiter in meinen Gedanken herumspukte und ich mir irgendwann wieder die Frage stellte, ob Kyrethe das Ungeheuer sah, das irgendwo in mir lauerte. Ich beschloß, ihr alles zu erzählen, damit sie sich eine eigene Meinung bilden konnte.

»Warum erzählst du mir das?« fragte sie entsetzt.

»Weil ich dich liebe. Ich will, daß du weißt, wer ich war. Wozu ich fähig war. Ich will nicht glauben müssen, ich hätte dir etwas vorgemacht.«

Sie versteckte sich nicht vor mir, aber von diesem Moment an war sie sehr verschlossen. Als wir schließlich mein Haus erreichten, sagte sie, sie würde sich eine Zeitlang die Welt ansehen. »Ich habe so viel Zeit allein verbracht. Ich muß mich erst daran gewöhnen, wieder in der Welt zu leben, bevor ich mit dir seßhaft werde.« Ich rechne nicht damit, sie je wiederzusehen. Aber seltsamerweise bin ich zufrieden. Unsere Liebe auf der Insel war aufrichtig. Und diesmal habe ich nicht versucht, mich vor der Welt zu verstecken.

In der Zwischenzeit muß ich mein Haus aufräumen. Ich glaube, ich werde nach Throal ziehen. Varulus hat mir dort vor vielen, vielen Jahren einmal ein Heim angeboten, aber ich war so unstet, daß ich sein Angebot bis jetzt nie ernsthaft in Betracht gezogen habe. Es könnte ganz interessant sein, mit so vielen Leuten zusammenzuleben.

Aber jetzt bist du hier. Und im Augenblick habe ich alle Gesellschaft, die ich mir je gewünscht habe. Du bist meinetwegen hergekommen, ohne echten Grund, mir zuzuhören, einzig und allein um der Gemeinschaft willen. Meiner Ansicht nach sind es diese Begegnungen, die uns ebenso am Leben erhalten wie Nahrung und Wasser. Weißt du, wir sind anders als die Tiere. Wir wissen mehr als sie und müssen deswegen härter daran arbeiten, nett und freundlich zueinander zu sein.

Epilog

J'roles alte Hand vollführte ein paar sinnlose Gesten, als wisse er nicht, was er mit ihr anfangen sollte. Seine Angst war so offensichtlich. Angst wovor? Samael war nicht sicher. Vor der Klinge auf seinem Schoß? Oder vor Samaels Ablehnung?

Tage waren vergangen. Samael war kalt und reserviert geblieben. Er hatte die Dinge für seinen Vater so schwierig wie möglich machen wollen. Sein Vater hatte das Schweigen mit seiner Geschichte ausgefüllt. Der alte Mann war so lebhaft, wenn er den Faden seiner Erzählung sponn! So voller Leben! Wäre er doch nur ein Troubadour geworden anstatt ein Dieb. Aber offensichtlich war ihm das nicht beschieden gewesen.

Einen Augenblick lang erfüllte Samael ein Gefühl der Selbstgefälligkeit, denn jetzt saß er über seinen Vater zu Gericht. Aber es gab nichts, worüber er richten wollte. Sein Vater starrte die Wand an, alt, verbraucht. Was er hatte sagen wollen, war gesagt.

Samael erhob sich und legte das Schwert auf den Boden. Er kniete sich neben seinen Vater und nahm seine faltigen Hände. »Ich habe dich so lange gehaßt, weil du nicht da warst.«

»Ja. Das kann ich verstehen.«

»Es tut mir leid, daß du so ein furchtbares Leben hattest.«

»Und mir tut es leid, daß du wegen meines Lebens gelitten hast.«

Samael lächelte wehmütig. »Nein.«

Sie schwiegen eine Weile, dann sagte Samael: »Ich hätte dich gerne in meinem Leben. Es gibt viele Dinge, die ich von dir lernen könnte.«

»Und ich von dir. Ich komme langsam zu der Einsicht, daß meine Disziplin etwas für jüngere, traurigere Leute ist. Aber es hat mir immer gefallen, eine gute Geschichte zu erzählen. Als Troubadouradept könntest du mir eine Menge beibringen.«

Samael lächelte. »Ich könnte dir wirklich ein paar Dinge zeigen...«

»Nein. Alles! Ich will ein Adept werden.«

Samael öffnete den Mund, um seinem Vater zu sagen, daß er schon so alt sei. War es nicht an der Zeit, kürzer zu treten? Dann erinnerte er sich an das Schicksal, das J'role erwartete – bis in alle Ewigkeit seine Geschichte zu schreiben. Welche Talente konnten ihm da nützlicher sein als die eines Troubadours?

Also brachte er seinem Vater die Magie des Geschichtenerzählers bei, und die beiden reisten nach Throal. Dort erfreuten sie die Leute mit fremdländischen Geschichten, die sie sich gemeinsam ausdachten. Ihr Ruhm wuchs und wuchs, und es war ein merkwürdiger Abend, wenn sie einmal keine Geschichten am königlichen Hof erzählten und König Varulus und sein Sohn Neden ihnen aufmerksam zuhörten.

Nach einiger Zeit trafen auch J'role und Releana wieder zusammen. Zwar fühlten sie sich zunächst in der Gegenwart des anderen unwohl, aber bald entwickelte sich zwischen ihnen eine innige Freundschaft, wie sie nur aus gemeinsam erlittenem Leid entstehen kann. Und sogar Torran näherte sich seinem Vater, wenn auch sehr vorsichtig.

Doch es war Kyrethes Rückkehr, die J'role am glücklichsten machte. Eines Tages tauchte sie einfach in Throal auf. Die zwei gingen zunächst sehr behutsam miteinander um, wie sie es auf der Insel getan hatten. Ihr Werben dauerte mehrere Jahre, in denen Kyrethe sich darüber klar zu werden versuchte, ob J'role tatsächlich der Mann war, für den sie ihn gehalten hatte. Mit der Zeit wurde ihr Vertrauen in ihn ebenso groß wie sein Vertrauen in sich. Sie heirateten, und noch nie hatte jemand ein so ausgelassenes Paar gesehen, gleich welchen Alters.

Manchmal dachte J'role: Und wenn ich einmal sterbe, werde ich immer wieder schreiben können, wie sehr ich sie geliebt habe. Tatsächlich schloß er seine ganze Lebensgeschichte, die Freude und das Leid, in die Arme und akzeptierte sie als seine eigene.

Und als er tatsächlich starb, besuchte er noch einmal den Tod, und sie stellte ihm einen großen Schreibtisch zur Verfügung, an dem er arbeiten konnte. Dort, inmitten von Stapeln unzähliger anderer Leben, schrieb er seine Geschichte wieder und wieder. Und jedesmal beendete er sie mit den Worten:

UND ER LERNTE, SEINE GESCHICHTE ZU SCHREIBEN.